Au royaume des Cinq Piliers

LA CONTRÉE D'ÉLYON TOME 4

AU ROYAUME DES CINQ PILIERS

PATRICK CARMAN

TEXTE FRANÇAIS DE LOUISE BINETTE

Éditions
SCHOLASTIC

Catalogage avant publication de Bibliothèque et Archives Canada

Carman, Patrick
Au royaume des cinq piliers / Patrick Carman ;
texte français de Louise Binette.

(La contrée d'Élyon ; t. 4)
Traduction de: Stargazer.
Niveau d'intérêt selon l'âge: Pour les 9-12 ans.

ISBN 978-0-545-98749-3

I. Binette, Louise II. Titre. III. Collection.

PZ23.C21955Aur 2009 j813'.6 C2008-906715-0

Édition publiée par les Éditions Scholastic,
604, rue King Ouest, Toronto (Ontario) M5V 1E1.

5 4 3 2 1 Imprimé au Canada 09 10 11 12 13

Pour ma mère et mon père

qui ont pris des chemins différents
et ont pourtant réussi à me montrer le mien

LA CONTRÉE D'ÉLYON TOME 4

AU ROYAUME DES CINQ PILIERS

INTRODUCTION

Au royaume des Cinq Piliers est le quatrième tome de *La contrée d'Élyon*. Si tu ne connais pas déjà la collection ou si tu crois avoir oublié en partie ce qui s'est passé jusqu'à maintenant, les courts résumés qui suivent se révéleront peut-être utiles. Bonne lecture!

L'histoire de la contrée d'Élyon commence avec *Le secret des Collines interdites*, dans lequel une jeune fille curieuse nommée Alexa Daley refuse de rester emprisonnée derrière les murs qui entourent sa petite ville. Grâce à sa persévérance (et à sa ruse), Alexa découvre un passage secret menant à un monde sauvage à l'extérieur, là où les animaux ont leurs propres opinions sur ces murs qui dominent le paysage. Avec l'aide de Murphy, un écureuil débordant d'énergie, et de Yipes, un habitant de la forêt étonnamment minuscule, Alexa entreprend d'éclaircir les mystères qui l'entourent.

Dans *Au-delà de la vallée des Épines*, le deuxième tome, les aventures d'Alexa deviennent plus périlleuses. Elle quitte la sécurité de Bridewell et parcourt la contrée d'Élyon. Durant son périple, elle se lie d'amitié avec le géant Armon, combat les forces du mal de Victor Grindall et affronte une armée d'ogres. Quelques-uns des plus grands secrets de la contrée d'Élyon sont révélés dans *Au-delà de la vallée des Épines*, mais Alexa ignore encore le plus important de tous.

La Dixième Cité, le dernier tome de la trilogie qui forme le noyau de la collection, donne lieu à un affrontement entre toutes les forces du bien et du mal. Alexa découvre sa véritable identité en combattant aux côtés de Murphy, de Yipes et d'Armon. Au moment où *La Dixième Cité* se termine, le mal a quitté les rives de la ville d'Alexa, mais il est à la recherche d'un nouvel endroit à corrompre.

Le royaume des Cinq Piliers est un endroit caché dont Alexa et Yipes ne savent absolument rien. Ils ignorent aussi que le maléfique Abaddon, qu'ils croyaient disparu à jamais, a pris les traits d'un monstre marin et les a suivis. Abaddon souhaite régner sur le royaume des Cinq Piliers, et il est prêt à tout pour s'y installer en maître et en dominer les habitants.

Rejoignons maintenant Alexa, dont le périple l'a conduite loin de chez elle, de l'autre côté de la mer Solitaire, vers un endroit où elle découvrira enfin sa vraie destinée…

I

Au royaume des enfants perdus

CHAPITRE I
LA VOIX DE L'ENNEMI

Toute longue traversée connaît des jours sans vent ni vagues. Le bateau reste alors immobile sur les eaux profondes, attendant une poussée.

Le soleil du matin filtrait à travers la surface de la mer Solitaire, pénétrant dans les profondeurs inconnues de l'eau bleue. Je me penchais souvent par-dessus le bastingage du *Phare de Warwick*, dans l'espoir d'apercevoir le contour flou d'un poisson. Une ombre de la grosseur et de la forme de mon avant-bras passait parfois dans mon champ de vision, puis disparaissait sous le bateau. Je me précipitais alors de l'autre côté et attendais que l'ombre émerge là avant de s'éloigner lentement dans la mer. Par une journée calme, il m'arrivait souvent de m'adonner à ce petit manège complètement inutile pendant une heure ou plus.

Mais ce matin-là, lorsque je me penchai au-dessus du bastingage, mon cœur se serra à la pensée de ce que je pourrais voir.

Je dois d'abord dire que nous avions trouvé le royaume des Cinq Piliers, un endroit mystérieux, très loin de la contrée d'Élyon. Nous distinguions clairement les piliers, qui s'élevaient dans la mer à moins d'un mille marin. D'après ce qu'on m'avait raconté, je savais qu'il s'agissait d'un lieu extrêmement secret où

Sir Alistair Wakefield avait caché des enfants perdus afin de les protéger de tout danger.

Et pourtant, un danger *avait* quand même *trouvé* les enfants perdus. Pire encore, c'était nous qui l'avions mené jusqu'à eux. En effet, quelque chose avait suivi notre bateau depuis le tout début de ce long voyage. Quelque chose d'invisible et de sinistre qui, des profondeurs de la mer, épiait le moindre de nos mouvements.

Je me tenais au bastingage depuis un bon moment, contemplant les eaux les plus calmes que j'aie jamais vues et souhaitant que le vent se lève pour nous permettre de poursuivre notre route. Un courant d'air froid passa au moment où je scrutais la mer figée en espérant ne rien y apercevoir de plus gros que ma botte.

— Capitaine, pourquoi est-ce que tout est si tranquille? demanda Yipes, mon minuscule et fidèle compagnon.

Je me risquai à détourner mon regard de la surface lisse de l'eau et vis qu'il se tenait tout près de notre capitaine, Roland Warvold. Il lui tapota la jambe.

— Excusez-moi, monsieur.

Le capitaine ne répondit pas. Nous pouvions apercevoir la destination vers laquelle nous nous dirigions depuis si longtemps, mais j'avais l'impression que nous étions retenus sur place par une ancre. Roland s'affairait à examiner ses cartes marines et géographiques près du gouvernail. Yipes, qui acceptait mal qu'on l'ignore, insista donc, tapotant encore et encore le genou qu'il avait devant le visage jusqu'à ce que Roland perde patience.

— Tu ne peux pas trouver quelque chose d'utile à faire? s'écria-t-il.

Puis il s'agenouilla de façon à pouvoir regarder Yipes dans les yeux, et les deux hommes se mirent à parler ensemble tandis que je me remettais à observer la mer Solitaire.

L'eau était si égale et immobile que j'éprouvai soudain le besoin d'y laisser tomber quelque chose pour en briser la surface lisse comme un miroir. Je virevoltai, fouillant le pont du regard, à la recherche d'un objet à lancer. Mes yeux se posèrent sur les restes du déjeuner que je n'avais pas encore jetés. Plusieurs choses correspondaient à ce que j'avais en tête. Je saisis finalement une arête centrale de poisson par la queue et retournai vers le bastingage.

— Regarde Alexa, dit Roland à Yipes. Elle, au moins, essaie de se rendre utile.

Yipes protesta et rappela à Roland que c'était lui, Yipes, qui *avait préparé* le déjeuner et qu'à son avis, il aurait été injuste qu'on lui demande en plus de tout nettoyer après le repas. Je lançai l'arête dans l'eau et regardai les rides à la surface s'agrandir jusqu'à ce qu'elles viennent se briser paresseusement contre le flanc du navire. L'arête était assez légère pour flotter, ce qui était malheureux, car elle venait gâcher ce qui avait été jusqu'alors un panorama plutôt agréable (bien qu'ennuyeux). Je commençais à me demander comment je pourrais la repêcher lorsque, tout à coup, une ombre mince surgit des profondeurs de la mer. Elle semblait avoir à peu près la même taille que le squelette du poisson que j'avais jeté par-dessus bord. J'étais curieuse de voir de quelle sorte de petite créature marine il s'agissait.

L'ombre devenait plus foncée à mesure qu'elle approchait de la surface. Soudain sur le qui-vive, je l'examinai plus attentivement et constatai qu'elle n'avait rien d'une ombre ordinaire; elle était longue, et sa forme s'élargissait vers le bas. L'eau derrière l'arête se mit à bouger très légèrement en un mouvement onduleux presque imperceptible, comme si quelque chose d'énorme se déplaçait plusieurs mètres plus bas.

J'entendis un doux crépitement, puis l'ombre émergea de l'eau. La chose dont il s'agissait semblait recouverte de métal usé, comme une épée ou un bouclier qui serait resté dans l'eau salée pendant une centaine d'années. Des bernacles et d'autres crustacés déchiquetés s'étaient agglutinés sur toute sa longueur. J'eus l'impression, pendant une fraction de seconde, d'avoir devant moi un très vieux serpent métallique, mais cela changea rapidement lorsque la chose se déploya juste au-dessus de l'arête. Déroulée, elle était aussi large que le gouvernail du bateau, et remplie d'une étrange énergie. Des étincelles grésillaient sur sa surface intérieure, large et plane. Elle s'immobilisa pendant un moment et sembla me regarder, puis elle enveloppa lentement tout l'espace autour de l'arête, faisant bouillonner l'eau. Le souffle coupé, je la vis s'emparer de l'arête, reprendre sa forme cylindrique et se transformer de nouveau en une ombre sous l'eau. La surface de la mer se rida, l'ombre disparut et le calme régna de nouveau.

Il me sembla que l'incident était survenu en dehors du temps. Il avait paru se dérouler au ralenti, et pourtant, tout s'était terminé avant que j'aie pu songer à alerter Roland ou Yipes.

J'attendis encore un moment près du bastingage, au cas où

l'ombre se manifesterait de nouveau, mais il n'en fut rien.

— Roland! criai-je.

Roland et Yipes accoururent de l'autre bout du bateau, et je désignai l'endroit où j'avais lancé l'arête.

— Quelque chose est sorti de l'eau, dis-je. Ça semblait petit au départ, comme un tentacule. Mais ensuite, la chose s'est déroulée comme une couverture. Je crois qu'elle est jointe à une partie beaucoup plus grosse.

— Pourrais-tu préciser? demanda Yipes, les yeux écarquillés par l'inquiétude.

Voyant que je ne répondais pas, il se précipita vers la table du déjeuner et revint avec une autre arête.

— Ce n'est probablement pas une bonne idée, fit remarquer Roland.

Le bras levé, Yipes s'apprêtait à lancer l'arête dans l'eau.

— Peu importe ce que c'est, ajouta Roland, nous ne voulons pas qu'il pense pouvoir trouver beaucoup de nourriture à proximité du bateau.

Yipes parut trouver cette idée très logique et laissa tomber l'arête sur le pont, puis s'essuya la main sur la jambe de Roland.

Ce dernier baissa les yeux vers moi et mit une main sur mon epaule.

— Es-tu sûre de ce que tu as vu? demanda-t-il. Nous sommes ici depuis presque 30 jours. La mer peut nous jouer des tours après quelque temps.

— J'en suis sûre, dis-je, un peu vexée que Roland hésite à me croire. L'extérieur semblait être en métal, comme une vieille armure, mais l'intérieur... quand la chose s'est déroulée... je n'avais jamais rien vu de pareil. Des lignes bleues et jaunes en jaillissaient, comme si la chose débordait d'énergie.

— De *l'électricité*, marmonna Roland.

— Qu'est-ce que vous avez dit? demanda Yipes.

Ni l'un ni l'autre n'avions jamais entendu le mot que Roland avait utilisé.

— Rien, répondit ce dernier.

Mais, moi, je voyais bien que c'était important.

— Juste une chose avec laquelle Sir Alistair Wakefield faisait des expériences, continua Roland. J'en ai entendu parler comme ça, par hasard.

Je me mis à lui poser des questions, mais il se montra intraitable.

— Il faut nous préparer pour ce qui pourrait survenir.

Alarmé par ce commentaire, Yipes bondit sur le bastingage, d'où il pouvait presque regarder Roland dans les yeux.

— J'aimerais bien savoir ce qui pourrait survenir? demanda-t-il, tripotant nerveusement l'une des longues pointes de sa moustache.

— Qui saurait le dire?

Yipes était très tendu, ce qui lui arrivait souvent dans des situations semblables.

— Il y a un instant, vous avez parlé de ce qui pourrait survenir. Qu'est-ce que vous avez voulu dire?

— Alexa, dit Roland, descends chercher les harpons avec Yipes. Ceux qui ont les cordes les plus courtes.

N'ayant pas obtenu la réponse qu'il attendait, Yipes semblait vouloir se raccrocher à un semblant d'espoir.

— Vous devez bien connaître un moyen de faire souffler le vent. Peut-être une potion ou un sort découverts lors de vos voyages, lâcha-t-il.

Roland et moi le regardâmes comme s'il avait perdu la tête.

— Quelle que soit cette chose, on ne peut quand même pas rester ici *à attendre ce qui pourrait survenir*!

Roland dirigea son regard vers les Cinq Piliers et constata qu'ils étaient encore loin.

— Le vent soufflera quand il le voudra bien, pas une minute avant, répondit-il. D'ici là, il faudra rester sur nos gardes.

Chacun se plaça donc à un poste de garde différent sur le *Phare de Warwick*, observant l'eau immobile tout autour et attendant que quelque chose d'horrible sorte de la mer. Yipes et moi étions tous les deux munis d'un petit couteau que nous utilisions pour cuisiner ou encore couper des cordes, tandis que Roland portait ce que Yipes et moi aimions appeler la *vraie* épée. À part cela, les harpons étaient les seules armes sur lesquelles nous puissions compter en mer. Ils étaient longs, mais pas très lourds, avec des pointes bien aiguisées auxquelles était fixé un bout de corde. Un peu plus haut sur le manche se trouvaient des barbelures conçues pour s'enfoncer dans la prise afin de mieux la retenir. Je n'étais pas certaine de vouloir retenir cette chose qui se trouvait dans l'eau si elle se montrait de nouveau.

La matinée s'écoula avec une lenteur exaspérante, puis céda le pas à l'après-midi, qui fit ensuite place au début de la soirée, et enfin au crépuscule. Pendant tout ce temps, nous attendions en silence un vent qui s'affairait quelque part ailleurs dans le monde, ainsi qu'un monstre qui refusait de se manifester. Encore et encore, je répétais intérieurement : *S'il te plaît, envoie le vent, Élyon. S'il te plaît, envoie le vent.*

Quand la nuit fut tombée, Yipes descendit sous le pont et

prépara un souper rapide composé de thé brûlant et de biscuits qu'il avait faits la veille. Nous nous blottîmes les uns contre les autres à la barre du bateau avec nos tasses fumantes, nous efforçant de tirer le meilleur parti de la situation.

— Il n'y a vraiment rien de mieux qu'un peu de thé et un biscuit, vous ne trouvez pas? demanda Yipes.

Il prit une grosse bouchée de son biscuit qu'il fit descendre avec une gorgée de thé. Pour un homme aussi minuscule, Yipes avait tout un appétit. Il inclina son chapeau à bords flottants et sourit tout en mâchant. Sa moustache, qui avait grand besoin d'être taillée, ondulait tandis qu'il mastiquait. Des rides se dessinaient aux coins de ses yeux brillants qui rayonnaient d'énergie.

— La fatigue se fera bientôt sentir, déclara Roland. Je vais me charger de la première garde pendant que vous dormirez tous les deux. Je m'attends à ce que nous avancions de nouveau d'ici demain matin.

— Comment pouvez-vous savoir quand le vent reviendra? demandai-je.

Roland but une petite gorgée de thé et tapota le gouvernail du navire. La couleur de ses vêtements avait pâli depuis longtemps déjà, et sa chemise blanche contrastait vivement avec son visage hâlé. Ses cheveux, sa barbe et sa figure, soumis quotidiennement à l'agression du soleil et du vent, avaient quelque chose de fascinant.

— Après 10 000 nuits en mer, expliqua-t-il, le vent n'a plus de secrets pour un marin.

Nous chuchotâmes encore pendant un moment, puis Roland se leva et marcha jusqu'à l'avant du *Phare de Warwick*. Lorsque je me tournai vers Yipes, il était déjà allongé et comptait les étoiles dans la voûte céleste. Je le connaissais bien assez pour savoir que le sommeil aurait tôt fait de s'emparer de lui.

— Je me demande ce qui se trouve au sommet des Cinq Piliers, marmonna-t-il, mais son regard était déjà lourd et éteint.

— Des bonbons et des gâteries, dis-je. Et du thé. Beaucoup de thé.

Yipes inspira profondément et laissa échapper un long *mmmmmmm* de contentement. J'eus alors la certitude qu'il s'était endormi et qu'il rêvait. Il fut plus difficile pour moi de trouver le repos, mais, au bout d'un moment, je dormais, moi aussi. Je le sais, car une sensation de chaleur inattendue finit par me réveiller. Lorsque j'ouvris les yeux, je vis une couverture qui flottait à quelques centimètres de mon visage et recouvrait mon corps tout entier. Cette chose que Roland avait appelée *électricité* crépitait dans les airs au-dessus de moi. Même si je ne pouvais pas distinguer d'yeux, l'énergie elle-même se déplaçait en laissant des traces jaunes et bleues sur la surface, créant l'illusion d'un visage flou. J'avais l'impression que ce dernier me regardait, de quelque part dans les profondeurs invisibles de l'eau. Et c'est alors que j'entendis une voix familière qui ne s'adressait qu'à moi.

Tu ne pensais tout de même pas que je me laisserais vaincre aussi facilement, Alexa Daley.

C'était la terrible voix de la force la plus maléfique du monde.

Abaddon.

J'essayai de bouger d'un côté, mais l'obscurité glissa avec

moi. Pire encore, elle s'abaissa encore davantage et son visage indistinct, de plus en plus chaud, s'approcha.

Je suis ravi de te voir là, effrayée à l'idée de ce qui se passera ensuite et souhaitant pouvoir m'échapper.

— Mais tu as été détruit, dis-je, d'une petite voix tremblotante. Élyon s'est débarrassé de toi.

Oh! non, pas détruit, seulement différent.

Ses paroles furent suivies d'un rire sifflant. L'eau commença à bouger sous le *Phare de Warwick*.

Ce n'est pas très agréable d'être prisonnier sous l'eau. Je préfère la terre ferme. Et voilà que vous m'y avez justement conduit!

— Yipes! criai-je. Lève-toi! Lève-toi!

Yipes avait le sommeil exceptionnellement profond, et seul un bruit sonore et rapproché pouvait le réveiller. Le danger lorsqu'on réveille Yipes en sursaut dans des moments critiques, c'est qu'il bondit dans l'action avant d'être totalement éveillé.

— Quoi? Qu'est-ce qu'il y a?

Se levant d'un bond, il se mit à sautiller un peu partout sur le pont en brandissant son petit couteau à pain à manche de bois comme s'il s'agissait d'une lance. Roland, qui scrutait l'eau immobile à l'avant du bateau, accourut à son tour. Je pris alors conscience de quelque chose : j'étais la seule à pouvoir entendre la voix d'Abaddon. Jusqu'au moment où j'avais appelé Yipes, tout avait été silencieux sur le bateau.

Roland, qui avait dégainé son épée, s'approcha de moi.

— Ne bouge pas, Alexa! lança-t-il.

La couverture grésillante d'Abaddon reprit sa forme cylindrique et se mit à glisser sur son long bras, le long du bastingage. Roland tenait son épée pointée vers le pont. Je roulai de côté pour lui laisser le champ libre. Levant son épée d'un coup sec, il réussit à arracher des éclats de métal et de pierres récoltées dans les fonds marins. Mais aussitôt, il tomba à la renverse, assommé par une force qu'il n'avait pas soupçonnée. Au même moment, un cri perçant s'éleva quelque part, loin au-dessous de nous. Roland n'avait pas tranché le tentacule, mais, de toute évidence, il avait suscité la colère de ce qui se trouvait à l'autre extrémité. Le serpent enroulé se dressa haut dans les airs au-dessus du *Phare de Warwick*, faisant ainsi cliqueter ses écailles métalliques encroûtées. Il semblait puiser de l'énergie de l'intérieur; le métal de ses écailles prenait une teinte orangée sous nos yeux. Puis, dans un éclat soudain, il s'embrasa sur toute sa longueur et s'abattit sur le *Phare de Warwick* comme un fouet enflammé. Partout où il frappait, il laissait des nappes de feu.

— Essayons les harpons! cria Roland, qui s'était ressaisi et se tenait maintenant debout.

Yipes grimpait déjà au plus haut mât, comme lui seul savait le faire. Il parvint rapidement au sommet, tenant la corde de son harpon entre les dents. Lorsqu'il atteignit un endroit d'où il dominait la bête en flammes, il enroula ses jambes autour du mât et hissa le harpon dans sa main à l'aide de la corde. Il n'attendit qu'un instant, puis il lança le harpon de toutes ses forces.

Quel lancer! Le harpon toucha un endroit mou entre les écailles du monstre et le transperça. Le cri strident se fit entendre de nouveau sous le *Phare de Warwick* et, cette fois, le serpent d'acier en feu battit en retraite et retourna dans son refuge aquatique. La mer Solitaire bouillonnait et fumait. J'entendis Yipes hurler lorsque la corde, qui filait entre ses mains, lui brûla les doigts avant de plonger dans l'eau, traînant derrière elle le bras malfaisant d'Abaddon.

Roland indiqua deux feux qui couvaient sur le pont du bateau.

— Il faut éteindre ces feux! cria-t-il.

Nous passâmes aussitôt à l'action. Yipes glissa le long du mât et martela de ses bottes le feu le plus près, tandis que Roland et moi piétinions le plus grand des deux. Ensuite, tout redevint très silencieux pendant que nous guettions le bruit du mal rôdant tout près, dans l'eau. Je pouvais déjà voir le jour pointer, loin à l'horizon. Nous avions dormi beaucoup plus longtemps que je ne le croyais, et le matin allait bientôt se lever. Abaddon était venu au plus profond de la nuit dans un seul but : me dire que non seulement je n'avais pas réussi à l'anéantir, mais que je l'avais aussi conduit vers un endroit paisible qu'il pourrait détruire. Un endroit qu'il pourrait faire sien.

— Est-ce que vous sentez ça? dis-je.

— Quoi? demanda Yipes, inquiet à la pensée de ce que je pourrais avoir remarqué.

Mais il n'avait aucune raison d'avoir peur. J'avais simplement constaté que les prévisions de Roland se manifestaient.

Le vent soufflait de nouveau.

CHAPITRE 2
ET SOMBRE LE BATEAU

Malgré tout ce que j'avais vécu avec mes chers amis Yipes et Roland, je n'aurais jamais imaginé qu'ils puissent être aussi rapides et efficaces. Pendant que le soleil se levait à l'horizon, ils bondissaient et se précipitaient dans tous les coins et recoins du bateau, déployant les voiles avec une rapidité et une adresse déconcertantes. Aucun cordage ne s'entortilla, aucun nœud ne fut négligé. Chacune des voiles géantes se gonflait au vent lorsque le soleil, à l'est, darda soudain ses rayons sur l'eau.

— Nous avançons! cria Yipes, de son perchoir tout en haut du grand mât.

— Reste là et garde un œil sur l'eau! hurla Roland. Je veux savoir si nous sommes suivis.

— Avec plaisir, capitaine!

Yipes aimait se percher dans des endroits hauts et peu sûrs d'où il pouvait observer le reste du monde. Au début, je me faisais constamment du souci pour lui, mais, avec le temps, je m'étais habituée à l'idée qu'il excellait dans ce genre de situations.

— Alexa! cria Roland de derrière le gouvernail. À la proue! Assure-toi qu'il n'y a pas d'obstacles sur notre chemin.

J'ignorais ce qu'il entendait par obstacles. Quels *obstacles* pourrait-il y avoir au large, à des centaines de milles de la côte? Une fois à la proue, je me penchai et examinai la surface de l'eau balayée par les vents, en alerte, surveillant tout danger potentiel. Je regardais sans cesse par-dessus mon épaule, m'attendant à voir quelque chose surgir de l'eau et nous démolir par-derrière, mais Yipes demeurait silencieux au sommet du mât, et nous gardâmes le cap vers les Cinq Piliers.

Lorsque nous eûmes franchi presque la moitié de la distance qu'il nous restait à parcourir, Roland dirigea brusquement le *Phare de Warwick* à tribord, et je fus projetée le long du bastingage rendu glissant par des décennies d'usage sur la mer Solitaire.

— Accrochez-vous! hurla-t-il.

Il y eut un bruit sourd terrible, et le bateau fit une embardée en heurtant une masse rigide sous la surface de l'eau. Avant que j'aie pu retrouver complètement mon équilibre, Roland fit tourner le navire dans une autre direction, et je glissai de nouveau vers le milieu, les yeux levés vers le ciel bleu. Tout en haut sur le mât, Yipes était parfaitement immobile, se cramponnant comme Roland nous avait dit de le faire. Il avait tourné le regard, vers l'avant du *Phare de Warwick*.

— Qu'est-ce qui se passe? criai-je à Roland.

— Les Cinq Piliers ne sont pas les seules formations rocheuses dans la mer Solitaire, répondit-il. Nous avons pénétré dans le Chenal, et notre approche sera difficile de ce point d'entrée.

— À tribord toute! s'écria Yipes. À tribord toute!

Roland donna un grand coup de barre, faisant tournoyer

cette dernière librement et rapidement, pendant que j'avançais en longeant le bastingage.

— N'y a-t-il pas d'autre chemin? dis-je.

— Oui, il y en a un, mais c'est plus long par là. Nous ne voulons pas passer plus de temps qu'il ne le faut sur l'eau.

Il ne faisait pas de doute que nous devions quitter la mer Solitaire par le moyen le plus rapide imaginable, même s'il fallait pour cela traverser un périlleux labyrinthe. J'étais sur le point de demander en quoi consistait le Chenal lorsqu'un autre cri retentit en haut.

— À bâbord maintenant!

Personne ne surveillait l'arrière du *Phare de Warwick*, et j'avais un terrible pressentiment quant à ce qui pourrait nous surprendre. Tandis que Roland et Yipes dirigeaient le bateau sur une mer où se dessinaient tout autour les ombres des rochers à fleur d'eau, j'avançai péniblement vers la poupe. La coque fut de nouveau percutée violemment, et je lâchai prise, puis tombai à la renverse.

— Redressez, Roland! En plein milieu, maintenant! indiqua Yipes. Il y a à peine 30 centimètres de jeu de chaque côté!

Je m'accrochai au bastingage et regardai en direction des Cinq Piliers. Nous étions près d'eux, et je constatai avec effroi qu'il ne semblait pas y avoir de moyen d'accéder au sommet. Je ne voyais que du roc déchiqueté s'élevant dans le ciel et se terminant en vastes plateaux. Je franchis rapidement la distance qui me séparait de l'arrière du *Phare de Warwick*, m'accrochant lorsque, soudain, le navire bondit violemment. Je faillis être projetée au fond de la mer. Et c'est alors que je vis Abaddon tel qu'il était devenu : une immense ombre noire s'approchait prudemment dans la mer Solitaire. En la voyant dépasser le *Phare de Warwick*, je songeai à un ciel bleu qui s'assombrit soudain, envahi par d'épais nuages chargés de pluie. J'eus l'impression qu'une énorme tempête allait déferler sur notre bateau de bois et le faire sombrer dans l'oubli. L'ombre glissa sous le navire, et je pris conscience de l'épouvantable vérité : Abaddon le monstre marin était plus gros, et de beaucoup, que le bateau sur lequel nous naviguions.

— Plus vite! criai-je. Le monstre est en dessous de nous!

Levant les yeux, je compris que Yipes l'avait aperçu aussi et qu'il était terrifié en voyant ce qui se passait. Le Chenal était devenu impossible à naviguer sans que la coque heurte des barrières de roc à chaque tournant, et l'ombre du monstre marin avait maintenant fait le tour du bateau.

— Foncez vers les piliers! lança Yipes. Il n'y a pas d'autre moyen!

Roland maintint le cap droit devant, et la coque donna contre le roc encore et encore tandis que nous filions directement vers le premier des Cinq Piliers. Le *Phare de Warwick* avait commencé à prendre l'eau. Nous coulions dans la mer Solitaire et, pire encore, Abaddon était réapparu. Jetant un coup d'œil derrière le bateau, je vis l'horrible tête du monstre émerger de l'eau. Ronde et couverte de métal rouillé, elle s'ouvrit en roulant avec un bruit de chaînes, révélant une rangée de dents métalliques qui lançaient des étincelles.

Il est temps que tu coules avec le bateau, Alexa. Tu ne m'es plus d'aucune utilité!

La tête se referma et disparut sous l'eau. Elle fut remplacée non pas par un, mais par des dizaines d'effroyables tentacules en métal qui s'élevèrent hors de l'eau, tout autour de notre bateau. S'agitant dans les airs, ils nous encerclaient, tels de vieux barreaux de prison recouverts d'écailles de fer et de bernacles. Des rayons bleus et jaunes, produits par l'électricité, se déplaçaient de l'un à l'autre.

— Accrochez-vous! cria Roland. Accrochez-vous!

Je me cramponnai au bastingage avec une poigne de fer, et nous fonçâmes droit sur la base du pilier qui se trouvait devant nous. Le *Phare de Warwick* se fendit en deux à la proue et commença à se remplir d'eau par sa coque fracassée. Roland lâcha la barre et s'empara d'un harpon, et je vis, horrifiée, les bras métalliques d'Abaddon devenir orange et rouges, puis s'embraser.

— Viens les chercher! cria Roland. Viens les chercher maintenant!

Qu'est-ce qu'il disait? C'était comme s'il demandait à Abaddon de nous avaler, Yipes et moi, et, durant un instant, je doutai de mon vieil ami et protecteur. Tels des fouets de feu, les bras d'Abaddon se mirent à marteler le *Phare de Warwick* de tous côtés. Soudain, la poupe du navire se dressa tandis que sa proue fracassée plongeait dans la mer Solitaire.

— Viens les chercher MAINTENANT! hurla Roland.

Puis il lança son harpon de toutes ses forces. Celui-ci transperça les écailles enflammées, et ses barbelures s'accrochèrent fermement à l'un des tentacules de la bête. Envoûtée par la folie pure du chaos, je ne pouvais rien faire d'autre que me tenir debout sur la poupe de notre bateau qui sombrait. Roland, mon oncle bien-aimé, reprit la barre, puis me regarda et prononça ses derniers mots.

— Tourne-toi vers le ciel, Alexa Daley! C'est là qu'est ton avenir!

Les bras métalliques enflammés d'Abaddon s'emparèrent du *Phare de Warwick* et le tirèrent vers le bas. Je tenais toujours le bastingage à l'arrière du bateau, et mes jambes se balançaient maintenant dans le vide pendant que la poupe s'élevait haut dans les airs. Roland culbuta par-dessus la barre et tomba dans la mer, où un bras d'écailles métalliques ardentes l'entraîna sous l'eau.

— Non! hurlai-je. Rends-le! Rends-le!

Notre capitaine avait disparu, je ne voyais Yipes nulle part, et tout portait à croire que je serais la prochaine victime. L'eau montait dans un violent tumulte, et je me rappelai les dernières paroles de Roland : *Tourne-toi vers le ciel, Alexa Daley! C'est là qu'est ton avenir!* Et c'est ce que je fis.

Les piliers formaient un grand cercle et, pendant que je les observais, j'aperçus une silhouette plongeant du sommet du pilier le plus éloigné. Elle n'était rien de plus qu'un point doté de membres au loin, mais elle tenait une corde fixée au pilier le plus près, celui contre lequel Roland avait dirigé le *Phare de Warwick*. Entre les deux, il n'y avait que la mer, avec les autres piliers tout autour. La silhouette au bout de la corde gagna de la vitesse et, en se rapprochant, descendit en piqué vers l'eau.

Le dernier mât du *Phare de Warwick* disparut et mes doigts glissèrent le long du bastingage mouillé. Puis je sentis l'eau sur mes jambes. Tout autour de moi, la mer bouillonnait tandis qu'elle finissait d'engloutir le bateau. Je lâchai prise et fus aussitôt submergée par l'eau froide et déchaînée.

Les paroles de Roland résonnaient dans ma tête : *Viens les chercher! Viens les chercher maintenant!*

Ce qui se passa ensuite tenait plus du cauchemar que de la réalité. Je ne savais pas si j'étais éveillée ou si je rêvais. Tout ce que je savais, c'était que je m'élevais dans le vent et que des flammes mouvantes tentaient de m'agripper les pieds. Jetant un coup d'œil en bas, je pris conscience de la cruelle réalité : le *Phare de Warwick* avait disparu, le capitaine avait sombré avec le bateau, et il n'y avait aucune trace de Yipes.

Le malheur avait frappé loin de chez moi, et ma dernière pensée fut la plus effrayante de toutes : Je suis toute seule.

CHAPITRE 3
LA PORTE CACHÉE

Très peu d'événements peuvent me tirer du sommeil en sollicitant quatre de mes sens à la fois. Me faire lécher la figure par un chien mouillé est l'un de ceux-là. Il y eut d'abord le bruit et la sensation d'une grande langue baveuse qui me léchait le visage, puis l'odeur prononcée d'un pelage mouillé, mêlée à celle de l'haleine tiède d'un animal et, enfin, l'image de la face fauve d'un chien qui me regardait ouvrir les yeux et poussait du museau un bâton sur ma poitrine comme s'il voulait jouer à « Rapporte! ».

— D'où viens-tu, toi? demandai-je.

De nouveau, le chien donna un petit coup de museau sur le bout de bois et attendit. Je me redressai, pris le bâton et l'agitai dans les airs. Le chien resta immobile; seule sa tête bougeait en suivant le mouvement du bâton.

Je me trouvais dans une pièce qui n'avait qu'une porte et une fenêtre. Celle-ci était haute, trop haute pour qu'on puisse voir autre chose que le ciel bleu. Par la porte, qui était entrouverte, je pouvais voir un rayon de lumière filtrer, mais rien d'autre du monde extérieur. Le chien avait apparemment poussé la porte et m'avait aperçue sur le lit. En le voyant détrempé ainsi, je me demandai ce que j'allais trouver dehors. Étais-je encore tout près de l'eau, ou me trouvais-je au sommet d'un des piliers? La seule façon de le savoir, c'était de me lever et de marcher vers la porte, mais j'avais peur de le faire.

Tandis que je restais là à m'inquiéter de Roland, de Yipes, du monstre marin et du naufrage du *Phare de Warwick*, le chien aboya. Il se leva, fixant toujours le bout de bois. Mon cœur se mit à battre la chamade à la pensée que quelqu'un ou quelque chose pourrait franchir la porte.

— Tais-toi, dis-je tout bas.

En prononçant ces mots, je réalisai qu'avec ses grands yeux bruns et sa queue frétillante, le chien m'avait déjà conquise. Je me levai et lançai le bâton avec force par la fenêtre, puis je regardai le chien franchir la porte en coup de vent. Peu après, je l'entendis se jeter dans une étendue d'eau.

Je me dirigeai vers la porte à pas de loup et tendis la main vers la poignée polie. Cependant, le chien s'était déplacé plus rapidement dans l'eau que je ne l'aurais cru. Il bondit dans la pièce et laissa tomber le bâton à mes pieds avant de se secouer et de m'éclabousser de la tête aux pieds.

— Très bien, dis-je en ramassant le bout de bois. Voyons si tu pourras le trouver *cette fois*.

Je fis semblant de lancer le bâton par la fenêtre, et le chien s'élança dehors. Je traversai de nouveau la pièce, m'accroupis près du lit et lançai le bâton dessous. Lorsque je me redressai et levai les yeux, il y avait quelqu'un dans l'embrasure de la porte.

— Tu n'y arriveras pas.

C'était la voix d'une femme. Sa silhouette se découpait dans la lumière de sorte que je ne pouvais pas distinguer son visage, mais je pouvais voir qu'elle avait les cheveux très longs. Elle était menue, pas plus grosse que moi. Si elle n'avait pas parlé, j'aurais pu la prendre pour une enfant.

— Ça ne fera que l'exciter davantage, ajouta-t-elle.

— Où sont mes amis? demandai-je immédiatement.

La femme s'écarta pour laisser passer le chien détrempé, qui entra dans la chambre en bondissant. Il renifla le plancher, puis ma jambe, ma main et, enfin, le lit. Un instant plus tard, il réussit à passer son imposante tête sous le lit et en ressortit avec le bâton.

— Je te l'avais dit, fit remarquer la femme. Tu n'as pas vraiment d'autre choix maintenant que de le lancer de nouveau. Ranger est ce qu'on pourrait appeler un animal *déterminé*.

— Oui, c'est évident, dis-je avant de lancer le bâton par la fenêtre.

La femme me fit signe d'avancer, mais je ne voulais pas quitter cette pièce où je me sentais en sécurité.

— Peux-tu me dire où se trouvent mes amis?

Ranger revint et, cette fois, la femme le réprimanda gentiment.

— Laisse cette pauvre fille tranquille.

Ranger s'assit à côté d'elle, laissa tomber le bout de bois et le fixa tristement. De nouveau, la femme m'indiqua la sortie d'un geste.

— Je ne te ferai pas de mal, dit-elle. Je ne suis même pas certaine que je *pourrais* le faire.

En effet, si je me fiais à la silhouette qui se dessinait dans la porte, j'aurais probablement pu me frayer facilement un passage et m'enfuir. J'étais petite, mais elle l'était encore davantage.

— Viens, reprit-elle, avant de s'éloigner de la porte et de disparaître. Il fait un temps splendide. Le soleil te fera du bien.

Ranger prit le bâton dans sa gueule et la suivit avec

enthousiasme.

— Attends! m'écriai-je.

L'idée de rester seule, maintenant que j'étais réveillée, ne me souriait pas tellement, et je commençais déjà à m'attacher au chien. La compagnie d'un animal a quelque chose de réconfortant lorsqu'on se retrouve dans un endroit inconnu.

Je marchai prudemment vers la porte et passai la tête à l'extérieur, inquiète de ne pas avoir obtenu de réponse à ma question. Contre toute attente, la maison se dressait juste au bord d'un grand plan d'eau. Elle ne comptait qu'une seule pièce et elle était faite de fines couches de pierres érodées par les intempéries et liées avec du mortier. Son toit était en chaume.

— Je sais que c'est très modeste, s'excusa la femme, qui se tenait sur le rivage avec le chien fauve, mais c'est notre maison, à Ranger et moi.

Elle était à peu près du même âge que Yipes, et presque aussi petite. Ses longs cheveux dorés lui descendaient en dessous des genoux. Ni droits ni bouclés, ils ondulaient comme des vagues sur la mer. Emmêlés était le mot qui les aurait décrits le mieux, car ils semblaient ne pas avoir été peignés depuis des années. La femme était très douce et jolie à regarder. J'avais l'impression que, si j'avais appuyé sur son nez ou ses joues avec mon doigt, il s'y serait enfoncé.

Elle lança le bâton une fois de plus, et Ranger sauta dans l'eau et s'éloigna.

— Ce chien est infatigable, déclara-t-elle. Il adore nager.

Une haute haie touffue au feuillage vert et or, visiblement non entretenue, bordait le rivage du lac là où je me tenais, si bien que je ne pouvais pas voir la mer Solitaire en bas. Ici et là autour du lac, je pouvais apercevoir de petits groupes de chaumières entre les arbres. Je levai les yeux et vis trois piliers qui se dressaient jusqu'au ciel. Je compris alors où je me trouvais : au sommet du deuxième pilier, qui n'était pas tout à fait le plus petit des cinq. J'étais au royaume des enfants perdus.

Le lac occupait une grande partie de l'espace au milieu, et le dessus du pilier n'était pas aussi vaste que je l'avais cru en le regardant d'en bas. Je m'approchai de la femme et constatai qu'elle m'observait de ses yeux verts pareils aux miens.

— Je suis Matilda, dit-elle. J'ai aidé à te sauver du monstre qui a dévoré ton bateau.

— Mais tu es si…

Je l'avais presque dit. Presque, mais pas tout à fait.

— Quoi? *Petite*?

— Je suis désolée, c'est que… enfin, c'est difficile d'imaginer que tu aies pu me sortir de l'eau. Comment t'y es-tu prise?

Elle ne me répondit pas. Ranger revint avec le bâton et le laissa tomber à ses pieds.

— Où est Yipes? demandai-je. Et Roland, le capitaine du bateau, est-il…

Matilda désigna la chaloupe décrépite qui flottait sur le lac. Ranger, interprétant ce geste comme un signe, longea le bord de l'eau en bondissant et sauta dans l'embarcation.

— La cloche du dîner sonnera bientôt, dit la femme. Pas question d'être en retard, sinon Jonezy sera dans tous ses états.

Je regardai à ma gauche et à ma droite encore une fois, puis vers le lac. Je ne vis personne d'autre, ce qui m'étonna. Est-ce que d'autres personnes vivaient vraiment sur le deuxième pilier? Où étaient tous les gens dont je pouvais voir les chaumières?

Matilda se dirigea vers la chaloupe, s'y assit et attendit. Ranger aboya après moi, et je sus sans crainte de me tromper que, si j'avais pu le comprendre, j'aurais entendu : *Qu'est-ce que tu attends? Monte!*

— Il y a de quoi manger de l'autre côté, expliqua Matilda.

Me voyant hésiter, elle ajouta :

— Et tout le monde t'attend.

De toute évidence, je n'allais rien tirer de plus de Matilda à moins de la suivre. Je rassemblai donc mon courage et montai dans la petite embarcation qui dansait sur l'eau.

Matilda se mit à ramer de ses bras grêles, tandis que je tapotais la tête de Ranger. Nous nous éloignâmes rapidement du rivage, et je contemplai la surface de l'eau que seul le doux sillage des rames venait troubler. De nombreux poissons pas plus gros que ma main passèrent sous le bateau, là où l'eau était claire et profonde. Cela me rappela quelque chose d'autre – une chose géante et effrayante – qui avait glissé sous le *Phare de Warwick* il n'y avait pas si longtemps.

— Tu te trouves sur le deuxième pilier, Alexa.

Matilda remarqua que j'étais surprise de l'entendre prononcer mon nom.

— Ton ami Yipes nous a dit comment tu t'appelais.

— Il est vivant! Tu lui as parlé? demandai-je d'un ton plein d'espoir.

— Non, mais on m'a dit qu'il allait bien.

J'étais si heureuse d'entendre cette nouvelle que, dans mon excitation, je fis tanguer l'embarcation.

— Où est-il? Quand pourrai-je le voir?

Matilda lâcha l'une des rames, et celle-ci oscilla paresseusement à la surface de l'eau. Elle montra le ciel du doigt, à deux heures.

— Il se trouve sur ce pilier, qui n'est pas le plus facile à atteindre d'ici. Vois-tu cette longue ligne qui monte entre le pilier sur lequel nous sommes et celui-là?

Je hochai la tête.

— C'est un pont fait presque uniquement de corde.

Matilda fronça le nez comme s'il lui chatouillait.

— Il faut de l'entraînement pour utiliser un pont de cordage comme celui-là. Et il en faut encore plus pour se balancer sur une corde d'un pilier à l'autre. On y travaillera.

— Yipes pourrait le faire! m'écriai-je.

S'il y avait une chose à laquelle Yipes excellerait, ce serait à traverser un pont de cordage ou à se balancer sur une corde.

— Il peut gravir tout ce qui se trouve sur son chemin, dis-je.

— Peut-être, dit Matilda. Mais nous parlerons de tout ça après, d'accord?

— Après quoi?

Matilda ne répondit pas, mais elle plissa le nez encore une fois. Un tic nerveux sans doute. Cela me fit penser à Malcom le lapin, là-bas, chez moi.

Pourquoi m'empêchait-on de voir Yipes? Cette question me préoccupait, mais j'étais tellement contente de savoir qu'il se trouvait avec moi – *quelque part*. Il me parut judicieux de ne pas trop insister pour l'instant. De plus, il y avait une autre question, plus difficile celle-là, qu'il me fallait poser une fois de plus.

— Et Roland, le capitaine du navire? Où est-il?

Matilda resta muette. Elle s'était remise à ramer, fixant les rames qui plongeaient dans l'eau pour mieux éviter mon regard.

— Il est mort, n'est-ce pas? demandai-je. Roland est mort.

Matilda ne répondait toujours pas, mais elle jeta un regard de mon côté, qui semblait indiquer qu'elle avait le cœur brisé, elle aussi. Roland Warvold avait bel et bien sombré avec le *Phare de Warwick*. J'aurais voulu qu'il soit à mes côtés dans ce nouveau monde étrange. Sans lui, je ne savais pas à qui faire confiance, ni ce que je découvrirais sur chacun des Cinq Piliers. J'éprouvais un sentiment de solitude angoissant.

— C'est difficile de lâcher prise, fit remarquer Matilda.

Nous étions presque arrivés de l'autre côté du lac. Je vis qu'une foule considérable s'était massée près du rivage vers lequel nous nous dirigions. Je ne pouvais pas m'empêcher de penser au fait qu'ils étaient tous des enfants perdus de la contrée d'Élyon. Des enfants dont personne ne voulait, des enfants en danger, que Roland avait emmenés clandestinement aux Cinq Piliers. Je les avais imaginés âgés de cinq, six ou sept ans, même si cela n'avait pas de sens. Après tout, je savais que bon nombre d'entre eux étaient arrivés ici bien avant ma naissance, mais, avant de les voir, je les avais toujours imaginés comme des enfants, perdus et effrayés. Cela me donna plus que jamais l'envie de voir Yipes.

Matilda?

Elle me regarda de l'autre bout du bateau.

— Pourquoi ne puis-je pas voir mon ami Yipes?

Matilda sourit légèrement.

— Tu pourras le voir, je te le promets.

Puis elle se tourna vers l'eau.

— Tu dois patienter encore un peu.

Je voulus protester, mais nous étions sur le point de

débarquer, là où les gens s'étaient rassemblés, chuchotant entre eux. Il y avait trois autres chiens, qui semblaient contents que Ranger leur rende visite.

J'entendis une cloche sonner quelque part, dans un endroit caché derrière la rangée d'arbres.

— Juste à temps! s'exclama Matilda. C'est l'heure de manger.

Lorsque je descendis de la chaloupe, le groupe se divisa en deux pour me laisser passer. Personne ne m'adressa la parole, mais plusieurs hochèrent la tête et sourirent faiblement. Il semblait y avoir de l'inquiétude à mon sujet. Un sentiment de tristesse général flottait dans l'air, probablement à cause de la mort de Roland. Après être passée lentement devant tous ces gens, je vis, devant moi, un sentier qui menait vers les arbres.

— Par ici, dit Matilda en regardant le sentier. Tu dois te rendre jusqu'à la porte.

CHAPITRE 4
JONEZY

La porte dont elle parlait était complètement entourée d'épais buissons, de sorte qu'elle paraissait s'ouvrir non pas sur une maison, mais sur une forêt infinie. Je frémis.

— Est-ce que je peux emmener Ranger avec moi? demandai-je.

— Je crois que c'est une bonne idée, répondit Matilda en hochant la tête.

Soudain, j'éprouvai l'étrange impression d'avoir déjà vécu ce moment. Je me rappelais la fois où j'avais marché vers la mare irradiante derrière Yipes, ne sachant pas ce que j'y trouverais.

Tous les autres étaient partis. Il ne restait plus que Matilda, le chien et moi. Nous nous dirigions vers la porte. J'appelai Ranger pour qu'il se tienne près de moi et je sentis bientôt son pelage sur ma jambe.

— Viendras-tu aussi avec moi? demandai-je à Matilda.

— Je pense que tu ferais mieux d'y aller sans moi. Mais on se reverra, je te le promets.

Elle repoussa ses longs cheveux en bataille derrière ses oreilles et rebroussa chemin.

Inspirant profondément, je tirai le loquet de bois, et la porte s'entrouvrit en grinçant. Ranger donna un petit coup de museau contre le bas de la porte, puis disparut à l'intérieur. Il faisait clair dans la maison – cela, je pouvais le voir -, mais un coup de vent salin referma la porte dès que Ranger fut passé.

— Je n'ai pas vraiment envie de franchir cette porte, dis-je en me retournant.

Mais Matilda n'était plus là. J'étais seule sur le sentier.

— Ranger? chuchotai-je en entrebâillant la porte.

— Il est ici.

La voix râpeuse semblait être celle d'une personne âgée. Elle se mêlait au vent provenant de la mer et au bruit que faisait Ranger en trottant sur le plancher. Je dus pousser la porte avec force pour qu'elle s'ouvre malgré le vent qui soufflait. Aussitôt que je l'eus franchie, elle se referma en claquant. Je me trouvais sur une étroite véranda d'à peine deux mètres de largeur dont le parapet, constitué de pierres empilées, s'élevait jusqu'à ma taille. Ce qui, à mon avis, n'était pas assez haut, puisque c'était la seule chose qui me séparait du vide au-dessus de la mer Solitaire.

Je tendis la main vers la porte, en proie à une grande frayeur à l'idée de me trouver si près du bord, mais Ranger se tenait devant moi et refusait de bouger.

— Nous ne recevons pas beaucoup de visiteurs ici, dit la voix.

Je me tournai vers la gauche. Aussitôt, mes cheveux furent balayés devant mes yeux; le vent marin soufflait d'un côté de ma tête, comme pour m'éloigner du bord.

Le parapet menait vers une table et deux chaises. La véranda était si étroite que rien d'autre n'aurait pu y être placé, à part la table, les deux chaises, et un homme seul qui contemplait la mer.

— Je vous ai vus venir de loin, ajouta-t-il. On peut voir beaucoup de choses d'ici.

Il était vieux, comme Roland l'était. Le soleil et l'air salin de la mer avaient laissé leurs traces, et tout chez lui respirait la sympathie. Sa peau était parcheminée et sillonnée de rides, et, dans ses cheveux, le gris se mêlait au blond. Son nez était droit et mince comme une flèche. La plupart des gens auraient dit que c'était un nez plus long que la moyenne. Ses yeux, comme ceux de tous les hommes qui vivaient en mer, pétillaient de vie.

— Viens t'asseoir. Nous pouvons manger et profiter de la vue. J'aime avoir de la compagnie ici quand c'est possible.

Je n'ai jamais franchi une aussi courte distance avec autant d'angoisse. Je ne peux pas trouver les mots pour expliquer à quelle hauteur nous nous trouvions, à quel point le pilier semblait vaciller dans le vent, combien j'aurais souhaité que le parapet soit plus haut. Une forte bourrasque venant de la direction opposée m'aurait sûrement renversée. Comme pour se moquer de ma peur, Ranger posa ses pattes de devant sur le parapet et agita la queue, aboyant un bonjour à la mer Solitaire. J'adore les chiens, mais parfois, ils font des choses franchement étranges.

— Descends, Ranger! dis-je avec un peu trop de fermeté.

Je craignais qu'il ne fasse basculer le parapet. Ranger retourna près de la porte et se coucha. Cela me parut un bon prétexte pour me mettre à quatre pattes, et c'est ce que je fis pour flatter doucement Ranger. Puisque j'étais déjà par terre, je me dis que je ferais tout aussi bien de me traîner jusqu'à la table. Cela fit sourire l'homme, et de profondes pattes d'oie apparurent aux coins de ses yeux. Lorsque j'atteignis la table, je me redressai avec précaution et m'assis sur la deuxième chaise. Le doux mouvement du pilier me donnait le mal de mer, et je me penchais constamment vers l'épais mur de buissons. Je compris alors que je ne me trouvais pas dans une pièce. Il s'agissait simplement d'une corniche entourée d'arbres et de broussailles, dans lesquels on avait judicieusement placé une arche et une porte.

— Est-ce qu'on est obligés de manger ici? demandai-je. C'est tellement près du bord.

L'homme se leva, puis se pencha loin au-dessus du parapet. J'en eus le souffle coupé.

— J'ai quelques questions à te poser d'abord, dit-il dans le vent qui hurlait. Et de toute façon, si tu dois passer quelque temps ici – ce qui, je crois, est assez certain, compte tenu de ta situation –, il vaudrait mieux que tu t'habitues à te tenir près du bord.

Il se rassit et, de ses yeux gris brillants, examina les assiettes devant nous, tout en hochant la tête.

— C'est du très bon poisson que nous avons là. Il est même cuit. Et les pommes de terre sont imbattables.

La nourriture, en effet, semblait tout à fait délicieuse. Je me demandai quand j'avais mangé pour la dernière fois.

— Combien de temps ai-je passé chez Matilda?

L'homme réfléchit un moment avant de répondre. Il ne paraissait pas du tout certain.

— Plus d'une journée, mais moins que deux, répondit-il enfin.

— Oh, fis-je.

J'avais espéré un peu plus de détails. Je décidai de tenter ma chance avec une autre question.

— Qui êtes-vous?

Avec ses mains, il prit une partie du poisson dans l'assiette et commença à manger.

— Jonezy. Autrefois de la maison de Mme Vickers sur la colline, et maintenant chef... si l'on peut dire.

Il fourra dans sa bouche un autre gros morceau de poisson blanc, puis le mâcha avec entrain. C'était donc *lui*, Jonezy – celui de l'histoire de Roland –, le dernier garçon arrivé à l'horrible orphelinat de Mme Vickers avant que Roland et Thomas s'en échappent. Cela me faisait bizarre d'avoir entendu l'histoire de Jonezy le jeune garçon, alors que j'avais un vieil homme devant moi. Très bizarre, en fait.

— Et Yipes, mon ami? Est-ce que je peux le voir?

Jonezy avala son poisson et se racla bruyamment la gorge, ce qui fit monter et descendre sa vieille pomme d'Adam. Il porta ses doigts à sa bouche et en retira une longue arête mince. Lorsqu'il fut certain qu'il n'y avait plus d'autres surprises cachées dans ses joues ou entre ses dents, il me considéra attentivement.

— Tu poses beaucoup de questions.

Je me sentais mal à l'aise – comme si je m'étais attiré des ennuis. Je me tournai vers la porte pour mieux évaluer la distance jusqu'à elle.

— Si on y allait à tour de rôle, toi et moi? suggéra Jonezy en voyant que j'étais embarrassée. Je vais poser une question, puis tu en poseras une, et ainsi de suite. Je pense que nous avons tous deux besoin de renseignements que l'autre détient, n'est-ce pas?

— C'est votre première question? demandai-je.

Quelque chose dans cette réplique me fit songer à Pervis Kotcher, un vieil ami que je n'avais pas vu depuis longtemps, et soudain, je me sentis triste à cause de tant de choses. J'avais envie de pleurer – et probablement besoin de pleurer –, mais Ranger s'approcha de moi et me lécha la main. Ses yeux apaisants m'apportèrent un peu de réconfort.

— Il m'avait dit que tu étais intelligente, répliqua Jonezy. Je suppose que je vais devoir être plus prudent.

Il me désigna du menton, signalant qu'il s'agissait bel et bien de sa première question, et que, selon notre entente, c'était à mon tour d'en poser une. Je décidai de le ménager.

— Qui vous a dit que j'étais intelligente?

— Roland, bien sûr. Qui d'autre aurait pu me dire une chose pareille?

Il engouffra une autre bouchée de poisson, et je l'imitai. Cela faisait du bien d'avoir de la nourriture dans l'estomac.

— C'est votre deuxième question? demandai-je, la bouche pleine.

Ranger gémit, et je lui tendis la main avec laquelle j'avais mangé le poisson pour qu'il puisse me lécher les doigts.

— C'est ridicule. Comment suis-je censé obtenir des réponses à *mes* questions si tu continues à me piéger?

— Ça ressemblait pas mal à une autre question, vous ne pensez pas?

Jonezy rit et hocha la tête dans ma direction. Il était particulier, mais il commençait à me plaire.

— Vous avez été l'un des premiers ici, dis-je. Roland nous a raconté votre histoire, votre vie dans la maison sur la colline. Et comment lui et Thomas vous ont sauvé.

— Et le géant! Armon le géant. Je donnerais n'importe quoi pour le revoir. Quelle créature remarquable!

Je n'eus pas le courage de lui dire qu'Armon était retourné

dans la Dixième Cité, et que nous ne le reverrions jamais.

Finies les questions anodines. Je voulais de vraies réponses.

— Pourquoi ne puis-je pas voir mon ami Yipes?

Jonezy mangea quelques morceaux de pommes de terre, s'emplissant la bouche pour se donner le temps de réfléchir.

— Parce que nous ne sommes pas certains des raisons qui t'ont amenée ici, répondit-il enfin.

Après une autre pause, durant laquelle il essuya les coins de sa bouche avec ses doigts, il ajouta :

— *Pourquoi* es-tu venue ici, Alexa Daley?

Je n'avais pas l'impression que Jonezy m'accusait, mais la réponse l'inquiétait visiblement. Ce que j'allais dire était très important. Je marquai une pause et caressai le pelage de Ranger, que le vent ébouriffait. Mon silence se prolongeant, Jonezy se leva et se pencha de nouveau au-dessus du parapet.

— Roland était mon ami le plus cher. Nous avons passé de nombreuses années ensemble et avons partagé, à cette même table, plus de repas que je ne peux en compter. Et voilà que j'ai dû me tenir ici, impuissant, et regarder son navire bien-aimé se fracasser. Il n'y a que deux personnes sur les Cinq Piliers qui soient assez habiles pour se balancer aussi bas, mais ni l'une ni l'autre n'est assez forte pour porter un homme aussi lourd que Roland.

Il se tourna vers moi, le vent repoussant les larmes qui roulaient sur ses joues.

— La mer Solitaire l'a englouti. Et à sa place, nous nous retrouvons avec ton ami et toi, deux personnes dont nous savons peu de choses. Et un autre aussi.

— Un autre? répétai-je, surprise et de nouveau dévastée par

la confirmation de la mort de Roland. Il n'y avait que nous trois, et personne d'autre.

Jonezy se pencha encore au-dessus de l'eau, et cette fois, il indiqua quelque chose du doigt.

— Ça! tonna-t-il. Le monstre qui a tué le capitaine et coulé le bateau. Il est toujours là!

Il n'en fallut pas plus pour que je quitte enfin ma chaise et m'approche aussi du parapet. Aussi terrifiant que cela ait été de me pencher et de regarder en bas, je m'obligeai à le faire.

— Qu'est-ce que c'est? demanda Jonezy. Quelle créature terrible avez-vous emmenée jusqu'ici?

Il n'était pas tant effrayé que déconcerté. Et je pouvais comprendre qu'il entretienne des soupçons sur moi, sur Yipes et même sur son propre jugement. Roland était mort, le *Phare de Warwick* avait sombré, et tout en bas se trouvait un monstre que nous avions conduit vers un lieu qui avait toujours été sûr et secret.

C'était comme si Abaddon savait que je le regardais d'en haut, comme s'il sentait ma présence sur la corniche. L'eau à la base du pilier, à ma gauche, se mit à bouillonner. Puis les bras de métal d'Abaddon émergèrent et se mirent à attaquer la base du plus étroit des piliers à coups de décharges électriques et de flammes. De gros morceaux de roc se brisèrent et tombèrent dans l'océan. Non seulement le monstre marin démolissait le pilier, mais il grimpait aussi! Des bras recouverts d'acier rouillé agrippaient le pilier, tirant tout le poids de la tête et du corps d'Abaddon hors de l'eau.

C'est ici chez moi maintenant, Alexa Daley. Toi et tes amis n'y êtes pas les bienvenus.

J'entendis la voix grave et obsédante d'Abaddon dans le vent et me couvris les oreilles.

— Oui, c'est un bruit épouvantable, dit Jonezy. Cette façon qu'il a de fouetter le pilier avec ses bras...

Abaddon redescendit nonchalamment, riant dans ma tête. L'eau écuma violemment jusqu'à ce que le monstre disparaisse enfin. Le calme régna de nouveau sur la mer Solitaire.

Je me retournai pour aller m'asseoir et trouvai Ranger à ma place. Il avait vidé mon assiette.

— Tu dois le surveiller, dit Jonezy. Il est sournois.

Je poussai doucement Ranger, et il cessa de se lécher les pattes juste assez longtemps pour descendre de la chaise.

— Tiens, prends la mienne.

Jonezy fit glisser son assiette vers moi, mais j'avais perdu l'appétit.

— Nous ne voulions pas emmener ce monstre aux Cinq Piliers, expliquai-je. Vous devez me croire.

Jonezy se pencha en avant sur ses coudes et prit un morceau de pomme de terre dans l'assiette qu'il avait poussée vers moi. Il le mit dans sa bouche et parla tout en mastiquant :

— Nous allons faire une promenade, toi et moi. Tu dois tout me raconter, dit-il en s'essuyant la bouche avec son bras nu. Et vite.

CHAPITRE 5
LA RÉVÉLATION

Jonezy se leva et poussa sa chaise.

— Suis-moi, continua-t-il. Je ne veux pas être dérangé par qui que ce soit jusqu'à ce que nous arrivions au pont.

Je me rappelais le pont de cordage qui menait au troisième pilier.

— Vous m'emmenez voir Yipes! m'exclamai-je.

— Il s'agit d'un autre pont, répliqua Jonezy tout en s'agenouillant et en s'engageant dans une ouverture dans les buissons derrière la table.

Il n'attendit pas et ne me donna aucune instruction; il s'évanouit simplement dans l'obscurité. Encore une fois, cela éveilla en moi de vieux souvenirs, comme lorsque je rampais dans des cavernes et des tunnels vers des endroits inconnus, suivant ceux à qui je n'étais pas certaine de pouvoir faire confiance. Une rafale de vent s'éleva et souffla contre la haute haie mal entretenue, provoquant un bruissement de feuilles. Ranger aboya vivement comme pour dire : *Allons-y, Alexa – ce n'est pas en restant ici que tu vas retrouver Yipes*. Je suivis donc docilement, espérant que je pourrais établir un lien de confiance avec Jonezy en cours de route. Je fus surprise de voir que Ranger ne m'accompagnait pas. Il laissa échapper une plainte au moment où je disparaissais dans le trou, puis il passa la tête à l'intérieur, mais recula vivement dans la lumière de la terrasse.

— Il ne nous suivra pas, dit Jonezy, et c'est probablement mieux comme ça.

Sa voix me fit sursauter.

— Pourquoi refuse-t-il d'entrer?

— Je ne sais pas. Peut-être qu'il aime savoir où il va.

— J'aimerais bien le savoir moi aussi, dis-je, reculant imperceptiblement vers la terrasse.

Jonezy rit et se remit à ramper. Il disparut bientôt dans un tournant.

— Il n'y a rien de diabolique ici, Alexa. Ce n'est qu'un passage secret pour éviter d'être vu. Je n'ai pas toujours envie de parler aux gens. Ils posent beaucoup de questions.

Je le suivis donc. Quand je tournai le coin à mon tour, je vis que l'endroit n'était pas aussi sombre ni aussi petit que je l'avais cru; je pouvais me tenir debout et marcher en me courbant légèrement. Des milliers de minces rayons de lumière filtraient entre les feuilles et les branches au-dessus de nos têtes. Un enchevêtrement inextricable de broussailles me frôlait les bras et les jambes, mais l'endroit me paraissait étrangement sûr. Je humai profondément le parfum sauvage des arbres et des fleurs.

— Roland n'était pas revenu depuis près de cinq ans, déclara Jonezy en ralentissant le rythme. J'ai l'impression qu'il a dû s'en passer des choses dans le monde durant sa longue absence.

Jonezy insista pour que je lui donne tous les détails, m'interrompant constamment tandis que je tentais de reconstituer une histoire dans laquelle il n'avait joué aucun rôle. Chemin faisant, nous nous arrêtâmes à plusieurs reprises sur le sentier caché. Il me fallait *tout* raconter pour étancher la soif de savoir de Jonezy. Tout ce qui s'était passé au-delà de la vallée des Épines, à Castalia. Tout sur la traîtrise de Victor Grindall, la perte de Thomas Warvold et d'Armon le géant, la démolition des murs de Bridewell, la force maléfique d'Abaddon qui, après avoir été chassé de la contrée d'Élyon, hantait désormais les eaux de la mer Solitaire, à la recherche d'un nouveau refuge. Et, finalement, notre terrible erreur : nous avions conduit le monstre jusqu'aux Cinq Piliers.

Nous surgîmes du fourré comme je terminais mon récit. Je me retrouvai devant un petit étang ainsi que trois moulins à vent entourés d'arbres. Les moulins étaient de différentes hauteurs, et j'aperçus quelqu'un qui tournait une roue fixée à l'un d'eux.

— Le vent souffle fort aujourd'hui, dit Jonezy.

La jeune femme qui tournait la roue sursauta en entendant Jonezy.

— Pourquoi as-tu utilisé ce passage? demanda-t-elle. Tu sais à quel point je déteste qu'on m'espionne.

Elle me considéra d'un air las et hocha la tête dans ma direction.

— J'imagine que c'est la fille.

Jonezy acquiesça d'un signe de tête, mais ne dit rien. La jeune femme reprit son travail, bien qu'elle continue de jeter des coups d'œil vers moi, comme si elle était curieuse de voir ce que j'allais faire. Elle semblait être en train de changer le courant de l'eau, car je pouvais voir un système qui avait été mis en place pour puiser l'eau dans le petit étang et la diriger vers le bord du deuxième pilier.

— Dis à Miller que je lui parlerai, ce soir, à propos de la moisson, poursuivit Jonezy en se dirigeant vers l'endroit d'où l'eau était tirée.

La femme hocha la tête encore une fois. Je présumai qu'elle et Miller étaient des fermiers, et que Jonezy dirigeait leur entreprise.

Je suivis Jonezy et constatai que l'eau était puisée dans l'étang, puis transférée dans des barils accrochés à des cordes ou des lianes. L'épaisse corde pénétrait dans la base du plus grand des moulins qu'elle traversait pour ressortir par-derrière. Lorsque les barils entraient dans le moulin, ils étaient vides. Mais quand ils en ressortaient, ils étaient remplis d'eau. Les barils pleins disparaissaient dans une brèche, dans les arbres.

— Quelle invention! dis-je, tout émerveillée devant ce système bizarre. Où l'eau s'en va-t-elle?

Jonezy continua son chemin, empruntant la même ouverture que les barils, et je le suivis. Nous étions tout au bord du deuxième pilier et apercevions le premier, plus petit, au loin.

— La seule eau que nous ayons se trouve sur le deuxième pilier, mais notre exploitation agricole est là-bas.

Jonezy désigna le premier pilier, qui ressemblait à s'y méprendre à une ferme prospère composée de champs aménagés avec soin.

— Ce pilier-ci est recouvert d'eau en grande partie. Il n'y a donc pas de place pour cultiver. Mais là-bas, la terre est fertile quand on la garde humide. Nous utilisons les barils pour y envoyer l'eau et pour en rapporter les récoltes. Le système a été conçu par quelqu'un que tu ne connais pas.

— Vous voulez dire Sir Alistair Wakefield! lançai-je, certaine que ce système avait été imaginé par l'homme de l'histoire que Roland nous avait racontée pendant notre traversée.

— Tu es surprenante, Alexa. Comment sais-tu cela?

— J'ai de bonnes sources, répondis-je, prenant plaisir à m'envelopper de mystère.

— Il nous a aussi aidés à concevoir nos dispositifs de traversée, mais je ne suis pas sûr que tu sois prête pour ça.

Il y avait des ponts de cordage ainsi que d'autres inventions fabriquées avec des lianes qui pendaient un peu partout au-dessus du vide. Certains de ces dispositifs paraissaient extrêmement dangereux, et je ne pouvais pas imaginer que des gens les utilisent pour se rendre à l'autre pilier.

— Je suis la seule qui reste, dis-je en contemplant les champs verts et dorés en bas, sur le premier pilier.

Quelque chose dans ce mode de vie bizarre des gens habitant les Cinq Piliers me faisait penser avec nostalgie à mon chez-moi et aux gens que j'avais connus. Tout était si étranger, si nouveau et différent.

— Qu'est-ce que tu veux dire? demanda Jonezy.

À un certain moment de mon récit, j'avais pris conscience que j'étais la dernière des trois. Ce grand explorateur des terres qu'avait été Thomas Warvold, et ce merveilleux capitaine des mers, son frère Roland, n'étaient plus. Leur histoire avait été écrite, et le moment tant attendu du passage du flambeau était venu. Mais qu'étais-je donc sinon une enfant effrayée, perdue dans un monde étrange? Comment pourrais-je remplacer tout ce qui avait été perdu? Où était ma place dans le monde?

Je confiai mes états d'âme à Jonezy. Quand je détachai enfin mon regard du premier pilier pour me tourner vers lui, je fus étonnée de lire l'incrédulité sur son visage.

— Tu es la *fille* de Thomas Warvold? demanda Jonezy. Et la nièce de Roland?

— C'est exact, répondis-je, surprise de son grand intérêt.

— Tu en es sûre? Et il n'y en a pas d'autres que toi?

— J'en suis sûre, déclarai-je. Je suis la seule fille de Thomas Warvold. Il a un fils, plus âgé que moi, qui habite dans la contrée d'Élyon. Mais nous sommes les seuls enfants qu'il a eus, et nous n'avons pas été élevés ensemble.

— Alors pourquoi Roland n'a-t-il jamais parlé de toi? demanda Jonezy avec force. Je sais déjà qu'il a un fils, et que celui-ci dirige les royaumes d'Élyon en l'absence de son père. Mais toi... sa *fille*...

— C'était un secret bien gardé, pour me protéger. Seules quelques personnes le savaient.

— Tu ne peux pas t'imaginer... commença Jonezy.

Son visage s'assombrit.

— Qu'est-ce que vous essayez de me dire? demandai-je. Pourquoi est-ce si important de savoir qui est mon père? Je ne suis qu'une fille perdue en mer, rien de plus.

Jonezy paraissait carrément frappé de stupeur. Il balbutia pendant un instant, s'efforçant de trouver les mots justes.

— Roland ne s'est jamais marié, reprit-il. Ou plutôt il a été marié à la mer et à personne d'autre. Il a eu de nombreuses occasions de le faire. Un marin exerce une grande... attraction. Nous espérions qu'il allait s'installer quelque part et fonder une famille, mais nous n'avons jamais pu l'en convaincre.

J'ignorais complètement pourquoi cela avait la moindre importance et je n'étais pas certaine de vouloir le découvrir.

— Ma chère petite, ici aux Cinq Piliers, ton oncle Roland était...

— Était quoi?

Jonezy me dévisagea de ses yeux gris brillants, pendant que le vent fouettait ses cheveux sur son front brûlé par le soleil.

— Nous n'avions pas de titre officiel pour lui, mais Roland prenait toutes les décisions. Il nous apportait ce dont nous avions besoin et s'occupait de nous. Il était comme un roi pour nous.

Je n'en croyais pas mes oreilles. Un *roi*? Comment cela était-il possible? Un roi est un dirigeant avec de grands pouvoirs et une grande autorité. Qu'est-ce que cela faisait de moi?

— Il n'avait pas de femme ni d'enfants, continua Jonezy. Je suppose que, à proprement parler, cela fait de toi une princesse, Alexa. Qu'est-ce que tu dis de ça?

J'avais la tête qui tournait. Je suis persuadée que, si je m'étais levée à ce moment précis, j'aurais basculé dans le vide. Moi, une princesse? C'était ridicule!

— Mais je suis une aventurière, comme mon père.

— Ton père était aussi un chef, n'est-ce pas? demanda Jonezy.

Il y avait du vrai dans ce qu'il disait, mais je ne m'y étais jamais arrêtée. Mon père, mon oncle, même mon frère, étaient tous un peu rois.

— Ton oncle Roland nous donnait tout ce dont nous avions besoin. Il se souciait de nous. Dès le début, il avait la sagesse d'un garçon plus âgé. En vieillissant, il s'est adouci et est devenu l'homme le plus généreux que j'aie jamais connu. Il était fait pour être un roi, et de la meilleure trempe.

— Mais il était si souvent parti. Comment pouvait-il gouverner s'il n'était même pas là la plupart du temps?

Jonezy sourit.

— Celui qui n'est pas tout le temps là fait le meilleur des rois.

Malgré toutes les mauvaises nouvelles, je ne pus m'empêcher de sourire, ne fût-ce qu'un instant. Peut-être que Jonezy avait raison. Dans un endroit comme celui-ci, il valait peut-être mieux que le roi soit absent la majeure partie du temps.

— Quand il s'absentait – ce qui arrivait souvent, comme tu l'as mentionné –, nous attendions son retour avec impatience. Mais nous pouvions compter sur Sir Alistair Wakefield. Il a habité ici pendant quelque temps. Plus récemment, c'est moi qui ai dirigé, et je m'en tire assez bien.

— Alors, c'est vous le roi maintenant? demandai-je, soulagée. C'est formidable! Quel choix parfait!

— Oh non, Alexa, répliqua-t-il. Je n'ai pas l'étoffe d'un roi. Je ne suis pas de cette lignée. La contrée d'Élyon m'a jeté par-dessus bord il y a longtemps déjà. Je ne suis là que pour remplacer, en attendant la venue d'une certaine personne.

Il n'était quand même pas sérieux! Je respirai à fond l'air marin, essayant de me concentrer.

— Est-ce que ça pourrait être notre secret, à vous et moi? demandai-je.

— Pourquoi voudrais-tu que ça reste un secret? demanda

Jonezy. Tu es une *princesse*, Alexa. *Notre* princesse. On n'y peut rien.

Je réfléchis pendant un moment, ne sachant trop quoi répondre. Puis je me rappelai pourquoi j'étais venue aux Cinq Piliers.

— Roland était revenu ici pour vous ramener au pays, afin que vous puissiez tous reprendre la place qui vous revient dans le monde. Je suis persuadée que c'est toujours ce qu'il voudrait.

Jonezy écarquilla les yeux. Quand il parla de nouveau, on aurait dit qu'il plaidait sa cause auprès d'une autorité supérieure.

— Mais c'est chez nous ici, Alexa. Certains d'entre nous n'ont jamais rien connu d'autre.

— Ce n'est pas le cas de tout le monde, dis-je. Certains ont des parents auxquels ils ont été enlevés. Ils ont des frères et des sœurs. N'oubliez pas que ceux et celles qui sont venus ici n'étaient pas tous orphelins comme vous. Bon nombre d'entre eux ont été arrachés à la vie qu'ils menaient avant, une vie où un chef maléfique les voulait morts. Ce chef n'est plus là maintenant, et les ogres sont partis aussi. Tous peuvent rentrer au pays en toute sécurité, Jonezy. Je ne sais pas encore comment, mais je dois leur donner ce choix si je le peux. De plus, nous devons débarrasser le monde d'Abaddon, une fois pour toutes. Tout cela sera beaucoup plus compliqué si je dois devenir…

Je ne pouvais même pas prononcer les mots *princesse* ou *reine*, ou quoi que ce soit d'autre qu'on voulait que je devienne.

— J'imagine qu'on pourrait garder le secret, si c'est vraiment ce que tu souhaites.

Pour la première fois depuis mon arrivée aux Cinq Piliers, je sentis une étincelle de bonheur jaillir en moi pendant un bref instant. L'idée de régner sur les Cinq Piliers, de découvrir tous leurs secrets en compagnie de Yipes... c'était exactement le genre de nouvelle qu'une fille aventureuse aimait recevoir. Si seulement Roland avait été là pour partager ma joie.

— Vous demeurerez le chef pendant un certain temps encore, dis-je.

Je me rendis compte que je parlais déjà comme si c'était moi qui décidais.

— *S'il vous plaît*, continuez à diriger. Mais donnez-moi un guide – Matilda ferait parfaitement l'affaire – et laissez-moi rejoindre mon ami. Il peut nous aider.

Jonezy me fit une révérence ou me salua, je ne saurais dire lequel des deux. C'était embarrassant.

— Matilda sera ravie de te guider. Elle sera dans son élément. Si tu as besoin de quoi que ce soit, tu n'as qu'à le demander et tu l'obtiendras.

— J'aimerais bien manger avant que nous poursuivions notre route, dis-je.

Mon appétit était revenu. Jonezy hocha la tête, et nous retournâmes vers le petit étang.

— Tu te rends compte que nous n'avons pas de bateau, n'est-ce pas? dit Jonezy lorsque nous atteignîmes la clairière. Et même si nous en avions un, le monstre marin le dévorerait. Il n'y a aucun moyen de quitter les Cinq Piliers.

Je levai les yeux vers le ciel, par-delà les buissons sauvages, en direction du troisième pilier qui se dressait au-dessus de nos têtes.

— Laissez-moi jeter un coup d'œil aux alentours, dis-je. Je trouverai peut-être quelque chose, on ne sait jamais.

CHAPITRE 6
LE PONT DE CORDAGE

Nous retournâmes à la véranda par le passage secret, et trouvâmes Ranger qui nous attendait avec impatience. Il faisait presque nuit lorsque je franchis la porte avec lui à mes côtés. Ou bien Matilda était revenue, ou bien elle nous avait attendus durant tout ce temps, car elle était là, seule sur le sentier. Ranger bondit vers elle. Quant à moi, je voulais commencer mes recherches au plus vite... et arrêter Abaddon aussitôt que possible.

— Tu avais raison sur un point, dit Jonezy à Matilda. Cette fille est pleine de surprises.

Je jetai un coup d'œil vers Matilda, curieuse de savoir pourquoi elle pensait cela.

— Il y a quelque chose chez elle, répliqua-t-elle. Comme si elle avait une destinée bien particulière.

Ses paroles me firent du bien. Il n'y a rien comme de savoir qu'on a quelque chose de spécial aux yeux de quelqu'un pour chasser toutes les idées noires.

— J'aimerais que tu la ramènes chez toi, dit Jonezy. Demain matin, nous la conduirons partout où elle voudra aller. Je présume que cela comprendra des endroits situés ailleurs que sur le deuxième pilier.

Je n'étais pas certaine de l'avoir bien entendu.

— *Nous?* demandai-je.

— *Bien sûr*, répondit Jonezy. Je veux vaincre la créature marine tout autant que toi.

Jonezy commençait à me rappeler Roland et Thomas Warvold, les autres hommes d'un certain âge qui avaient fait partie de ma vie. Il aurait pu être mon grand-père, et pourtant, il semblait en grande forme, prêt à relever les défis qui se présenteraient à lui.

— Viens, Alexa, dit Matilda. Nous ferions mieux de laisser ce vieillard se reposer. Il en aura besoin. Et toi aussi.

Jonezy nous salua de la main, retourna sur la véranda et ferma la porte derrière lui.

— Est-ce que cette chose est toujours en bas? demanda Matilda.

Son front délicat se plissa, trahissant son inquiétude.

— J'en ai bien peur, répondis-je.

Matilda prit une grande inspiration, puis expira brusquement, un geste de détermination que j'allais souvent voir par la suite.

— Je suppose que nous allons devoir trouver un moyen de nous en débarrasser.

— Je suppose, répondis-je tandis que nous nous mettions en route.

Des gens attendaient sur le rivage. D'autres chiens s'étaient ajoutés à ceux que j'avais vus plus tôt. Ils ressemblaient beaucoup à Ranger et étaient adultes comme lui. Je vis aussi trois chiots. J'en pris un dans mes bras. Qui peut résister à un chiot?

— C'est Roland qui a amené deux des chiens adultes lors de sa dernière visite, dit un homme.

Il était si grand qu'il dut s'agenouiller pour me parler. Je n'avais jamais vu qui que ce soit avec des dents aussi croches, mais je dois avouer qu'avec sa touffe de cheveux noirs et son nez rond, il avait un certain charme.

— Il a dit qu'ils les avaient trouvés dans la cité des Chiens. Y es-tu déjà allée?

Je regardai Ranger et remarquait qu'il ressemblait à Scroggs, l'un des deux chiens qui nous avaient tant aidés à Castalia. Comme j'aurais voulu que Ranger sache parler pour que je puisse le comprendre!

— Oui, j'y suis allée. Et vous?

Ma question provoqua un murmure parmi ceux qui se tenaient tout près, mais je pus lire dans le regard de l'homme qu'il donnerait presque n'importe quoi pour quitter le pilier et retourner dans la contrée d'Élyon.

— La dernière fois que j'ai vu la cité des Chiens, j'avais à peine six ans, répondit-il en secouant la tête et en se relevant. Je me souviens d'une tour à horloge en ruine, mais je ne me rappelle rien d'autre de l'endroit.

Je posai le chiot par terre et montai dans le bateau de bois avec Matilda et Ranger. Lorsque nous arrivâmes à la chaumière de Matilda, le soleil était en train de disparaître derrière la cime des arbres. Un peu plus tard, nous étions assises dehors sous les étoiles, devant un feu bien chaud sur lequel grillait du poisson fraîchement découpé en filets. La présence de Matilda et Ranger était étrangement réconfortante après la mort de Roland.

Matilda était davantage une grande sœur qu'une mère pour moi. Elle avait probablement demandé à Ranger de rester près de moi. Le chien, les yeux mi-clos, avait la tête sur mes genoux.

— Y a-t-il des gens sur chacun des cinq piliers? demandai-je.

— Non, seulement sur le premier, le deuxième et le troisième, répondit Matilda, tout en retirant des morceaux de poisson fumant de sur une branche et en les plaçant dans un bol en bois. Nous avons numéroté les piliers il y a longtemps déjà. Nous sommes sur le pilier numéro deux. Seuls les piliers un, deux et trois sont habités.

— Le premier pilier est consacré à la culture, dis-je. Sur le deuxième, c'est-à-dire celui-ci, on trouve de l'eau et des maisons. À quoi sert le troisième?

Matilda me remit le bol fumant, et je le vidai presque en trois grosses bouchées. J'avais *très* faim.

— Ce sera plus facile de te le montrer que de te l'expliquer.

— Est-ce que quelque chose sur les deux autres piliers empêchent les gens d'y vivre?

J'avais l'impression qu'elle allait me répondre encore qu'il serait plus facile de me montrer que de m'expliquer. Nous pouvions déjà lire dans les pensées l'une de l'autre, et j'aimais cette sensation.

— Nous pourrons tous les voir demain si nous partons tôt. Qu'est-ce que tu en dis?

Je hochai la tête et me sentis tout excitée à la perspective des aventures qui nous attendraient au matin. Il fallait que je garde l'espoir que, quelque part sur l'un des piliers, se trouvait la solution pour vaincre Abaddon. Mais pour l'instant, je devais prendre des forces et me reposer. Nous restâmes silencieuses dans le noir, pendant quelques instants. Rassasiée et engourdie par le feu, je me mis à rêver d'un bon lit chaud. J'ai l'habitude de m'assoupir dans l'obscurité des moments comme ceux-là, et je ne me rappelle même pas avoir marché jusqu'au lit dans la petite maison de Matilda. Je ne me souviens que de mon réveil avec un chien mouillé à mes côtés, du soleil qui se levait sur un nouveau jour et d'un sentiment d'impatience presque trop grand pour ma petite taille.

— Il adore traverser, déclara Matilda, tôt le lendemain matin.

Elle était agenouillée près du pont de cordage et faisait monter Ranger dans un gros panier qui était posé par terre.

— Surtout, ne t'éloigne pas, ordonna Matilda à Ranger d'un ton sévère. Tu m'attends de l'autre côté comme tu es censé le faire.

Matilda fit descendre le panier le long de la falaise. Le panier se balança sur une longue corde. Mais était-ce bien une corde? J'avais essayé de trouver la réponse à cette question durant tout l'avant-midi, mais sans succès. Lorsque j'interrogeai Matilda à ce sujet, elle me répondit :

— Tu verras. Sois patiente.

Les cordes étaient plus douces que toutes les autres cordes que j'aie jamais touchées, et plus solides aussi. Elles donnaient l'impression qu'elles résisteraient même à une hache. Le plus étrange dans tout cela, c'était que les cordes n'avaient pas d'extrémités. Elles entraient directement dans le sol du pilier.

— Le voilà parti, dit Matilda. Tu vas bientôt l'entendre aboyer.

Elle se mit à tirer sur une corde à ses pieds, et Ranger s'éloigna lentement au-dessus de l'eau. Matilda avait raison : Ranger aboya sans arrêt; mais c'étaient des aboiements joyeux, comme s'il avait hâte de retrouver ce qui l'attendait de l'autre côté. Après quelques minutes, le panier atterrit de l'autre côté, où il frappa une sorte de poulie, et bascula. Ranger bondit hors du panier et aboya de nouveau.

— À notre tour, dit Matilda.

De loin, le pont de cordage ne m'avait pas inquiétée, mais vu d'aussi près, il me terrifiait. Le vent soufflait par petites bourrasques, le faisant osciller doucement. À vrai dire, il ne s'agissait pas tant d'un pont que d'un bizarre assemblage de cordes. Il y avait une corde basse au milieu, et deux autres plus hautes de chaque côté. Un réseau de cordes les retenait toutes en place. De toute évidence, j'allais devoir marcher sur une corde raide et tenter de maintenir mon équilibre en agrippant d'autres cordes. Ce n'était pas une perspective tentante.

— Ce n'est pas aussi terrifiant que ça en a l'air, dit une voix derrière nous.

Jonezy marchait dans notre direction. Il venait nous rejoindre comme il l'avait promis.

— Je l'ai fait des centaines de fois, et je n'ai glissé qu'à trois occasions.

Il se rendit compte que sa remarque n'avait réussi qu'à me

rendre encore plus craintive.

— Mais, bien sûr, je ne suis jamais tombé, ajouta-t-il précipitamment. Je serais mort si cela s'était produit.

— Il vaudrait mieux que tu te taises, déclara Matilda, qui se leva et s'approcha prudemment du bord.

— Ne lâche jamais les deux cordes en même temps et tâche de ne pas perdre l'équilibre. Oh, et ne regarde jamais en bas. Jamais. Suis ces règles simples et tout ira bien.

Je n'en étais pas si sûre.

— Est-ce que le pont s'est déjà brisé? demandai-je.

— Jamais, répondit Jonezy. Il est tout à fait solide.

Matilda fit signe à Jonezy, comme pour dire : *Prouve-lui qu'il est solide. Vas-y le premier.*

— Permettez, dit Jonezy en l'écartant doucement.

Puis il commença sa traversée, loin au-dessus de l'eau. Je me sentis quelque peu rassurée en le voyant sur le pont, car il donnait l'impression que l'opération était facile.

— À ton tour, Alexa, dit Matilda. Je serai juste derrière toi.

Jonezy avait déjà franchi une bonne partie du pont, les cordes courbant sous son poids tandis qu'il se balançait doucement dans le vent. Au bout d'une trentaine de pas, il s'arrêta et se retourna.

— Quelle belle journée! lança-t-il. Une petite brise ajoute toujours un peu de piquant!

Matilda roula les yeux.

— Ne t'occupe pas de lui. Il ne quitte pas le deuxième pilier aussi souvent qu'avant. Il veut te faire croire que la traversée est plus excitante qu'elle ne l'est en réalité.

Mais je n'allais pas me laisser duper aussi facilement par Matilda. Je compris, en posant le pied sur la corde et en m'accrochant fermement, que je vivrais effectivement des sensations fortes sur ce pont. Je fis l'erreur de regarder en bas dès l'instant où mon deuxième pied eut quitté le pilier, et ma gorge se serra à un point tel que j'eus le souffle coupé.

— Euh... fut tout ce que je parvins à prononcer.

On aurait dit que le monde s'était dérobé sous mes pieds, ce qui était effectivement le cas. L'eau était si loin en bas... et pire encore, le monstre marin se déchaînait au loin, arrachant des morceaux de roc du quatrième pilier.

— Ça va aller, Alexa. Regarde droit devant toi, fais ce que je t'ai dit et tout ira bien.

Mais je ne pouvais pas détourner le regard. Mes yeux étaient rivés sur Abaddon et refusaient de s'en détacher.

Jamais tu ne parviendras à traverser ce pont. Tu vas tomber! Et devine qui va t'attraper!

La terrible voix résonnait dans mes oreilles. Comme j'aurais voulu qu'elle se taise ou, du moins, que quelqu'un d'autre que moi l'entende.

— Je ne tomberai pas! hurlai-je.

— Bien dit, Alexa! s'écria Jonezy.

C'était exactement ce qu'il me fallait, car je levai les yeux au son de sa voix. Matilda s'approcha derrière moi, et Ranger gémit bruyamment quelque part de l'autre côté.

— Qu'est-ce qu'il a? demandai-je.

— Ne te fais pas autant de souci pour le chien. Contente-toi de mettre un pied devant l'autre et de bien tenir la corde. Ranger sera là avec un bâton dans la gueule quand tu arriveras.

Je m'en tirai très bien pour une cinquantaine de pas. Le pont de cordage se courbait et oscillait de plus en plus. J'avais l'impression qu'il allait carrément basculer si le vent s'élevait tout à coup. Cependant, j'avais pris un peu d'assurance, et je me sentis beaucoup mieux lorsque le pont commença à remonter. Le troisième pilier était beaucoup plus haut que celui que nous venions de quitter, et l'ascension de la deuxième moitié du pont se révéla plus difficile que prévu.

— Hé! vous deux, dépêchez-vous! hurla Jonezy.

Il avait atteint le troisième pilier plus vite que je ne l'aurais cru possible et nous pressait d'aller le rejoindre.

— Ne l'écoute pas, dit Matilda.

Elle était restée juste derrière moi à chaque pas.

— Vas-y doucement.

Ensemble, le cri de Jonezy, les paroles de Matilda et une soudaine bourrasque de vent me firent perdre ma concentration. Le pied qui était derrière glissa le premier, puis le pied de devant. Je me retrouvai soudain suspendue par les mains à un pont qui se balançait à quelque trois cents mètres dans les airs.

— Matildaaaaaaa! hurlai-je.

Mes pieds tournoyaient à la recherche d'un appui.

— Tiens bon! s'écria Matilda.

Elle tendit le bras, attrapa l'un de mes pieds et le ramena sur la corde épaisse au centre du pont. Puis elle sauta par-dessus, se retenant d'une seule main. Saisissant mon autre pied, elle le replaça aussi sur la corde. Elle demeura suspendue par un bras.

J'étais étonnée de sa grande force.

Enfin, elle virevolta devant moi et posa les pieds sur la corde.

— Finissons de grimper au plus vite avant que je nous attire d'autres ennuis, dis-je, soulagée. Je veux voir à quoi ressemble le monde de là-haut.

Le reste de la traversée fut difficile, mais Matilda resta devant moi, grimpant à reculons et surveillant chacun de mes pas pour s'assurer que je ne tomberais pas. Quand nous atteignîmes enfin l'autre extrémité, Jonezy me prit la main et me tira sur la terre ferme. Je m'effondrai sur le sol, épuisée et à bout de souffle. Ranger laissa tomber une petite motte de terre sur mon ventre et me lécha le visage.

— Il va falloir qu'elle s'entraîne, dit Jonezy. Elle pourrait retourner par le moyen plus simple.

— Le moyen plus simple? dis-je en me redressant. Vous voulez dire qu'il y a un moyen plus simple de venir ici?

— Désolé de t'avoir induite en erreur, Alexa, répliqua Jonezy en m'aidant à me relever.

Matilda me balaya le dos de sa main.

— On ne peut pas utiliser le moyen le plus facile à l'aller, seulement au retour, expliqua Jonezy.

— Oh, fis-je.

Ma brève réponse était plus un *oooooooh* qu'un *oh*, en réalité, mais pas à cause des paroles de Jonezy. Je venais de poser mon premier vrai regard sur l'endroit où j'avais mis les pieds. Le paysage était tout à fait inattendu.

— Bienvenue sur le troisième pilier, dit Jonezy très poliment.

Le décor devant moi était époustouflant, et Jonezy le savait.

— Est-ce que tu aimerais jeter un coup d'œil aux alentours?

Je fis un premier pas timide vers le centre du troisième pilier.

— Et comment!

CHAPITRE 7
RASE-MOTTES AU-DESSUS DU VILLAGE

Sur le troisième pilier il y avait beaucoup de choses que je ne m'attendais pas à trouver, mais je vais commencer par les deux qui me surprirent le plus. La première était la forme du paysage. Il n'était ni plat, ni couvert de collines onduleuses. Le centre formait plutôt une cuvette, large et profonde, comme l'intérieur d'une énorme cuillère. La surface entière du troisième pilier était complètement recouverte d'une luxuriante mousse verte qui me donna envie de me mettre à genoux pour la toucher.

— C'est doux, dis-je, enfonçant mon doigt dans la surface brillante. Et spongieux.

— C'est parce que le sol est plein d'eau, expliqua Matilda. Choisis un endroit, n'importe lequel, et creuse quelques centimètres sous la surface. Il n'y a que de l'eau là-dessous.

J'avais aux pieds les bottes que j'avais portées tout au long du voyage sur le *Phare de Warwick*. Elles étaient lacées pour me tenir au chaud et au sec, mais j'aurais voulu pouvoir les enlever rapidement et enfoncer mes orteils dans la surface spongieuse. En regardant à ma droite, je constatai que tout n'était pas vert mousse. Il y avait aussi des corniches et des saillies en pierre dispersées un peu partout.

Avant de me laisser emporter par tout ce que j'ai vu sur le

troisième pilier lors de cette première journée – il y a encore beaucoup à raconter! –, je dois d'abord parler de la deuxième chose qui me frappa le plus, car ce fut tout près du bord que je la remarquai, avant d'aller plus loin. Le troisième pilier dépassait presque tous les autres. Il était passablement plus haut que le premier et le deuxième. Et, d'où je me trouvais, je pouvais apercevoir le dessus du quatrième, celui qu'Abaddon essayait de détruire. Je compris alors pourquoi personne n'y habitait.

— Ce doit être difficile de vivre là, dis-je en le montrant du doigt.

En effet, le quatrième pilier avait une forme convexe, c'est-à-dire qu'il était bombé sur le dessus. Il était recouvert de la même mousse vert vif que le pilier sur lequel je me tenais.

— Ça, tu peux le dire, acquiesça Jonezy. À cause de sa forme, il est dangereux d'y mettre les pieds, quoique Sir Alistair Wakefield l'ait souvent fait.

Lorsque j'entendis ce nom, mon imagination s'enflamma. *Quelque part sur le chemin d'hier vit un homme qui ne vieillit jamais, Sir Alistair Wakefield.* Je me rappelai les paroles de Roland comme si elles étaient hantées.

— Pourquoi allait-il là-bas? demandai-je.

J'aurais aussi voulu savoir *comment* il s'y rendait, puisque qu'il n'y avait pas de pont, mais je réussis à contenir ma curiosité.

— Qui saurait le dire? répondit Matilda en nouant ses longs cheveux avec une ficelle.

— Il disparaissait sur ce pilier pendant de longues périodes. Parfois, il restait là des mois et des mois.

Cela me parut étrange, même de la part du mystérieux Sir

Alistair Wakefield. Qu'est-ce qu'il allait donc fabriquer là-bas?

— Ce pilier-là me semble...

Je ne savais pas vraiment quel qualificatif utiliser pour le cinquième pilier, le seul dont je ne pouvais pas voir le sommet.

— ... un peu rébarbatif, je dirais.

À leur tour, Jonezy et Matilda levèrent les yeux vers le cinquième pilier. Il était beaucoup plus haut que tous les autres, s'élevant droit vers le ciel, et c'était le seul dont les flancs étaient couverts de larges stries noires. Ce que je pouvais apercevoir du sommet ressemblait à un mur de roc déchiqueté. Ce mur avait quelque chose d'étrangement familier; il ressemblait un peu à ceux qui avaient entouré la petite ville de Bridewell il y a très longtemps.

— *Rébarbatif*, répéta Jonezy d'un air songeur. C'est une bonne façon de le décrire. Personne n'a jamais été tenté de s'y rendre.

— À quoi sert-il? demandai-je.

— On ne le sait pas plus que toi, répondit Matilda. On l'a tout simplement ignoré depuis qu'on est ici. Mais il y a une chose : le mur n'a pas toujours été aussi haut. Je me souviens d'une époque où il n'atteignait pas la moitié de sa hauteur actuelle. On dirait qu'il est vivant et qu'il pousse à même le pilier.

— Il n'y a rien d'autre à dire au sujet de ces endroits, ajouta Jonezy.

Je voyais qu'il était impatient de descendre.

— Ils n'ont vraiment *aucune* utilité, poursuivit-il. Ils sont tout simplement là. Il vaut mieux tourner ton regard dans une autre direction.

Et c'est ce que je fis.

Nous amorçâmes notre descente dans la cuvette verte du troisième pilier. La mousse faisait un léger bruit de succion sous mes bottes. Cela aussi évoquait un souvenir particulièrement mémorable. C'était la même sensation que lorsque j'avais marché jusqu'à la mare irradiante du mont Norwood avec Yipes. Pourquoi y avait-il tant de points communs entre les piliers et d'autres lieux où j'étais déjà allée? Je me demandai si c'était parce que la même main avait été à l'œuvre dans deux endroits différents. Il y avait de plus en plus de raisons de le croire.

Toutes ces réflexions me donnaient encore plus envie de retrouver Yipes. Il était mon ami le plus proche, mon compagnon de tous les instants, avec lequel j'avais vécu tant de moments difficiles. Il me paraissait étrange d'être éloignée de lui au milieu de tant de confusion.

D'étroits canaux d'eau limpide couraient ici et là dans la mousse verte comme les veines qui s'entrecroisaient sur le revers de mes mains. Les rigoles étaient si fines que Ranger pouvait très bien mettre ses pattes gauches d'un côté et ses droites de l'autre, lapant l'eau tout en descendant la colline.

— D'où vient toute cette eau fraiche? demandai-je, convaincue qu'il ne s'agissait pas d'eau salée.

— Seul Sir Alistair aurait pu le dire, répondit Jonezy. C'est un mystère que je tente d'éclaircir, sans succès, depuis des années. Il refusait obstinément d'aborder la question.

Alors que nous continuions à descendre la colline, un autre point qui m'avait laissée perplexe m'apparut soudain plus clair.

Il y avait un village tout en bas, en plein centre. Je l'avais d'abord cru enseveli sous un brouillard couleur terre. Cependant, quand nous en fûmes un peu plus près, je me rendis compte qu'il ne s'agissait pas de brouillard du tout, mais plutôt d'un entrelacement de cordes.

— À quoi servent ces cordes? demandai-je.

Je pouvais voir maintenant que des cordes pareilles à celles que nous avions utilisées pour venir jusqu'au troisième pilier étaient tendues d'un côté à l'autre de son centre, telle une vaste toile fabriquée par une araignée gigantesque. Ce qui m'étonna encore plus, c'était qu'ici et là, des gens semblaient se *déplacer* au moyen des cordes. Ils tenaient à deux mains quelque chose qui y était accroché. Leurs corps pendaient dans les airs comme des grappes de fruits et ils se déplaçaient incroyablement vite.

— Ils font du rase-mottes, déclara Matilda. C'est une tradition chez nous, de glisser sur les lianes. Tu serais surprise de voir à quel point les gens prennent cette activité au sérieux.

— Il doit y avoir des centaines, et même des *milliers* de lianes. C'est impossible.

Nous descendîmes encore et, bientôt, nous nous retrouvâmes sous la plus haute liane, marchant le long de nombreuses saillies en pierre qui descendaient toujours plus bas.

Ce réseau de cordes ou de lianes qui semblait s'étendre à l'infini s'étageait sur une centaine de mètres. J'observai plusieurs autres personnes qui filaient dans les airs au loin.

— Mais *pourquoi* font-ils ça? Ça paraît dangereux. Et ça ne semble avoir aucun but.

— Ce soir, tu verras que le rase-mottes a bel et bien un but, répliqua Matilda en souriant comme si elle cachait un secret qu'elle avait hâte de partager avec moi. Le rase-mottes de nuit, il faut le voir pour y croire.

Le rase-mottes de nuit? Elle avait sérieusement piqué ma curiosité.

Un peu plus bas, j'observai attentivement la scène qui se déroulait sous mes yeux, et je commençai à mieux comprendre. Les lianes couraient dans toutes les directions au-dessus du village.

Nous approchions d'une saillie d'où quelqu'un était sur le point de sauter.

— Alors, on s'entraîne longtemps d'avance? demanda Jonezy.

Le garçon qui se tenait sur le bord se retourna et nous aperçut.

— Jonezy! s'exclama-t-il d'un ton excité. Ça fait des semaines que je ne vous ai pas vu. Où étiez-vous passé? J'espère que vous volerez ce soir.

— Pas question que je manque ça, répondit Jonezy.

Pour une raison ou pour une autre, le garçon était manifestement en admiration devant Jonezy.

— Marco a l'air en *pleine forme*, dit Matilda. Il s'entraîne plus que jamais. Croyez-vous qu'il va battre votre record?

Jonezy renifla et rejeta cette idée d'un revers de main. J'aurais voulu demander qui était Marco, mais le garçon s'élança en poussant un hurlement et fila à toute vitesse sur la corde vers l'autre côté. Il passa rapidement au-dessus du village. Il allait si vite qu'il semblait voler plutôt que glisser sur une corde.

— Très déterminé, ce jeune homme, dit Jonezy. Mais il ne s'est même pas présenté. C'est l'un de mes grands admirateurs.

Il voulait probablement me montrer de quoi il était capable.

— Un admirateur? demandai-je.

Mais Jonezy était occupé à regarder le garçon, qui se préparait à atterrir de l'autre côté.

— Il ne va pas très vite, déclara Jonezy. Et il n'a pas à se préoccuper du traceur. On verra comment il s'en tirera ce soir.

À mon avis, Marco allait plus vite au-dessus du village que je ne l'avais jamais fait à cheval, ce qui était beaucoup dire.

— Ce serait peut-être intéressant d'essayer, dis-je, fascinée à l'idée de filer à toute allure dans le ciel au-dessus du village.

J'avais toujours une arrière-pensée; je tentais constamment d'imaginer un plan pour vaincre Abaddon. Le fait de le survoler ou de passer en trombe à son niveau pourrait se révéler utile. Cette étrange méthode semblait prometteuse. Marco avait atterri très loin de l'autre côté, et il traversait maintenant la saillie vers une autre liane. C'était la saillie la plus basse de toutes et, cette fois, quand il saisit la corde, je réalisai qu'elle le mènerait jusqu'au sol. Marco plongea dans le vide, glissant sur la liane à une vitesse alarmante.

Tout en bas, au-dessous du méli-mélo de cordes suspendues, on apercevait des chaumières et des sentiers. Il devait y avoir au moins 30 maisons, toutes magiquement regroupées autour d'un champ de verdure. Des centaines de lianes disparaissaient dans le sol dans toutes les directions imaginables.

— Il n'y a rien comme le moment présent, dit Jonezy.

Nous nous tenions sur la dalle de pierre d'où le garçon s'était élancé. Le spectacle qui s'offrait à mes yeux m'avait fait divaguer et je dus secouer la tête pour revenir à la réalité.

— Quoi? demandai-je.

— Pour l'essayer, répondit Jonezy. Il n'y a rien de mieux que le moment présent!

Matilda appela Ranger.

— Va, mon chien! Va! On se revoit en bas.

De toute évidence, c'était un ordre que Ranger avait déjà reçu souvent, comme s'il s'agissait d'une course pour voir qui, de Matilda et du chien, arriverait en bas le premier. Ranger détala aussitôt, dévalant le versant de la colline en direction du village.

— Il gagne à tout coup, dit Matilda. Je crois que je pourrais le battre, mais il ne s'en remettrait pas.

Je ne la connaissais que depuis deux jours, et pourtant, à cet instant précis, je décidai que j'aimais beaucoup Matilda. Elle était tout ce que j'aurais souhaité trouver chez la grande sœur que je n'avais jamais eue. Sûre d'elle, belle, drôle, petite, douce : elle était parfaite.

— Me montreras-tu comment faire? lui demandai-je.

Jonezy était un peu vexé que je n'aie pas sollicité son aide.

— J'ai été le tout premier champion de rase-mottes sur les Cinq piliers, tu sais, dit-il.

Il enleva son sac à dos et en sortit un bout de corde. À chaque extrémité, il y avait un nœud aussi gros que la paume d'une main.

— J'ai écrasé tous mes adversaires! poursuivit-il en se penchant et en faisant glisser une pierre plate semblable à une assiette près de son pied.

Sous la pierre, un trou peu profond était rempli d'une substance jaune et cireuse. Jonezy saisit les deux gros nœuds, un dans chaque main, puis plongea le reste de la corde dans la mystérieuse substance. Il y fit rouler la corde avec la plante de son pied.

— Qu'est-ce qu'il fait? demandai-je à Matilda.

Nous observions Jonezy, toutes les deux, comme s'il était un patient sur une table d'examen. Cela ne semblait pas lui plaire, mais Matilda, elle, s'amusait bien.

— Le vieux champion des cordes veut que son glisseur soit super glissant, expliqua Matilda. J'espère qu'il ne le regrettera pas.

— Je vous attendrai de l'autre côté, dit Jonezy en remettant son sac à dos en place d'un air déterminé. Au cas où Alexa arriverait trop vite et ne pourrait pas ralentir.

L'idée m'avait d'abord rendue un peu nerveuse, mais maintenant, j'étais terrifiée. Je me mis à penser que je pourrais perdre le contrôle et foncer dans l'autre versant. Le départ de Jonezy ne fit rien pour arranger les choses : il jeta son glisseur sur la corde et sauta dans le vide dans un grand hurlement d'excitation. Je le regardai descendre à vive allure, les pieds en flèche devant lui.

Il ne restait plus que Matilda et moi. Elle voyait bien à quel point j'avais peur.

— Ça t'aiderait si je te disais qu'une très bonne surprise t'attend en bas?

— Peut-être, répondis-je. Quel genre de surprise?

— Fais-moi confiance. Tu seras ravie.

Elle avait déjà enlevé son sac à dos et me tendait un glisseur.

— Ce n'est pas très différent du pont de lianes, dit-elle. En fait, il y a moins de règles à retenir. Tu dois surtout te rappeler une chose.

Je pris le glisseur, le roulant avec précaution dans la cire jaune.

— Laquelle?

— Bien t'accrocher!

Une fois que j'eus les nœuds dans les mains, je me dis que j'y arriverais assez facilement. Ils étaient exactement de la bonne grandeur et semblaient avoir été modelés par des mains qui les auraient tenus un million de fois.

— Ce glisseur m'appartenait quand j'avais ton âge, expliqua Matilda. En fait, mes mains n'ont pas grandi tant que ça. Pas beaucoup plus que moi! Mais c'est un bon glisseur. Un *très* bon glisseur.

J'entendis les aboiements à peine audibles de Ranger tout en bas. Il était déjà arrivé et se demandait probablement pourquoi nous mettions tant de temps à le rejoindre. Je plaçai mon glisseur sur la corde et m'accrochai.

— Si tu veux ralentir, tu n'as qu'à le croiser, comme ça, dit Matilda.

Elle prit mes mains dans les siennes et les croisa, ce qui eut pour effet de resserrer la corde sur la liane.

J'adressai un dernier regard à Matilda, tenant fermement les nœuds dans mes mains.

— C'est parti! m'écriai-je en sautant de la plateforme.

Aussitôt, un phénomène très étrange se produisit : je volais! Je volais *vraiment*! Pourtant, mon vol avait quelque chose d'inattendu : je n'éprouvais pas la moindre crainte. En fait, je riais tout haut en filant comme une flèche au-dessus du village. C'était un sentiment de liberté que je n'avais jamais ressenti.

Tourne-toi vers le ciel, Alexa Daley! C'est là qu'est ton avenir!

Les dernières paroles de Roland résonnèrent dans mes oreilles, et je pris conscience d'une réalité profonde et merveilleuse : j'étais *faite* pour voler! Tout comme Thomas Warvold avait été fait pour voyager par voie de terre, et Roland, par voie de mer, moi, j'étais faite pour voler. J'aurais tellement voulu à cet instant que le ciel devienne mon chez-moi et que je puisse toujours voler, libre comme un oiseau.

Cependant, l'exaltation suite à cette prise de conscience s'évanouit brutalement. Je cessai de rire en constatant que je me déplaçais beaucoup trop vite pour pouvoir effectuer un bon atterrissage.

— Ralentis! Ralentis! cria Jonezy.

Il s'arc-bouta et tendit les bras pour m'attraper. Quant à moi, je croisai les mains pour resserrer le glisseur autour de la corde, et mes jambes se balancèrent d'avant en arrière. Lorsqu'elles revinrent devant, elles heurtèrent l'estomac de Jonezy, qui tomba à la renverse. Pendant un instant, je restai accrochée à la liane, suspendue dans les airs. Puis je lâchai prise et remerciai Jonezy d'avoir amorti ma chute.

— Très bien! s'écria-t-il. Mais quand tu en auras le temps, il faudra t'entraîner à atterrir plus en douceur.

Il se releva en s'époussetant.

— Tu devras croiser la corde un peu plus tôt la prochaine fois. À part ça, tu as été brillante. Tout simplement brillante!

Matilda atterrit derrière moi, le sourire aux lèvres comme moi, heureuse de voir que tout s'était bien passé.

— Alexa Daley, dit-elle, tu as un don.

— Alors? demandai-je. Quand est-ce qu'on recommence?

Jonezy nous mena en bas d'un vieil escalier en pierre des

champs, où une autre corde était profondément enfouie quelque part dans la mousse verte. Toutes les lianes émergeaient de la mousse, c'est-à-dire du pilier lui-même, comme si elles y poussaient.

— Comment restent-elles fixées sans se briser, et comment avez-vous pu faire traverser d'aussi longues lianes?

— Tout était là quand nous sommes arrivés, Alexa, répondit Matilda. Nous avons interrogé Sir Alistair sans relâche à ce sujet, mais il n'a jamais voulu nous en parler. C'est comme un terrain de jeu, tu ne trouves pas?

Les lianes disparaissaient dans la mousse verte comme des racines parfaitement lisses vivant dans la terre.

— Est-ce qu'il est déjà arrivé qu'une liane se brise? demandai-je en en effleurant la surface lisse.

— Jamais, répondit Jonezy. Au contraire, elles sont toutes devenues un peu plus épaisses et résistantes au fil des années. Comme si elles poussaient mieux quand on les utilisait souvent. Certaines des meilleures lianes, celles qu'on emploie des dizaines de fois par jour, semblent devenir plus solides et plus rapides d'une fois à l'autre. C'est merveilleux de savoir qu'on peut compter sur elles.

Avant de m'élancer encore une fois, je songeai à une dernière chose qui me tracassait.

— Ça paraît si… dangereux. Et pourtant Sir Alistair a cru que ce serait assez sûr pour des enfants. Ça m'étonne.

Jonezy leva les yeux vers la toile de lianes. À force de les regarder, j'étais désormais convaincue qu'il s'agissait vraiment de lianes. Sinon, comment auraient-elles pu continuer à pousser? Comment auraient-elles pu être fixées aussi solidement aux murs de mousse pourtant si fragiles? Elles devaient courir profondément à l'*intérieur* du pilier.

— C'est l'œuvre de quelqu'un qui était préoccupé par la sécurité. Plus on monte, plus la toile de lianes devient dense. Je suis tombé à plusieurs reprises, mais il y avait toujours de nombreuses lianes que je pouvais saisir dans ma chute. À tous les mètres environ, on peut en agripper une autre, et elles sont justes assez souples pour amortir la chute. C'est comme si la personne qui avait créé cet endroit s'attendait à ce qu'on lâche prise... plus d'une fois. À vrai dire, parfois c'est de tomber qui est le plus amusant! Attends d'assister à une compétition; alors tu verras de *vraies* chutes.

J'avais tellement hâte de voir un rase-mottes de nuit que je me contenais à peine. Mais j'étais surtout curieuse de découvrir la surprise que Matilda m'avait promise. Je priais pour que ce soit ce que je croyais.

— Laisse-moi encore y aller le premier, dit Jonezy. Tu devras t'arrêter avant d'arriver au sol, ou l'atterrissage sera plutôt brutal. Regarde et apprends.

Il balança son glisseur sur la corde et se rappela quelque chose qu'il avait oublié de me dire.

— Ne descends pas tant que je ne t'aurai pas fait signe de la main, d'accord?

J'entendis Ranger aboyer en bas.

— D'accord, je vais attendre votre signal, dis-je.

Jonezy sembla se retrouver sur le sol en un rien de temps. Il avait effectué un atterrissage parfait que j'espérais pouvoir reproduire quand viendrait mon tour.

Il me tardait de voler de nouveau, et je passai vite mon

glisseur sur la corde, attendant avec impatience le signal de Jonezy. Il agitait la main, mais pas dans ma direction. C'était comme s'il faisait signe à quelqu'un, à l'intérieur d'une des maisons, de sortir. Et alors je vis pourquoi il m'avait demandé d'attendre, et quelle était ma surprise. C'était le genre de surprise à faire hurler de joie, et c'est exactement ce que je fis en glissant à toute vitesse sur la corde vers la terre ferme.

Yipes était là, agitant les bras et me pressant de descendre.

CHAPITRE 8
UN FESTIN AU VILLAGE

À mon avis, il existe plusieurs types d'étreintes. Il y a celles qu'on rend à ceux qui en donnent tout le temps. Celles-là, d'après moi, sont de loin les plus banales de toutes. Je vois les bras tendus vers moi pour la troisième fois en autant de jours, et ce sont mes bonnes manières plutôt qu'une sincère affection qui me poussent à agir. C'est comme se serrer la main.

Il y a aussi les étreintes faites à des personnes que je vois rarement, et dont je ne me sens pas particulièrement proche. Celles-là sont probablement les plus embarrassantes. On s'attend à une étreinte de ma part, alors je m'exécute, même si je ne suis pas certaine d'en avoir envie. Ces étreintes-là sont brèves, et je finis toujours par me demander quelle expression arborait l'autre personne pendant que je ne la voyais pas.

Et puis, il y a les *étreintes*. Celles avec lesquelles mes parents me réconfortent quand j'ai connu une mauvaise journée, toutes celles d'Armon le géant, ou encore une étreinte comme celle de Yipes en ce moment même.

Yipes et moi ne sommes pas portés à nous étreindre, à moins d'avoir une bonne raison de le faire; et, lorsque c'est le cas, c'est une étreinte digne de ce nom. Je devinais l'expression de son visage; je pouvais la voir malgré mes yeux fermés. Il avait un sourire fendu jusqu'aux oreilles, et sa bouche disparaissait complètement sous sa moustache broussailleuse qui n'avait pas été taillée depuis que nous avions quitté la contrée d'Élyon. Il avait les yeux fermés, lui aussi. Je m'étais agenouillée pour l'enlacer, et il tentait de me soulever et de me traîner. Quand nous nous lâchâmes, nous savions tous les deux que quelque chose de spécial s'était produit. L'étreinte nous avait vraiment rapprochés. Et elle nous avait fait beaucoup de bien.

— Il est parti, dis-je en pensant à notre capitaine disparu.

J'avais retenu mes larmes après la mort de Roland, attendant, pour les verser, la présence de quelqu'un que toucherait tout autant l'étrange vide qu'il avait laissé dans le monde.

— Je sais, murmura Yipes, dont les yeux s'emplirent de larmes.

Nous nous assîmes ensemble sur la douce mousse verte et pleurâmes un bon coup. J'étais certaine, aussi certaine que je l'étais de mon propre nom, que nous pleurions pour les mêmes raisons. Nous pleurions la perte d'un ami cher, mais nous pleurions aussi parce que nous étions heureux. Heureux que Roland se retrouve dans la Dixième Cité avec Thomas, Armon, John Christopher, et tant d'autres. Heureux, enchantés même, de nous être retrouvés et d'amorcer une nouvelle aventure dans un coin du monde que nous n'avions pas encore exploré. Vaincre Abaddon semblait deux fois moins difficile, maintenant que nous étions deux.

— Il va falloir que tu tailles ce truc, dis-je.

Yipes passa son pouce sur sa moustache mouillée de larmes.

— Mais pourquoi faire? demanda-t-il. C'est une moustache faite pour explorer, bien épaisse et portant toute la saleté du monde. De toute façon, je n'ai personne à impressionner.

— En es-tu sûr?

Matilda avait attendu longtemps avant de descendre, mais elle glissait maintenant sur la corde dans notre direction. Elle était petite, comme je l'ai déjà dit. Pas aussi petite que Yipes, mais presque, et elle était si jolie. Il m'était venu à l'esprit que, peut-être...

— Matilda, dis-je lorsqu'elle atterrit près de nous, voici Yipes, mon meilleur ami.

C'était la première fois depuis que je connaissais Yipes que je le voyais instantanément séduit par quelqu'un. Cela sautait aux yeux.

— Ravi de te rencontrer, dit Yipes en enlevant son chapeau de cuir et en le tenant contre sa poitrine.

Il tendit la main, puis la retira vivement avec un rire idiot. Ensuite, il passa ses doigts dans sa moustache, regrettant qu'elle ne soit pas taillée et propre.

— Comment as-tu pu garder ce vieux chapeau sur ta tête pendant la tempête? demanda Matilda.

Elle s'efforçait de ne pas montrer que Yipes l'intéressait, mais je n'étais pas dupe. Matilda était tombée sous le charme de mon ami.

Yipes examina son chapeau, y cherchant des signes d'usure.

— À vrai dire, je n'en ai aucune idée.

De nouveau, il eut un petit rire niais, puis, heureusement, à ce moment-là, Jonezy nous rejoignit.

— Je ne voudrais pas vous presser, dit-il.

C'était moi qu'il regardait, comme si personne d'autre ne comptait. Je me sentis rougir d'embarras. Je craignais que Jonezy ne lâche quelque chose de ridicule comme : *Auriez-vous l'obligeance de me suivre, princesse Alexa?*

— Vous ne nous pressez pas du tout, répondis-je.

Je jetai un coup d'œil vers mes deux compagnons, m'essuyant les yeux du revers de la main. Yipes semblait soulagé par cette interruption. Je crois qu'il voulait me parler seul à seul et me questionner au sujet de Matilda.

— Les gens du village ont préparé une fête de bienvenue pour vous, continua Jonezy. Rien de grandiose, mais je crois qu'elle vous plaira. Oh! et nous devrions être informés de la progression de l'ennemi d'un instant à l'autre. Je sais que tu veux être tenue au courant, Alexa.

— Je suis certaine que nous aimerions tous savoir ce que l'ennemi complote, dis-je.

Jonezy se mit à marcher vers un groupe de maisons tout près, et nous lui emboîtâmes tous le pas.

— Ah! voilà notre éclaireur, annonça-t-il en jetant un coup d'œil vers la toile de lianes. Je vous préviens, il a de très mauvaises manières. C'est un as du rase-mottes, et il le sait, malheureusement.

Quelqu'un volait au-dessus du village. Il semblait vouloir foncer sur le toit de chaume de la maison juste devant nous. Et il allait *beaucoup* trop vite.

— Il va s'écraser! m'écriai-je. Qu'est-ce qu'il lui prend?

Matilda posa une main sur mon épaule.

— Ne t'inquiète pas, répondit-elle. Marco aime bien en mettre plein la vue.

Juste au moment où je croyais que le garçon allait percuter le côté de la maison, il se hissa à bout de bras, se propulsa à l'aide de son glisseur et effectua un formidable mouvement de rotation autour de la liane. Tout son corps tournoyait lentement au-dessus de la corde lorsqu'il passa à toute allure par-dessus la maison. Une fois qu'il eut franchi cet obstacle, il compléta sa rotation et redescendit. Puis il croisa fermement son glisseur et s'arrêta, atterrissant juste devant moi avec un sourire narquois.

— C'est moi qui l'ai entraîné, déclara Jonezy, rayonnant de fierté.

— Tu vas user un glisseur par semaine en t'arrêtant comme ça, dit Matilda au garçon. Tu devrais réserver de telles manœuvres pour la compétition, pas pour impressionner les nouveaux venus.

Le sourire suffisant de Marco s'effaça aussitôt.

— On verra bien qui sera récompensé pour son entraînement ce soir, rétorqua-t-il, foudroyant Matilda du regard pendant qu'il accrochait son glisseur à sa ceinture.

— Marco, dit Jonezy, faisant un effort pour faire oublier la rivalité entre les deux, voici Alexa Daley.

— Enchantée, dis-je.

Marco était jeune. Il devait avoir à peine un an ou deux de plus que moi. Il était mince et fort, et bronzé de la tête aux pieds. Ses cheveux blond roux paraissaient fraîchement coupés. Ils étaient striés de mèches plus pâles par endroits, comme si les longues journées de soleil et de vent les avaient, en partie, décolorés. Il hocha la tête vers moi sans dire un mot. Il va s'en dire qu'il avait une très haute opinion de lui-même.

— Et voici… commença Jonezy.

Mais Yipes l'interrompit.

— On se connaît déjà.

Marco s'intéressa aussitôt à Yipes.

— Eh bien, qu'avons-nous ici?

Marco se comportait comme s'il n'avait jamais vu Yipes auparavant, bien qu'il soit clair que ces deux-là s'étaient déjà rencontrés et qu'une antipathie réciproque s'était établie entre eux. Marco était le plus grand parmi nous, et beaucoup plus grand que Yipes. Il fit mine de mesurer mon ami. Yipes se contenta de sourire, son regard se posant tour à tour sur Marco et sur Matilda.

— Félicitations, Matilda, dit enfin Marco en riant. Tu n'es plus la plus petite.

Son rire s'interrompit lorsque Yipes lui donna un coup de pied. Yipes excelle dans l'art de donner des coups de pied, et il avait mis beaucoup de cœur dans celui-là. Le bout de sa sandale avait heurté le tibia de Marco. Ce dernier se mit à sautiller sur un pied en hurlant. Je crois qu'il prononça même un juron, mais je n'étais pas certaine de ce que signifiait le mot, ne l'ayant jamais entendu avant. Peut-être que les habitants des Cinq Piliers avaient leurs propres jurons.

Ranger s'approcha de Yipes et lui lécha la main. Il semblait avoir compris que Marco allait se jeter sur Yipes, et il voulait protéger mon ami.

— Du calme, dit Jonezy. La journée d'une compétition est toujours fertile en émotions. Vous pourrez vous défouler ce soir, au rase-mottes de nuit.

Marco acquiesça, mais ne put s'empêcher de railler Yipes une fois de plus.

— Sois prudent ce soir, dit-il en secouant sa jambe pour atténuer la douleur. On peut facilement lâcher son glisseur dans le feu de l'action. Un accident est si vite arrivé.

— Je n'en doute pas, répliqua Yipes.

Yipes était-il déjà devenu un adepte du rase-mottes? C'était un grimpeur agile et rapide; sans aucun doute, il serait naturellement doué pour le rase-mottes. J'éprouvai une jalousie inattendue, regrettant que ce ne soit pas *moi* qu'on ait emmenée au troisième pilier pour que je puisse m'entraîner.

Nous nous trouvions juste à côté de la première de nombreuses chaumières. La mousse verte qui couvrait le sol montait directement sur les blocs de pierre, tapissant les murs de la maison comme si celle-ci, avec ses coins arrondis et ses fenêtres arquées, n'était constituée *que* de mousse. Le toit et la porte, qui étaient de bois sombre, paraissaient encore plus foncés en contraste avec le vert brillant.

— Parle-nous du monstre marin, dit Jonezy à Marco, interrompant le fil de mes pensées. Qu'as-tu vu?

Marco se rapprocha, boitant exagérément.

— J'ignore ce qu'est ce truc en bas, mais il est furieux. Je ne crois pas qu'il soit en train de démolir le pilier. Je ne vois pas comment cela serait possible.

— Qu'essaie-t-il de faire, d'après toi? demanda Jonezy.

Même le plus étroit des piliers était, en effet, énorme à sa base. Il faudrait beaucoup de temps pour le démolir, même pour Abaddon.

— Je n'ai pas pu m'approcher autant que je l'aurais voulu. Ce monstre est imprévisible, et je n'avais pas envie qu'il m'attrape brusquement dans les airs.

— Il s'est approché de l'eau? Comment est-ce possible? demandai-je à Matilda.

Marco se délectait de l'attention qu'il recevait.

— J'ai fait exactement la même chose que lorsque je t'ai sauvée du *Phare de Warwick*. Je suis descendu au bout d'une corde.

C'était donc Marco qui m'avait sauvée! Je croyais que j'avais été secourue par l'un des adultes, alors qu'il s'agissait d'un garçon!

Pour une fois, Marco ne jubila pas. Il poursuivit plutôt :

— Il est sorti de l'eau deux fois pendant que je l'observais, et il s'est hissé comme s'il tentait de grimper au pilier.

Tout à coup, il me vint à l'esprit que Marco avait peut-être raison et qu'Abaddon n'essayait pas vraiment de démolir le pilier. Peut-être qu'il y faisait des trous qui lui permettraient de grimper grâce à ses tentacules d'écailles métalliques.

— À quelle hauteur est-il monté? demandai-je.

— Pas très haut. Mais j'ai pu regarder attentivement son visage. Il est horrible, même de loin!

— Tu ne peux pas t'imaginer, dis-je.

Je me rappelais la tête en métal rouillé qui s'était ouverte en roulant et dont les dents avaient mordu l'air.

Il est temps que tu coules avec le bateau, Alexa. Tu ne m'es plus d'aucune utilité!

Je chassai ces mots de mon esprit tandis que Marco continuait à raconter ce qu'il avait vu :

— On aurait dit que le monstre s'élevait juste assez haut pour faire encore plus de trous dans le pilier avant de replonger vite dans la mer, comme s'il ne pouvait pas respirer longtemps hors de l'eau.

— Peut-être qu'il ne peut pas sortir de là! s'exclama Yipes. Il le souhaite peut-être, mais c'est une créature de la mer. Ce qui serait à notre avantage. Il ne réussira peut-être jamais à faire tomber le pilier, peu importe ses efforts. Et s'il ne peut pas sortir de l'eau, alors nous sommes en sécurité ici. C'est bien!

— Ne te réjouis pas trop vite, répliquai-je. Abaddon trouve toujours le moyen d'atteindre les endroits qu'il convoite.

Il n'avait certainement eu aucun problème à atteindre mes propres pensées.

— Abaddon? Qui est Abaddon? demanda Marco.

Je me contentai de secouer la tête et reportai mon regard sur la maison. Je voulais emplir mon esprit de quelque chose de beau, pour mieux en chasser l'image d'Abaddon. La chaumière était si parfaite et paisible.

— Où est tout le monde? demandai-je, ayant soudain constaté que nous nous trouvions à l'entrée d'un village et qu'il n'y avait personne d'autre que nous dans les environs. Personne ne volait au-dessus de nos têtes. Tout était silencieux.

— Ils attendent plus loin là-bas, parmi les maisons, répondit Jonezy. Nous ne recevons pas beaucoup de visiteurs ici, Alexa. Ils avaient besoin d'une raison pour célébrer.

— Vous ne leur avez pas dit, j'espère? demandai-je, convaincue que Jonezy avait laissé échapper que j'étais la nièce de Roland.

— Dit quoi? demanda Matilda.

Elle était comme une grande sœur curieuse, craignant que je lui cache quelque chose. J'aimais bien l'effet que cela me faisait.

— J'ai bien peur qu'ils soient déjà au courant, à propos du monstre marin, fit remarquer Jonezy en m'adressant un clin d'œil des plus subtils. Ce n'est pas comme si on pouvait leur cacher une chose pareille.

Jonezy se tourna vers Marco et lui demanda de retourner au bord du pilier pour scruter l'eau. L'impertinent garçon parut plus qu'heureux de partir tandis que notre petit groupe entrait dans le village.

Les maisons étaient si proches du sentier que je pouvais tendre les bras de chaque côté et toucher la mousse tout en marchant. Entourée ainsi de murs de couleur douce sous un magnifique ciel bleu, j'éprouvais un sentiment de sécurité et de réconfort. Le sentier tournait brusquement, d'un côté puis de l'autre, et je me rendis compte que nous étions dans un labyrinthe.

— Par ici, indiqua Matilda en tournant dans une ouverture.

Un peu plus loin encore, je ne savais plus si c'étaient des maisons qui se dressaient de chaque côté, ou tout simplement des pierres couvertes de mousse. Les murs étaient de plus en plus hauts et sombres. Cela me rappela un autre épisode de ma vie où j'avais été encerclée de murs imposants desquels je ne pouvais pas m'évader.

— C'est encore loin? demandai-je.

Nous prîmes un autre tournant, et je crus entendre un chuchotement, quelque part devant.

Personne ne me répondit. Ce n'était pas nécessaire, car en tournant le coin, nous débouchâmes sur un espace ouvert de quelque 30 mètres de diamètre. Au centre se dressait une longue table entourée de gens.

— Bienvenue au village du troisième pilier, annonça Jonezy.

Yipes me prit le bras et me guida autour de la table. De toute évidence, il avait déjà rencontré les villageois et, étant de nature sociable, il s'était fait beaucoup d'amis parmi eux. Sur la table étaient posés des poissons de toutes sortes provenant de la mer Solitaire, des pommes, des poires et du pain!

La majeure partie de la population des Cinq Piliers se trouvait là, et je fus quelque peu décontenancée en réalisant qu'elle comptait probablement moins de 200 personnes. Les enfants et les adultes étaient tous habillés à peu près comme moi. Ils portaient le même genre de longue tunique blanche, brune ou verte. J'avais troqué mes bottes pour des sandales comme les leurs, lacées à la cheville. Leurs vêtements et leurs chaussures étaient simples, mais il était évident qu'ils avaient été conçus pour durer et devenir plus confortables avec le temps.

Jonezy avait dû leur indiquer qu'il avait bonne opinion de moi, car les villageois ne se lassaient pas de mes innombrables questions, aussi banales soient-elles. D'ailleurs, une telle clameur montait chaque fois que je posais une nouvelle question que Jonezy devait choisir la personne qui allait répondre. Voici à quoi ressemblaient nos échanges...

— Comment se fait-il que vous ayez du pain à manger?

— Roland nous a apporté du blé il y longtemps. Nous le cultivons là-bas.

Et la femme indiqua un endroit d'un geste vague.

— Et le poisson? Comment faites-vous pour le pêcher alors que l'eau est si loin en bas?

— Roland nous a apporté des filets et des cordes. Nous les descendons et les remontons.

— Et vos vêtements... ils sont exactement comme ceux qu'on trouve chez moi. D'où viennent-ils?

— C'est Roland qui nous les a apportés.

J'en vins à réaliser l'importance du rôle que Roland avait joué pour la société naissante des Cinq Piliers. Pas étonnant que les villageois l'aient traité comme un roi; il leur apportait tout ce dont ils avaient besoin! Je me demandais qui subviendrait désormais aux besoins de ces gens. Que feraient-ils si tous les filets se brisaient ou tombaient dans l'océan? Si tous leurs vêtements s'usaient?

Je n'étais pas la seule à poser des questions; eux aussi voulaient tout savoir. Comment avais-je connu Roland? Qu'est-ce que je savais à propos du monstre marin? Certains voulaient avoir les nouvelles les plus récentes de la contrée d'Élyon.

Une fois que j'eus posé mes milliers de questions, et eux, les leurs, un groupe de trois filles de mon âge m'entoura. J'étais une nouvelle venue, et chacune souhaitait devenir ma meilleure amie, ce qui me flattait, je dois le reconnaître. J'avais l'impression d'être redevenue enfant, alors que j'avais cru toute trace de mon enfance envolée. Il y eut un instant, comme une étincelle, où j'eus le sentiment que je pourrais oublier tous les problèmes du monde, et courir et m'amuser librement avec mes amies.

Elles m'emmenèrent à mi-hauteur des parois vertes incurvées du pilier, et nous passâmes l'après-midi à faire du rase-mottes et à rire. Je n'arrivais pas à me rassasier de cette activité, et je suppliai qu'on me laisse descendre encore et encore, jusqu'à ce que mes bras brûlent de fatigue. De temps à autre, je levais les yeux et apercevais Yipes et Matilda, beaucoup plus haut, qui glissaient sur des lianes que j'aurais tant voulu essayer à mon tour, si seulement j'avais été assez habile. Ce n'était pas qu'un jeu pour moi; c'était aussi, je le pressentais, l'apprentissage de quelque chose qui me serait bientôt fort utile.

Plus tard, lorsque je fus si fatiguée et repue que je pouvais difficilement m'imaginer faire autre chose que dormir, je me couchai sur la vaste étendue verte et regardai, à travers la toile de cordes, les adeptes de rase-mottes qui volaient au-dessus de ma tête sur un fond de ciel bleu. C'était magique!

Tandis que je me laissais emporter par le sommeil, au son du sifflement des glisseurs, j'étais loin de me douter que quelqu'un m'observait en secret, complotant ma mort.

II

Sir Alistair Wakefield

Tu n'as jamais rencontré quelqu'un comme lui.
Mieux vaut ne pas le faire attendre trop longtemps.
— Armon le géant

CHAPITRE 9
LE RASE-MOTTES DE NUIT

— Réveille-toi, Alexa!

Je n'aurais pas pu dire quelle heure il était exactement quand je me réveillai, mais, de toute évidence, j'avais dormi jusque dans la soirée. Lorsque je me redressai, je ne pus détourner mon regard du paysage qu'offrait le troisième pilier. Il avait été transformé pendant mon sommeil.

— Viens, Alexa!

Crystal, l'une des filles de mon âge, me tirait le bras pour que je me lève.

— J'ai d'excellentes nouvelles!

Le ciel était passé d'un bleu cobalt à un bleu profond. Je crus d'abord qu'il était parsemé d'étoiles, les plus brillantes que j'eusse jamais vues. Mais après m'être frotté les yeux et avoir bien regardé, je vis qu'il s'agissait plutôt de lampes suspendues un peu partout sur la toile de cordes et s'agitant au passage des amateurs de rase-mottes.

Et que dire de ces derniers! Eux aussi répandaient une sorte de lumière. Ils sillonnaient le ciel dans toutes les directions comme des comètes et des étoiles filantes.

— Qu'est-ce qu'ils font? demandai-je à Crystal, tandis qu'elle m'entraînait sur le sol spongieux.

— Ils font du rase-mottes de nuit! répondit-elle.

— Oui, c'est évident, dis-je. J'espérais un peu plus de... détails.

Crystal et ses amies formèrent un cercle autour de moi et me guidèrent vers le village.

— On devrait lui dire, vous ne croyez pas? demanda l'une des filles.

Sa question fut suivie de murmures auxquels Crystal mit fin d'un « Chut! » sonore.

— Tu vas participer à la compétition, répondit-elle en se tournant vers moi.

— Qu'est-ce que tu veux dire?

— Tu vas participer au rase-mottes de nuit. Nous avons supplié Jonezy encore et encore, et il a fini par accepter. Tu seras dans la catégorie des débutants, mais c'est déjà ça! C'est très excitant!

C'était excitant, en effet! Je mourais d'envie de me laisser glisser de nouveau sur les cordes et de filer dans le ciel. Et le soir, en plus! Je ne pouvais rien imaginer de mieux.

— Où sont Yipes et Matilda? Je veux leur annoncer la nouvelle.

— J'ai bien peur que tu doives patienter. Ils sont là-haut, répliqua Crystal en montrant le ciel du doigt. Tous les trois vont s'affronter dans quelques instants.

— Tous les trois? fis-je.

— Marco est là aussi, intervint l'une des filles. Matilda et lui ont toujours été de farouches compétiteurs, mais à ce qu'on dit dans le village, Marco aimerait bien humilier Yipes.

— Où peut-on aller pour assister à la compétition?

demandai-je, inquiète pour mes deux amis. Je ne veux pas perdre Yipes et Matilda de vue.

Nous étions arrivées au centre du village. Crystal leva les yeux.

— Vite! fit-elle. Il n'y a presque plus personne sur les cordes. La compétition va bientôt commencer!

Les filles traversèrent le village à la course et se mirent à monter la colline. Je les suivis de près tandis qu'elles gravissaient un sentier en zigzag menant au sommet. Il n'y avait pas de lianes ici, comme si le sentier avait été aménagé pour qu'on puisse grimper rapidement la colline. Je croisai quelques personnes qui descendaient, et en vis d'autres qui montaient devant nous.

J'étais presque à bout de souffle lorsque nous atteignîmes une longue corniche bordée d'un garde-fou. Des lampes à huile étaient suspendues ici et là et des gens se tenaient le long du garde-fou, bavardant et s'interpellant. J'aperçus Jonezy qui se tenait parmi eux et le saluai de la main.

— Content de voir que tu es réveillée! cria-t-il au-dessus des têtes d'une vingtaine de spectateurs. Venez plus près, tes amies et toi!

Nous traversâmes la grande corniche en courant pour rejoindre Jonezy.

— Regardez, dit-il pendant que j'agrippais le garde-fou et jetais un coup d'œil à l'enchevêtrement de cordes et de lampes.

Jonezy désignait quelque chose au-dessus de nous, vers la gauche.

— Qu'est-ce qu'ils vont faire? demandai-je.

Sur une plateforme bien éclairée, très haut au-dessus de nous, trois concurrents se tenaient côte à côte. Même de loin, on pouvait facilement voir qu'il s'agissait de Yipes (le plus petit des trois), de Matilda (presque aussi petite) et de Marco (aussi grand que Yipes et Matilda ensemble).

— C'est une course en trois étapes, expliqua Crystal. Ils sont sur le point d'entamer la première partie.

Plus personne ne glissait sur les cordes. Seules les lampes s'y balançaient doucement,

— Et les lampes? Est-ce qu'ils ne vont pas les heurter en passant? demandai-je.

— Espérons que non! répondit Jonezy en riant, sachant que je me faisais du souci pour Yipes. Les lampes ne sont pas sur les cordes que vont emprunter les concurrents. Yipes s'en tirera très bien. Il a ça dans le sang.

J'étais sur le point de demander à Jonezy ce que les concurrents allaient faire, lorsqu'il recula d'un pas et se pencha. Il souleva le couvercle d'une boîte à ses pieds que je n'avais pas remarquée. Quand sa main réapparut, elle tenait une boule irradiante de la grosseur de sa tête.

— Qu'est-ce que c'est que ça? demandai-je.

Jonezy me la tendit, et je constatai qu'elle était lourde comme une pierre et parfaitement ronde.

— C'est un traceur, répondit-il.

La paume de ses mains brillait et, quand je lui remis le traceur, je vis que mes propres mains brillaient aussi. La boule de pierre était recouverte d'une substance poudreuse et lisse qui y avait adhéré.

Jonezy éleva le traceur au-dessus de sa tête. Je jetai un coup d'œil en haut et vis que les concurrents étaient en position de départ, les bras levés, leurs glisseurs bien appuyés sur les cordes.

Jonezy poussa un grand cri, puis laissa tomber la pierre irradiante par-dessus le garde-fou.

Aussitôt, la nuit se chargea d'énergie provenant de toutes les directions.

Je regardai le traceur rouler vers le bas de la colline. Celle-ci étant raboteuse, la boule irradiante zigzaguait furieusement en descendant de plus en plus vite. Elle laissa d'abord derrière elle une traînée de lumière brillante, puis devint de moins en moins lumineuse, à mesure que sa surface s'effaçait dans la mousse. Une trace irradiante et poussiéreuse se dessinait dans son sillage.

Nous nous trouvions à la gauche du village et, lorsque le traceur dépassa les premières maisons, il était déjà impossible de le distinguer dans le noir. Toute la poudre lumineuse s'en était détachée.

Je levai les yeux et vis que Marco, Yipes et Matilda avaient sauté de la plateforme, et volaient à une vitesse inouïe.

— Un fanion est accroché à chaque lampe, un peu comme une queue, expliqua Jonezy.

Les gens criaient si fort autour de moi que je pouvais à peine l'entendre. La corniche où nous nous trouvions grouillait maintenant de spectateurs en liesse. Certains encourageaient Marco, d'autres Matilda, et quelques-uns, Yipes.

— Vas-y, Yipes, vas-y! hurlai-je, lui manifestant mon appui du mieux que je le pouvais.

Tandis que les concurrents fonçaient vers le bas, certaines des lampes qui se trouvaient sur leur passage oscillèrent. Leurs fanions semblaient avoir été arrachés.

— Attraper des fanions les fait ralentir, expliqua Crystal.

Mais ils doivent en attraper au moins trois pour ne pas être disqualifiés.

— Et le traceur? dis-je.

La traînée lumineuse qu'il avait laissée derrière lui était encore là, mais elle pâlissait rapidement. Quant au traceur, il avait disparu.

— Il est quelque part là-bas. Un seul des concurrents le trouvera.

— Vas-y, Yipes! Vas-y, Matilda! criai-je, partagée entre les deux.

Pendant tout ce temps, je ne pouvais pas m'empêcher de penser à quel point ce serait amusant quand viendrait mon tour de participer au rase-mottes de nuit.

— C'est Marco qui va arriver le premier, fit remarquer Crystal. Mais il lui reste encore à trouver le traceur.

Crystal avait raison. Marco était devant, suivi de près par Matilda. Je savais que c'était elle, car ses longs cheveux striés de lumière flottaient derrière elle. Yipes était en troisième position, mais loin derrière les deux autres. Marco toucha le sol en premier et se mit à courir vers la ligne du traceur, à la recherche de la boule de pierre.

— Le sol en bas est comme une suite de petites buttes, expliqua Jonezy. Lorsque le traceur atteint le bas de la colline, il se déplace très vite. Mais comme sa traînée s'est effacée depuis longtemps et que lui-même ne brille plus, il est plus difficile de le trouver qu'on ne pourrait le croire.

Marco parut hésiter un instant, comme s'il ne savait pas exactement où aller. Je pouvais facilement distinguer ses jambes pendant qu'il courait dans différentes directions – et celles de Matilda et de Yipes aussi –, car elles avaient été enduites de la même poudre verte irradiante que le traceur.

Matilda atterrit la deuxième et partit à la recherche du prix en prenant un chemin différent de celui que suivait Marco. Cependant, les deux adversaires convergeaient vers le même endroit. Tout à coup, Yipes surgit au-dessus de leur tête. À la surprise de tous, il croisa son glisseur et ralentit, bien avant d'arriver au bout de la corde. Il était suspendu dans le vide, à près de dix mètres du sol, tandis que Marco et Matilda filaient sur la mousse.

— Ils l'ont trouvé! s'exclama Jonezy.

Il avait raison. Marco et Matilda fonçaient tout droit vers le même point.

— J'ai bien peur que Yipes doive se contenter de la troisième position pour son premier rase-mottes de nuit, ajouta Jonezy.

— N'en soyez pas si sûr, dis-je.

Je connaissais assez bien Yipes pour savoir qu'il n'abandonnerait pas aussi facilement. Il continuait à glisser très lentement au-dessus de Marco et Matilda, juste entre les deux. Puis soudain, sans avertissement, il se laissa tomber sur le sol.

Tout le monde se pencha au-dessus du garde-fou, le souffle coupé. C'était une chute de sept mètres au moins. Marco et Matilda plongèrent tête première sur la mousse et se mirent à glisser, les bras tendus, mais c'était trop tard. Yipes avait atterri juste à côté de la boule de pierre et roulé dessus. Il se recroquevilla autour du traceur. Marco essaya bien de le lui arracher, mais sans succès. Yipes n'allait pas le lâcher.

Le son se propageait très bien sur le troisième pilier, tout comme dans une salle de concert géante, et nous pouvions les entendre crier en bas.

— Laisse-le se relever! criait Matilda. Il est peut-être blessé!

Marco recula de quelques pas en titubant, et Yipes s'étira. Je vis quelqu'un accourir du village et s'arrêter près d'eux.

— C'est le juge, dit Crystal. Il va régler la question.

Un instant plus tard, Yipes se releva en chancelant.

— Cinq points à Yipes pour avoir retrouvé le traceur! s'écria le juge.

Yipes éleva le traceur bien haut au-dessus de sa tête, et tout le monde sur la corniche l'applaudit.

— Cinq points à Yipes, répéta le juge. Un effort exceptionnel!

— Il a triché! s'écria Marco.

Mais tout le monde savait que, si un concurrent était assez brave pour se laisser tomber d'une hauteur de plus de sept mètres, ses adversaires n'y pouvaient rien.

— Et maintenant, les fanions... poursuivit le juge.

Pendant qu'il comptait ceux de Matilda, Jonezy en profita pour me chuchoter à l'oreille :

— Ils valent un point chacun, et chaque concurrent a la possibilité d'en attraper jusqu'à dix. Yipes pourrait encore perdre.

— Matilda en a huit, annonça le juge. Très bel effort!

Mon cœur battait la chamade tandis que le juge comptait les fanions que Yipes avait attrapés.

— Quatre fanions pour Yipes, cria le juge. Ce qui fait un

total de neuf points. Yipes prend la tête!

Le juge se tourna ensuite vers Marco et se mit à compter ses fanions. Yipes pouvait encore perdre si, et seulement si, Marco avait attrapé chacun de ses dix fanions.

— Ça se produit rarement, dit Crystal.

— Et enfin pour Marco, le champion en titre... commença le juge.

Il y eut un murmure dans la foule.

— Un score parfait de dix!

Le juge leva le bras de Marco haut dans les airs.

— La victoire va à Marco!

La réaction sur la corniche était mitigée. Certains des spectateurs ne pouvaient pas s'empêcher d'admirer l'habileté de Marco, mais je crois qu'au fond, la foule en général aurait souhaité que Yipes gagne.

— À ton tour! me lança Crystal. Viens!

Me prenant la main, elle m'entraîna jusqu'à une saillie qui se trouvait à droite du garde-fou, mais un peu plus haut. La plateforme n'était pas aussi élevée que celle d'où Yipes avait sauté, mais elle était bien assez haute pour mon premier rase-mottes de nuit. Deux garçons de mon âge m'attendaient. La nouvelle venue aux Cinq Piliers ne semblait pas les impressionner.

Comme tout le monde, j'avais pris l'habitude d'accrocher mon glisseur à une ceinture en cuir autour de ma taille. Il s'agissait simplement de plier le glisseur en deux et de le tirer sous sa ceinture jusqu'à ce que les nœuds restent bloqués. Je saisis les nœuds derrière mon dos et tirai la corde. Elle était encore glissante puisque je l'avais utilisée plus tôt dans la journée. Je plaçai mon glisseur sur la corde au-dessus de ma tête.

Crystal se dirigea vers la paroi de pierre derrière nous et arracha un morceau de mousse dont la surface intérieure était recouverte d'une poudre verte brillante. Crystal m'en frotta les bras et les jambes. Mes membres semblaient illuminés.

— Te voilà prête, dit Crystal en mettant la mousse de côté.

Je m'emparai des nœuds du glisseur et les serrai fermement. J'étais dans un état d'excitation fébrile, et j'avais les mains moites et tremblantes à la pensée de glisser sur la liane à toute vitesse.

— C'est parti! cria Jonezy d'en bas.

J'aperçus la lueur brillante de la traînée laissée par le traceur à ma droite. Je sautai dans le vide et me mis à dévaler le versant de la colline. Les deux garçons hurlèrent de joie en passant comme une flèche devant moi. J'étais si heureuse de voler que je dépassai les deux premiers fanions avant de me rappeler que je devais essayer de les attraper. Je m'apprêtais à tenter de saisir le troisième lorsque je me rendis compte qu'il me faudrait tenir le glisseur d'une seule main, ce qui le resserrerait sur la liane et me ralentirait. J'effectuai la transition et tendis le bras en passant à côté de la lampe. *Flap!* J'arrachai le fanion d'un coup sec. Je le fourrai sous ma ceinture et me préparai à saisir le prochain. Je filais vers le centre du pilier, attrapant des fanions sur mon passage et me demandant où je pourrais trouver le traceur tout en bas.

Je prenais de la vitesse, et j'étais maintenant presque à égalité avec les deux garçons. Nous approchions du bas de la pente. Il nous restait chacun un fanion à attraper, mais les garçons choisirent de ne pas le faire, anxieux de finir la descente et de partir à la recherche du traceur. Lorsque j'allongeai le bras et empoignai le dernier fanion, je sentis mon glisseur céder, comme si, d'une certaine façon, je l'avais laissé filer entre mes doigts. Je me trouvais encore à une quinzaine de mètres du sol, et je fus parcourue d'un frisson de frayeur à l'idée de tomber de si haut. Je vis que des lianes zigzaguaient au-dessous de moi et formaient comme une toile. Il faudrait que j'en agrippe une dans le noir avec une jambe ou un bras. Cela n'allait pas être facile.

Je tenais toujours le fanion dans ma main et, lorsqu'il se détacha de la lampe, je plongeai dans le vide. Je ratai la première liane sous moi, mais je réussis à m'accrocher à la deuxième avec mes jambes. Ma chute fut plutôt bien amortie, et je rebondis doucement sur la liane. Je me retrouvai suspendue la tête en bas, comme une chauve-souris endormie dans la nuit. Le juge accourut au-dessous de moi, et je vis, en jetant un coup d'œil par-dessus son épaule, que Ranger descendait aussi la colline en courant et approchait du terrain.

— Attrape! cria le juge en me lançant un nouveau glisseur.

Ce dernier monta vers moi en tournoyant. Quand il fut à ma portée, je tendis brusquement le bras et le saisis.

— La compétition continue! Ta chute te coûtera un fanion, mais tu peux encore trouver le traceur! cria le juge.

Il retourna à la bordure du champ, comme si ce genre d'incident se produisait assez souvent. Je me redressai d'un coup et plaçai le nouveau glisseur sur la liane, mais je ne pouvais plus glisser aussi vite. Je me laissai donc descendre lentement sur la corde, observant le spectacle qui s'offrait à mes yeux.

Ranger avait atteint le bas de la pente et courait vers moi. Les deux garçons n'avaient pas beaucoup plus d'expérience que moi, et ils tournaient en rond dans l'obscurité, espérant repérer le traceur. Des gens hurlaient et montraient quelque chose du doigt, mais ce n'était pas d'un grand secours. Finalement, l'un des garçons cria qu'il avait trouvé le traceur, et, de nouveau, le juge arriva sur le terrain en courant.

Quand j'arrivai au bas de la colline, je vis que Yipes, Matilda et Jonezy étaient tous là. Ranger traînait derrière, parcourant le terrain, comme s'il était à la recherche de quelque chose dans le noir. Un groupe de filles, dont Crystal avait pris la tête, descendait la colline, mais elles étaient encore assez loin du terrain.

— Qu'est-ce qui s'est passé là-haut? demanda Jonezy, hors d'haleine.

Il était le plus âgé d'entre nous, et il avait couru sur une longue distance.

— Tu descendais très bien, puis tout à coup…

— Mes mains ont dû glisser, répondis-je. Je ne me rappelle pas exactement. Tout ça s'est passé si vite.

— Je crois que tu as cinq fanions, fit remarquer Yipes, après avoir compté les petits drapeaux glissés sous ma ceinture.

Mon ami trouve toujours les mots pour me réconforter dans les situations difficiles.

— C'est un de plus que moi! ajouta-t-il.

— Je suis surtout soulagé de voir que tu n'as rien, dit Jonezy.

Il jeta un regard à Matilda.

— Avant de participer à une autre compétition, il va falloir qu'elle s'entraîne encore un peu et apprenne à bien tenir le glisseur.

Ranger s'approcha en bondissant tandis que nous discutions. Il tenait quelque chose entre ses dents et laissa tomber l'objet à mes pieds, aboyant pour que je le lance.

— Qu'est-ce que tu as là? lui demandai-je en ramassant sa trouvaille.

À ma grande surprise, je vis qu'il s'agissait d'un morceau de mon glisseur, une moitié exactement. Je saisis le morceau par le seul nœud qui restait.

— C'est curieux, dis-je.

— Laisse-moi voir, dit Matilda.

S'emparant du glisseur, elle l'examina attentivement, sous l'œil de Jonezy. Ils échangèrent un regard inquiet.

— Quoi? demandai-je. Qu'est-ce qu'il y a?

Matilda hésita, mais Jonezy hocha la tête pour lui signifier son accord.

— Quelqu'un voulait que tu tombes.

— Qu'est-ce que tu veux dire au juste, voulait que je tombe?

Jonezy se retourna et vit que Crystal et les autres filles étaient sur le point de nous rejoindre.

— Je crois qu'il s'agit d'une sorte d'avertissement, souffla-t-il rapidement. Personne ne se tue en faisant du rase-mottes. Il y a bien assez de lianes auxquelles on peut s'agripper en tombant. Mais tu aurais pu être blessée, ou ne plus vouloir recommencer.

Yipes fut le premier à réagir. Il était clair aux yeux de tous qu'il soupçonnait Marco.

— Où est-il?

Matilda ne put s'empêcher de sourire en voyant Yipes brandir ses petits poings, le regard mauvais. Il était furieux. Cependant, il était difficile de prendre Yipes au sérieux lorsqu'il était en colère.

Au même moment, les filles arrivèrent. Dans la clameur qui s'ensuivit, je ne perçus qu'une seule voix. C'était celle, sinistre, d'Abaddon dans ma tête, une voix que j'étais la seule à pouvoir entendre. Elle m'appelait de quelque part tout en bas.

Comme j'aime jouer avec toi, ma petite princesse. Ça réchauffe mon cœur froid, au fond de la mer Solitaire! Tu devrais me prêter plus d'attention. Bientôt, c'est moi qui régnerai sur cet endroit et, toi, tu ne seras plus, comme Roland, qu'un lointain souvenir.

CHAPITRE 10
DE RETOUR À LA MAISON SUR LA COLLINE

Jonezy voyait bien que ma chute m'avait ébranlée et, au bout de quelques minutes, il chassa Crystal et les autres filles. Elles s'éloignèrent, déçues que je ne puisse pas les accompagner, mais enthousiastes à l'idée d'assister aux prochaines courses.

Nous nous rendîmes de l'autre côté de la colline et nous retrouvâmes bientôt dans un endroit isolé d'où nous pouvions observer la compétition. Nous nous assîmes tous ensemble, Yipes, Jonezy, Ranger, Matilda et moi, sur une section de mousse plane et moelleuse tout en haut de la colline. Enfin... tous, sauf Yipes qui faisait les cent pas et marmonnait, levant le poing dans les airs de temps à autre et criant dans la nuit, même si nous étions les seuls à pouvoir l'entendre.

— Lâche! Cinglé! Brute!

Matilda et moi nous regardions exactement comme deux sœurs l'auraient fait, selon moi. Nul besoin de parler; nous devinions chacune ce que l'autre pensait.

Il te plaît, n'est-ce pas? lui demandai-je, sans pourtant prononcer un mot.

Oui. Il me fait rire, répondit-elle silencieusement.

Il faut que nous le calmions. Cette fois, nous avions eu la même pensée en même temps.

— Je vais bien, dis-je. Je ne courais pas vraiment de danger. Comme l'a précisé Jonezy, quelqu'un essayait seulement de me faire peur. Et, à vrai dire, il y a des choses plus importantes dont nous devons discuter.

Yipes nous rejoignit à contrecœur. Jonezy respira profondément l'air de la nuit.

— C'est mon endroit préféré pour assister à un rase-mottes de nuit, dit-il.

Des lampes brillaient et dansaient au-dessus et au-dessous de nous, pendant que des concurrents passaient en trombe sur les lianes.

— Les lumières et les bruits sont merveilleux d'ici, mais c'est aussi un coin privé et tranquille, loin de la foule.

Quelque chose m'avait tracassée par moments durant la journée, et le fait d'avoir entendu la voix d'Abaddon à la fin de ma course me poussa à aborder la question.

— Vous ne pensez pas que nous devrions être en train de faire quelque chose à propos du monstre marin? demandai-je. Il est toujours en bas, et il essaie de grimper à l'un des piliers.

Jonezy se frotta la tempe, puis le bout de ses doigts disparut dans ses cheveux.

— Profitons de cette soirée, tu veux bien? finit-il par répondre. Demain viendra bien assez tôt, avec son monstre marin et ses nombreux soucis.

J'avais l'impression qu'il tentait de fuir l'inévitable.

— Mais nous perdons un temps précieux. Nous devrions agir dès maintenant.

— Que voudrais-tu que nous fassions? demanda Jonezy.

Il me fixait comme si le problème était un défi et qu'il voulait savoir comment je m'y prendrais pour maîtriser un monstre marin si c'était moi qui commandais.

J'hésitai, à la fois parce que je n'étais pas certaine de savoir comment procéder et parce que je ne voulais pas que Yipes et Matilda sachent que j'étais effectivement aux commandes.

— Tu débordes d'énergie, Alexa Daley, ajouta Jonezy.

Je sentais venir un sermon à la Thomas ou Roland Warvold, et j'aurais voulu me boucher les oreilles.

— Mais parfois, tu dois attendre qu'une réponse se présente à toi. Surtout quand il s'agit de questions difficiles.

— Qu'est-ce que vous voulez dire? demandai-je.

— La vérité, c'est que nous ne sommes pas équipés pour combattre un homard de taille moyenne, et encore moins un monstre marin plus gros que le *Phare de Warwick*. Personne ici n'a été entraîné à se battre. Nous n'avons pas d'armes, à moins que tu considères les filets de pêche et les harpons de bois comme des armes. Nous n'avons jamais eu à nous protéger de quoi que ce soit. Nous devons élaborer un plan, et je sais que tu y joueras un rôle important.

Il reporta son regard sur la compétition de rase-mottes, l'air nostalgique.

— Ce serait dommage de perdre tout ça. C'est un endroit magnifique.

Il nous observa tour à tour, Yipes et moi.

— Est-ce que l'un de vous a de l'expérience dans ce genre de situation?

Il me vint alors à l'esprit que Roland avait peut-être planifié notre venue ici depuis le début. Cela ne m'aurait pas du tout étonnée. Peut-être qu'il savait qu'Abaddon le suivrait jusqu'aux

Cinq Piliers, peu importe quand il choisirait de s'y rendre. C'était peut-être pour cette raison qu'il avait attendu aussi longtemps avant de le faire. Mais il ne pouvait pas attendre éternellement. Il avait été forcé de revenir, et qui de mieux pour l'accompagner que deux personnes ayant déjà pris part à une grande bataille contre une force diabolique?

Yipes décida de profiter de l'occasion pour impressionner Matilda.

— Eh bien, moi, j'ai participé à une escarmouche ou deux.

— Vraiment? fit Jonezy en examinant Yipes comme s'il avait du mal à croire que quelqu'un de sa stature ait pu porter une épée, et encore moins gagner un combat sur un champ de bataille lointain.

— C'est une si belle soirée, intervint Matilda. Si on allait faire une promenade avant de parler armes et monstres?

Elle s'adressait directement à Yipes avec une expression qui semblait dire : *Tu veux m'accompagner?* Mais malgré toute son expérience de l'aventure, Yipes ne parut pas comprendre. Je dus lui donner un petit coup de pied et faire un signe du menton en direction de Matilda.

Yipes me regarda, puis se tourna vers Matilda.

— Je serai ravi de faire une promenade, répondit-il en enlevant son chapeau.

Matilda bondit sur ses pieds et s'éloigna sans l'attendre, Ranger gambadant à ses côtés.

— Oui, c'est ça, dit Yipes en se levant, lui aussi. Une promenade nous fera du bien.

Je le chassai d'un geste de la main et, un instant plus tard,

Jonezy et moi étions assis seuls, regardant les concurrents traverser à toute allure la cuvette du troisième pilier. Après un long silence, il se mit à parler :

— Je me souviens de Thomas et de Roland quand ils avaient ton âge. Ils te ressemblaient beaucoup à ce moment-là. Des yeux brillants remplis de nostalgie... des yeux qu'ils ne voulaient pas fermer avant d'avoir pu trouver un moyen de s'échapper. J'étais un garçon timide quand je les ai rencontrés, et petit, en plus. J'étais à moitié mort de peur quand je suis arrivé à la maison sur la colline, mais j'ai su tout de suite, en faisant connaissance avec les Warvold, que Mme Vickers et son abominable fils – Finch, qu'il s'appelait – ne pourraient jamais les retenir. J'étais certain qu'ils ne feraient que passer dans ma vie, et qu'ils partiraient très vite. Et c'est ce qui est arrivé.

L'histoire de Thomas et Roland quittant la maison sur la colline me revint peu à peu.

— Qu'est-ce que vous vous rappelez d'autre de cette époque? demandai-je, curieuse d'en apprendre davantage sur ce passé dont je savais si peu de choses. Qu'est-ce que vous vous rappelez de Thomas et de Roland?

— Ils ne sentaient pas très bon, répondit Jonezy en souriant faiblement dans la pénombre. Je me souviens aussi d'un certain sentiment qui ne s'est jamais dissipé, ajouta-t-il plus sérieusement. À cette époque, tout dans ma vie n'était que peur et misère, mais lorsque je regardais Thomas et Roland, je savais que tout irait bien. C'était l'effet qu'ils produisaient sur tout le monde. Après leur départ, bon nombre d'enfants ont perdu espoir, mais pas moi. Je savais qu'un jour Thomas et Roland reviendraient nous chercher.

Jusqu'alors, Jonezy avait gardé les yeux sur la compétition de rase-mottes, mais, à cet instant de son histoire, il se tourna vers moi.

— Et ils sont revenus, bien sûr. Armon était avec eux. Puis Roland et Sir Alistair nous ont emmenés loin, de l'autre côté de la mer Solitaire. Maintenant, ils sont tous partis : Roland, Thomas, Sir Alistair Wakefield. Tous partis au royaume secret de la Dixième Cité, comme tu l'as si justement fait remarquer,

Il marqua une pause avant de continuer.

— Un nouvel être maléfique menace de m'attaquer... de nous attaquer tous. Le problème, c'est que ceux d'entre nous qui sont venus ici après avoir quitté la contrée d'Élyon, il y a si longtemps, ne sommes pas faits pour mener, mais pour suivre. Il faut des deux, tu vois. Pour certains d'entre nous, la situation que nous vivons est, hélas, trop familière; c'est comme si le monde devenait sombre et dangereux.

— Comme je voudrais remonter dans le temps et tout changer! dis-je.

— Ce n'est pas nécessaire, répliqua Jonezy en se levant et en retirant son glisseur de sous sa ceinture. Maintenant que tu es ici, j'éprouve la même impression qu'autrefois. Je sais que tout ira bien.

— Vous ne devriez pas compter sur moi pour quoi que ce soit! lançai-je. Je ne suis pas comme eux.

On avait beau s'acharner à me répéter à quel point j'étais spéciale, je restais convaincue que ce n'étaient que de belles paroles et que je n'avais rien de particulier, après tout. Que je n'avais rien à offrir.

— Pourtant, tu as bel et bien ce petit quelque chose dans le regard, remarqua-t-il.

— Qu'est-ce que vous voulez dire?

Il me dévisagea intensément.

— Tu as le même regard qu'eux, celui qui me dit que tu vas trouver un moyen de quitter les Cinq Piliers, peu importe la personne ou la chose qui essaie de t'en empêcher. Sans compter que tu sens bien meilleur qu'eux à l'époque, ce qui est une nette amélioration.

Ce commentaire me fit sourire. Je regardai Jonezy avancer de quelques pas vers la liane la plus proche et jeter son glisseur dessus. Il avait l'air d'un jeune champion s'apprêtant à filer jusqu'en bas.

— Tu sais, Alexa, il y a beaucoup de gens qui ne veulent pas quitter cet endroit. Prends Marco, par exemple. Il est né ici. Il n'a jamais vu la terre de ses ancêtres. Il est chez lui ici. Ta présence le force à s'interroger sur l'avenir.

— Mais pourquoi? Je ne peux pas imaginer comment je pourrais quitter cet endroit un jour et encore moins emmener qui que ce soit contre son gré.

Mais Jonezy était déjà parti; il descendait à toute allure en riant aux éclats. Je restai seule avec mes pensées. Mais les choses sérieuses dont nous venions de discuter cédèrent rapidement la place au simple plaisir du rase-mottes. Je m'imaginais en train d'attraper mes dix fanions et de retrouver le traceur aussi, lorsque Matilda et Yipes surgirent de l'obscurité. Je me levai d'un bond.

— Jonezy est parti par là, dis-je en désignant le village.

Ranger lâcha le morceau de mon ancien glisseur à mes pieds

et aboya. Je le ramassai, le lançai et regardai Ranger courir après.

— Où êtes-vous allés?

Yipes et Matilda n'arrêtaient pas d'échanger des regards, et je devinai que quelque chose les préoccupait. Yipes finit par rompre le silence.

— On a discuté, Matilda et moi.

Matilda posa une main sur mon bras.

— Tu ne dois en parler à personne.

— Parler de quoi?

Matilda regarda en bas de la colline, dans la direction que Jonezy avait prise, pour s'assurer que nous étions seuls.

— Viens, dit-elle. Je veux te montrer quelque chose.

Elle remonta la pente et se rendit tout au bord du troisième pilier.

— C'est par ici que vous êtes venus? demandai-je à Yipes.

— Oui, répondit-il. Juste un peu plus loin.

Je lançai le glisseur, ou ce qu'il en restait, sur le versant de la colline moussue, et Ranger s'élança encore une fois. Il faisait de plus en plus noir, à mesure que nous nous éloignions de la vallée. Bientôt, Matilda se pencha et arracha un morceau de mousse du sol. De la face intérieure émanait une lueur d'un vert blanchâtre qui éclairait doucement notre chemin. Nous étions plus près du bord que je ne l'aurais cru.

— Est-ce prudent de se tenir aussi près du bord? demandai-je. Et si une rafale de vent s'élevait et nous poussait?

Les vents sur la mer Solitaire pouvaient être imprévisibles. Je m'imaginais facilement être soulevée par le vent et emportée vers l'eau.

— Nous sommes assez loin, dit Matilda. Nous pouvons le voir d'ici.

— Voir quoi?

Ranger était revenu et poussait le glisseur toujours plus près de mon pied pour attirer mon attention.

— Là, fit Yipes, montrant du doigt l'endroit que la lueur verdâtre éclairait.

Sur le bord du pilier reposait un gros tas de corde qui ne semblait pas avoir servi depuis longtemps.

— Qu'est-ce que c'est? demandai-je.

Il y eut une pause pendant laquelle Ranger aboya pour que je lui accorde mon attention, mais mon regard resta rivé sur Matilda.

— C'est un moyen de traverser vers le quatrième pilier, répondit-elle. Un moyen d'obtenir des réponses.

Je ramassai le glisseur encore une fois et le lançai de toutes mes forces dans le noir.

— C'est là que Sir Alistair Wakefield disparaissait pendant de longues périodes, n'est-ce pas?

— C'est bien ça, dit Yipes.

— Autrefois, il y avait un vieux pont de cordage qui s'y rendait, mais on ne l'utilisait presque jamais, expliqua Matilda. C'est Roland qui a apporté la corde il y a très longtemps, parce qu'aucune liane ne menait de l'autre côté. Sir Alistair ne voulait pas que quiconque sache ce qu'il fabriquait. Après son départ, les enfants ont pris l'habitude de se mettre au défi de traverser. Comme c'était trop dangereux, le pont a été coupé.

— Es-tu déjà allée sur le quatrième pilier?

— Une seule fois, il y a très longtemps. Je n'y ai rien trouvé d'autre que de la terre et des pierres. Sa forme en fait un endroit très difficile à explorer. On risquerait fort de rouler en bas de la colline et de tomber dans la mer.

— Mais si nous y allions tous les trois, peut-être que tout se passerait bien, ajouta Yipes. Sir Alistair devait bien avoir un repère secret où il passait tout ce temps, un endroit qu'on ne peut pas voir d'ici. Peut-être que le quatrième pilier cache quelque chose qui pourrait nous être utile.

— Il faudra attendre jusqu'au matin, dit Matilda. Ce ne sera pas facile, mais je crois qu'on pourra traverser.

Je considérai le tas de corde encore une fois, mais je ne pouvais pas concevoir comment nous pourrions traverser. Ranger réapparut avec le glisseur, et nous retournâmes en direction de l'endroit où se déroulait la compétition. Nous regardâmes le rase-mottes de nuit pendant un moment, puis Yipes me quitta et redescendit vers le village sous la toile de cordes qui tapissait le ciel. Il s'était installé dans une petite chaumière qui lui rappelait sa maison. Jonezy, Matilda et Ranger me raccompagnèrent au deuxième pilier. Comme ils me l'avaient dit, le retour fut plus facile, beaucoup plus facile. En effet, une liane bien épaisse reliait le troisième pilier au deuxième. Ce dernier étant plus bas, nous pûmes descendre en rase-mottes après que Ranger ait traversé dans le panier.

— Il y a quelque chose de différent dans tes yeux, fit remarquer Jonezy lorsque j'atterris derrière lui sur le deuxième pilier. Qu'est-ce que tu manigances?

— Je ne sais pas du tout de quoi vous parlez, répondis-je.

Matilda et moi avions convenu d'attendre avant de mettre

Jonezy au courant de notre plan. S'il n'y avait rien d'intéressant sur le quatrième pilier, c'était inutile de l'inquiéter. De plus, Matilda était d'avis qu'il ne nous laisserait pas traverser s'il savait ce que nous préparions.

N'empêche que Jonezy avait vu juste en décelant l'étincelle familière des Warvold dans mon regard. La corde était un début, mais comment s'en servait-on? Et si nous parvenions de l'autre côté, quels secrets allions-nous découvrir sur le quatrième pilier?

CHAPITRE 11
LE QUATRIÈME PILIER

Le lendemain matin, Ranger me réveilla aux premières lueurs du jour. Il était trempé, comme d'habitude, mais cette fois, ce ne fut pas l'odeur de chien mouillé qui me tira du sommeil. Ranger avait dormi devant la porte, pelotonné autour du glisseur qui s'était rompu la veille. À son réveil, il l'avait posé délicatement devant mon visage, le poussant du museau jusqu'à ce qu'il touche mon nez.

— Qu'est-ce qu'on va faire de ce chien? dis-je en passant la main sur mon visage pour en essuyer la bave.

Matilda dormait à côté de moi – c'était son lit, après tout –, et je la sentis bouger et se redresser.

— Je me le demande bien, répondit-elle.

Je me tournai vers elle et éclatai de rire.

— C'est toute une chevelure que tu as là, dis-je.

Je ne voyais que son nez. Tout le reste avait disparu sous un amas de boucles emmêlées. Séparant ses cheveux qui tombaient comme une vadrouille devant sa figure, Matilda réapparut.

— On est bien là-dessous, dit-elle.

Puis elle roula en bas du lit, franchit la porte et sauta dans le lac.

En entendant le bruit des éclaboussures, je m'assis et constatai que j'avais mal partout. Mes épaules et mes bras surtout étaient endoloris. Je ne m'étais pas rendu compte à quel point le rase-mottes était exigeant physiquement.

Matilda revint, complètement détrempée dans sa culotte et son chemisier.

— Ne fais pas ça! m'écriai-je.

Trop tard. Elle avait empoigné sa longue tignasse et la tordit au-dessus de ma tête.

— Un peu courbaturée? demanda-t-elle en voyant que je me frottais les épaules.

— Très courbaturée, en fait.

— Eh bien, rien de mieux qu'une randonnée d'exploration pour oublier ses petits bobos. Allons rejoindre Yipes.

Nous mangeâmes du poisson fumé et des pamplemousses. En fait, nous bûmes ces derniers plutôt que de les manger. Matilda me montra comment faire un petit trou dans l'écorce du fruit, et comment le presser dans ma main en le tournant. Lorsque je posai ma bouche sur le trou et inclinai le pamplemousse, je pus savourer le goût aigre-doux du jus frais.

Nous avions prévu revenir à la tombée du jour. Nous n'apportâmes donc que ce dont nous pensions avoir vraiment besoin : deux pamplemousses, une cruche d'eau, du poisson séché, un petit couteau et de la corde.

— Ne passe pas toute la journée à hurler à tue-tête, dit Matilda à Ranger.

Elle s'était agenouillée et entourait son chien de ses bras.

— Va rendre visite à Jonezy. Il sera ravi de te voir.

Ranger aboya comme s'il s'apprêtait à vivre une grande aventure, mais nous ne pouvions pas l'emmener avec nous. Il devrait rester là, que cela lui plaise ou non.

J'étais confiante lorsque nous partîmes. J'avais des points de repère et j'arrivais à m'orienter. Je savais comment me rendre au premier pilier, avec ses bosquets et ses champs cultivés. Je pouvais voir les troisième, quatrième et cinquième piliers qui se dressaient en rangée devant moi. Et j'étais heureuse à la pensée de retrouver Yipes au village et de m'offrir une descente ou deux en rase-mottes. Je commençais à m'habituer à cet endroit, et je voulais à tout prix trouver un moyen de le sauver des griffes d'Abaddon.

Quelques instants plus tard, nous traversâmes le pont de lianes au son des gémissements de Ranger, qui aurait bien voulu nous accompagner. Il aboyait toujours bruyamment quand nous atteignîmes l'autre côté et nous dirigeâmes vers la vallée. J'eus l'immense bonheur de descendre en rase-mottes vers le village, le vent faisant perler de petites larmes aux coins de mes yeux.

— Je me demande si Yipes est déjà debout, dis-je lorsque nous arrivâmes au village.

Nous nous frayions un passage sur les sentiers sinueux. Il était très tôt puisque le soleil s'était levé depuis une heure à peine.

— C'est parfois très difficile de le réveiller.

Une voix familière mais importune s'éleva de la fenêtre d'une maison devant laquelle nous passions.

— Vous êtes bien matinales aujourd'hui.

C'était Marco, l'air plus désagréable que jamais.

— On veut s'entraîner un peu avant le prochain rase-mottes de nuit? demanda-t-il d'un ton inamical.

— Je sais ce que tu as fait, dis-je en lui lançant un regard furieux.

— Tu veux parler du petit incident avec ton glisseur hier soir? Je ne peux pas dire que ça m'étonne. Après tout, c'est toi qui as mené ce monstre jusqu'à nous. À quel genre d'accueil t'attendais-tu donc?

— Tu es ignoble! s'écria Matilda. Et tu devrais avoir honte d'avoir mis une concurrente en danger.

— Puisque c'est le moment des accusations, peut-être devrions-nous demander à Alexa ce qui est arrivé à Roland Warvold. Qu'est-ce que tu as à dire, Alexa? Qu'est-ce qui s'est passé là-bas, sur la mer Solitaire?

J'étais furieuse au point d'avoir envie de le frapper, mais je continuai à marcher, sachant qu'il valait mieux que je poursuive mon chemin.

— Au fait, cria Marco en se penchant à la fenêtre, tu peux raconter ce que tu veux, mais ce n'est pas moi qui ai coupé ton glisseur.

— Et tu penses que nous allons te croire? criai-je à mon tour. Tout le monde sait que tu nous détestes, Yipes et moi. Laisse-nous tranquille!

Marco était sur le point d'ajouter quelque chose, mais d'autres têtes étaient apparues aux fenêtres des maisons voisines. Les villageois se demandaient ce qui causait un tel chahut. Je m'en voulais d'avoir fait tant de bruit, et si tôt, surtout au lendemain du rase-mottes de nuit, qui s'était terminé très tard.

— Par ici, dit Matilda en me prenant le bras et en me guidant vers un groupe de petites maisons. Il a peur des changements qui pourraient survenir, c'est tout. Donne-lui un peu de temps.

— Du temps pour quoi? Pour imaginer une autre façon de

se débarrasser de moi?

Nous nous arrêtâmes devant la fenêtre de la plus petite chaumière de toutes, et Matilda passa la tête à l'intérieur.

— Il ronfle, fit-elle remarquer.

J'étais toujours en colère et ne dis rien.

— Réveille-toi, Yipes, dit Matilda d'une voix douce.

— Ça ne marchera pas. Tu vas devoir le frapper sur la tête avec un objet lourd.

Le regard de Matilda me fit comprendre que j'y allais un peu fort, et je me rendis compte à quel point ma réaction était puérile.

— Ne laisse pas Marco te mettre dans un état pareil, dit-elle. Jamais il ne ferait quoi que ce soit pour te blesser *vraiment*. Il n'est pas si méchant que ça.

Je me dirigeai vers la porte de la maison de Yipes et la poussai, faisant grincer ses charnières.

— Il n'y a donc personne qui habite ici? demandai-je, curieuse de savoir pourquoi la maison avait été vide avant l'arrivée de Yipes.

Matilda me dévisagea étrangement avant de répondre :

— C'est ici que Roland Warvold avait l'habitude de s'installer quand il venait sur le troisième pilier. Il vivait aussi dans une autre maison sur le premier pilier, mais il aimait passer du temps ici à regarder les compétitions de rase-mottes. De plus, il ne voyait pas la mer Solitaire, ce qui semblait lui permettre de faire le vide après un long voyage.

La maison prit aussitôt un tout nouveau sens à mes yeux et, en jetant un coup d'œil à l'intérieur, je fus saisie d'un profond désir de revoir Roland. Tout était si modeste dans cette petite maison; elle ne contenait presque rien. J'entrai et aperçus une chaise et une table disposées avec soin, avec ce qu'il fallait pour écrire. Un dessin était affiché au-dessus du bureau. On y voyait deux petits personnages debout devant l'imposante maison Wakefield.

— Je connais cet endroit, soufflai-je.

Matilda, qui était restée dehors, passa la tête par la fenêtre ouverte.

— Tu y es déjà allée?

— Seulement en rêve. Mais Roland m'en a beaucoup parlé. Ces deux silhouettes, ce sont Roland et son frère Thomas quand ils étaient enfants. Thomas a dû faire ce dessin il y a très longtemps.

Je restai là à fixer le dessin et le bureau, éprouvant la même tristesse que Roland avait dû éprouver. Sa longue séparation d'avec son frère, les interminables journées passées sur les Cinq Piliers ou en mer… On pouvait parfois se sentir très seul en plein cœur d'une aventure. J'en savais quelque chose.

Je pris un stylo sur la table. Il s'agissait d'un stylo plume dont il fallait tremper le bout dans de l'encre pour s'en servir, mais le bout avait séché depuis longtemps. Je le portai à mon doigt et constatai qu'il était très pointu.

— Tu n'oserais pas, murmura Matilda.

— Ah, tu crois ça? Il devrait être debout depuis une heure déjà. Au lieu de ça, il nous fait attendre. Une petite piqûre l'aidera sûrement à se lever.

Je traversai la pièce et regardai Yipes. Couché sur le dos, il ronflait très fort. Ses orteils se dressaient dans les airs. Je piquai son gros orteil avec le stylo, probablement un peu plus fort que je n'en avais eu l'intention.

— Va-t'en, espèce de brute! Va-t'en! s'écria-t-il en se redressant dans son lit.

Puis il s'affala de nouveau et se remit à ronfler.

— Incroyable, s'étonna Matilda.

De nouveau, je plantai le stylo dans le gros orteil de Yipes et, cette fois, il roula et tomba du lit. Sa chute sur le plancher le tira du sommeil. Il se secoua, bâilla et se frotta les yeux pour mieux se réveiller. Puis il sourit en me voyant.

— Bonjour, Alexa! dit-il en massant ses épaules, qui étaient probablement aussi endolories que les miennes.

Sortant un vieux mouchoir de sa poche – un mouchoir qu'il avait utilisé tout au long de la traversée de la mer Solitaire –, il se moucha avec grand enthousiasme.

— Où est Matilda? demanda-t-il.

— Elle t'observe par la fenêtre.

Yipes se retourna et aperçut Matilda, qui lui sourit et lui fit un signe de la main.

— Oh! fit Yipes.

Il se hâta de faire une boulette de son mouchoir et le fourra dans sa poche.

— Bonjour, Matilda. Je ne t'avais pas vue.

Nous continuâmes à bavarder tandis que Yipes rassemblait ses affaires et que nous nous dirigions vers le bord du troisième pilier. Ce n'était pas très loin, mais le sentier était tout en montée. Nous dûmes nous arrêter sur trois ou quatre saillies pendant le trajet. Chaque fois, je voulais me retourner, prendre mon glisseur et descendre sur les lianes. Et chaque fois, Matilda me rappelait qu'il fallait continuer, qu'un autre vol beaucoup plus exaltant nous attendait en bordure du troisième pilier.

Nous étions presque arrivés en haut lorsque je jetai un regard derrière moi et vis que quelqu'un nous suivait au loin et criait. Mais je n'entendais pas un mot de ce que la personne disait. Il s'agissait probablement de Jonezy ou de Marco, mais il avait au moins vingt minutes de retard sur nous.

— Allez, dépêchez-vous, nous pressa Matilda. Il ne faudrait pas que quelqu'un essaie de nous arrêter.

— Es-tu sûre qu'on ne devrait pas attendre? demandai-je. Je crois que ce pourrait être Jonezy qui essaie de nous dire quelque chose.

— Si c'est Jonezy, il va nous empêcher de traverser, répondit Matilda. Il dira que c'est trop dangereux.

Yipes me regarda et avala sa salive, l'air nerveux.

— *Est-ce que* c'est vraiment trop dangereux? demandai-je.

Nous nous trouvions maintenant devant le tas de corde, que Matilda examinait.

— C'est différent du rase-mottes, répondit-elle. Et, oui, c'est dangereux. Surtout avec notre nouvel invité en bas.

Je n'étais pas assez près du bord pour me pencher et voir si Abaddon était encore là, mais tout semblait très calme et silencieux sur la mer Solitaire, ce qui me laissait croire que le monstre n'était pas en vue.

— Cette corde est ce qui reste du pont qui enjambait autrefois la mer entre ici et là-bas, expliqua Matilda en désignant le quatrième pilier.

Nous n'étions pas directement en face de lui, mais plutôt en retrait de quelques dizaines de mètres le long du bord de notre propre pilier.

— La corde est fixée tout là-bas, poursuivit Matilda, montrant cette fois la longue corde qui longeait le bord de notre propre pilier sur une longue distance. Si mes calculs sont exacts, nous devrions pouvoir sauter d'ici et, en tenant bien la corde, nous balancer en bas, puis remonter assez haut pour pouvoir nous accrocher.

— Nous accrocher à quoi? demandai-je.

Yipes était étonnamment silencieux tandis que je questionnais Matilda, ce qui me fit croire qu'il avait déjà discuté de tout cela avec elle la veille. Mes soupçons se confirmèrent lorsque Yipes prit la parole.

— Une partie du vieux pont de cordage se trouve encore de l'autre côté.

Des débris de planches de bois et de corde effilochée pendaient du quatrième pilier. On aurait dit la longue queue d'un chien géant.

— Je vais traverser à l'aide de cette corde et l'attacher à l'autre côté, expliqua Matilda. J'escaladerai la falaise à mi-hauteur, puis vous pourrez traverser en rase-mottes au-dessus de la mer.

Je commençai à protester, car c'était extraordinairement dangereux, mais Matilda semblait convaincue de pouvoir réussir.

— Te souviens-tu de l'attaque contre le *Phare de Warwick*? demanda-t-elle.

Je hochai la tête, sachant très bien ce qu'elle s'apprêtait à dire.

— J'ai réussi à descendre au moyen de la corde et à agripper Yipes. Aujourd'hui, ce sera facile par comparaison à l'effort que j'ai dû fournir pour ne pas le lâcher pendant qu'on me remontait sur le deuxième pilier.

J'aurais voulu que ce soit Matilda qui m'ait sauvée, et non Marco. Je ne pouvais pas m'empêcher de penser qu'il regrettait sa décision maintenant.

Yipes était resté silencieux pendant que Matilda et moi parlions. Lorsque nous nous tournâmes vers le bord, nous comprîmes immédiatement ce qu'il avait manigancé.

— On se revoit de l'autre côté! s'écria-t-il. Souhaitez-moi bonne chance!

Puis il longea le bord du troisième pilier en courant et sauta dans le vide, tenant fermement la corde entre ses mains.

— Yipes!

Matilda et moi avions crié en même temps. Nous nous jetâmes à quatre pattes et avançâmes tout au bord du pilier, terrifiées à l'idée de ce qui allait advenir de Yipes, qui descendait rapidement vers la mer Solitaire, le long de la paroi rocheuse du pilier. Il était en chute libre et il prenait de la vitesse. Si les piliers n'avaient pas tous été plus ou moins incurvés vers le centre, Yipes serait fort probablement allé se fracasser contre la falaise.

— Mais pourquoi a-t-il fait ça? demanda Matilda.

— Parce qu'il t'aime bien. Il ne veut pas que tu te blesses

— Mais... souffla Matilda, incapable d'ajouter autre chose tandis qu'elle regardait la corde se dérouler avec un sifflement sonore.

— Tout ira bien, dis-je. Yipes est doué pour ce genre de choses. Tu devrais le voir grimper à un arbre.

Le tas de corde s'était complètement déroulé, et la longue

corde qui longeait le troisième pilier commença à disparaître du bord, entraînée par le corps accroché à son extrémité. De l'autre côté, ce qu'il restait du pont descendait plus bas que le dessus du pilier sur lequel nous nous trouvions. Le pont avait été coupé à partir du troisième pilier, et il pendait, entier, contre la paroi rocheuse. Si seulement Yipes pouvait parvenir à attacher, au bas du pont, la corde au bout de laquelle il se balançait, Matilda et moi pourrions traverser en faisant du rase-mottes. Ensuite, il ne nous resterait plus qu'à escalader la longue échelle que formait le pont, le long de la paroi du quatrième pilier, en emportant la corde avec nous. Une fois au sommet, nous serions au-dessus du niveau du troisième pilier, et nous pourrions revenir en rase-mottes. Tant que l'un de nous demeurerait sur le quatrième pilier, nous pourrions aller et venir de cette façon. Mais l'étape la plus dangereuse – faire traverser la corde pour la première fois – se déroulait actuellement, et c'était Yipes qui s'était chargé d'accomplir cette tâche périlleuse.

— C'est le moment le plus important, dit Matilda, qui ne quittait pas Yipes des yeux. Lorsque la corde se sera complètement déroulée, ça va donner un coup, et il faudra qu'il s'accroche bien pour pouvoir se balancer jusqu'à l'autre côté.

Au même instant, comme j'aurais dû m'y attendre, la voix d'Abaddon résonna dans mes oreilles.

Attends de voir la hauteur que je peux atteindre quand je sors de l'eau. Fais-lui tes adieux!

— NON! hurlai-je en avançant plus près du bord.

— Il s'en tire bien, Alexa. Il va y arriver!

— Tu ne comprends pas! criai-je.

Lorsque toute la corde se fut déroulée, Yipes était presque à mi-hauteur du troisième pilier, mais il me semblait terriblement proche de la mer Solitaire quand il commença à se balancer pour remonter de l'autre côté.

Abaddon le guettait, car il surgit brutalement de l'eau, faisant coïncider son éruption avec le moment où Yipes se trouvait au point le plus bas de sa chute. On aurait dit que le monstre avait pris son élan, loin dans les fonds marins, et qu'il continuait sa progression en brisant la surface de la mer. Il fendit l'air, ses longs bras bougeant dans toutes les directions et griffant l'air, jusqu'au moment où, à une trentaine de mètres au-dessus de l'eau, il s'agrippa au quatrième pilier et commença à l'escalader. C'était épouvantable d'entendre le vacarme que faisait le monstre tout en grimpant, beaucoup plus vite que je ne l'aie jamais vu faire, d'ailleurs. Il était effroyablement rapide, comme s'il retenait sa respiration et devait se déplacer vite pour accomplir son ignoble tâche. Il gagnait du terrain sur Yipes qui remontait lentement vers le quatrième pilier en décrivant un arc.

— Qu'est-ce qui se passe ici? demanda une voix derrière nous.

Comme si la situation n'était déjà pas assez compliquée, voilà que Jonezy se joignait à nous, tout essoufflé d'avoir grimpé. Ses yeux lançaient des éclairs.

— Plus vite, Yipes! Plus vite! hurlai-je.

Jonezy se traîna à quatre pattes jusqu'au bord et découvrit la scène qui se déroulait sous nos yeux.

— Qu'est-ce que tu as fait, Matilda? tonna-t-il.

Abaddon, voyant que Yipes était sur le point de lui échapper, se mit à escalader la falaise encore plus vite. Le bruit du métal contre la pierre retentissait dans le silence qui planait sur l'océan. C'est alors qu'Abaddon me surprit encore une fois : bondissant dans les airs, il se recroquevilla en une boule de métal couverte de pointes d'acier qui semblaient aussi tranchantes que des rasoirs. La boule tournoyait hideusement tout en crachant de l'eau noire bouillonnante.

— Il va réussir! cria Jonezy. Il y est presque!

Nous vîmes alors la gigantesque boule de métal voler droit sur Yipes, puis se déployer. Les bras de la créature étaient réapparus et se tendaient vers notre ami. Tout à coup, ils s'embrasèrent. À la toute dernière seconde, Yipes leva les jambes au-dessus de sa tête et pointa les orteils vers le ciel, ce qui lui fit prendre de la vitesse. Abaddon passa à côté, à toute allure, frôlant la corde qui pendait au-dessous de Yipes. Un son horrible et étrange déchira l'air lorsque Abaddon retomba dans la mer Solitaire en se débattant, en proie à une colère folle.

J'aurais voulu sauter de joie avec Matilda et Jonezy, mais la bataille de Yipes n'était pas encore gagnée. Il venait d'atteindre sa hauteur maximale et, s'il ne parvenait pas à attraper l'échelle de corde qui pendait de l'autre côté, je n'avais aucune idée de ce que nous allions pouvoir faire.

— Vas-y, Yipes! hurla Jonezy. Tu peux y arriver!

Yipes était très loin, mais je savais, à voir sa position, qu'il était impossible de prévoir s'il allait pouvoir se balancer assez haut. Il ralentissait en montant, mais les barreaux de bois et les cordes à nœuds du vieux pont se trouvaient encore à une dizaine de mètres au-dessus de sa tête.

— Je ne sais pas s'il va y arriver, dit Jonezy. En tout cas, s'il revient vers nous sur cette liane, ce pourrait être désastreux. Il pourrait percuter notre pilier.

Nous n'étions pas loin de penser que Jonezy pourrait avoir raison – c'est-à-dire que Yipes était encore un tantinet trop loin et que la corde allait le ramener en arrière. Tout à coup, Yipes fit quelque chose que je ne l'aurais jamais cru capable de faire. Allongeant les jambes devant lui aussi loin qu'il le put, il s'éloigna de la corde, ne la tenant plus que d'une main. Puis il balança les jambes vers le haut en direction du quatrième pilier et parvint à accrocher son pied sur l'un des vieux barreaux du pont de cordage brisé. Son propre poids le ramena en arrière, vers nous, mais le barreau tint bon. Yipes était suspendu entre deux mondes : le monde connu du troisième pilier et celui, inconnu, du quatrième. Il demeura parfaitement immobile pendant un moment, puis tendit la main vers l'arrière et saisit une corde qui pendait de l'ancien pont. Il y attacha solidement la corde sur laquelle il s'était balancé, leva les yeux vers nous – puisqu'il se trouvait maintenant plus bas, sur la paroi du quatrième pilier – et nous fit un signe de la main.

— *Wou-hou!* m'exclamai-je, imitée bientôt par Matilda et Jonezy.

Nous regrettions de ne pas être assez loin du bord pour pouvoir nous lever et sauter.

Yipes se détourna et entreprit d'escalader le vieux pont. Celui-ci ressemblait vraiment à une large échelle en bois envahie de lianes. L'ascension fut un jeu d'enfant pour Yipes, même s'il s'agissait de tout un parcours. Lorsqu'il regarda vers nous, de son perchoir sur le quatrième pilier, il nous salua de la main encore une fois.

Le reste allait être beaucoup plus facile, comme n'importe

quelle autre descente sur une liane, mais j'étais quand même nerveuse à l'idée de traverser le gouffre au-dessus de la mer Solitaire sans rien pour me retenir. Comment allais-je me sentir, suspendue au-dessus de l'eau? C'est alors que Jonezy interrompit mes pensées.

— Je suis allé chez toi ce matin, Matilda, mais vous étiez parties. Je dois vous raconter quelque chose d'étonnant qui pourrait bien nous être utile. C'est pour ça que je cherchais à vous rattraper.

— De quoi s'agit-il? demandai-je.

— Phylo a fait une découverte après le rase-mottes de nuit.

— Qui est Phylo? dis-je.

Jonezy nous raconta tout, à Matilda et à moi.

C'était, en effet, très étonnant.

CHAPITRE 12
NOTRE PROPRE ARME

— Commençons par nous éloigner du bord, suggéra Jonezy. De cette façon, nous pourrons nous tenir debout.

Le vent soufflait de plus en plus fort tandis que nous nous éloignions du bord du troisième pilier en rampant. Il nous faudrait marcher très loin pour trouver l'endroit d'où partait la corde utilisée par Yipes. Lorsque nous fûmes assez loin du bord pour pouvoir nous redresser en toute sécurité, je me tournai vers l'intérieur du troisième pilier et regardai en bas.

— Quelqu'un d'autre s'en vient, dis-je en apercevant une petite silhouette qui montait la colline. Comment se fait-il que tout le monde semble être au courant de ce que nous préparons?

Matilda haussa les épaules. Nous avions essayé d'être discrets, mais cela ne semblait pas avoir fonctionné.

— C'est probablement Phylo, répondit Jonezy. Je lui avais dit d'attendre mon retour, mais je ne suis pas surpris de le voir.

Il m'apparut bientôt évident que Phylo était un garçon – encore très jeune – et qu'il gravissait la pente à une allure soutenue.

— Il est fort, dis-je. Je ne pense pas que je pourrais grimper sur le troisième pilier aussi vite.

— Les enfants sont comme ça, fit remarquer Matilda. C'est probablement à cause de l'air frais de la mer, et aussi du poisson et de tous les légumes qu'ils mangent. On n'arrive pas à les faire dormir le soir.

— C'est pourquoi il était debout si tard hier soir, n'est-ce pas, Phylo? demanda Jonezy au garçon, qui nous avait rejoints, à peine essoufflé, et affichait un grand sourire.

Il portait, sur ses épaules, un sac qui paraissait très lourd.

— Oui, monsieur! répondit-il.

J'observai Phylo et me demandai quel âge il pouvait avoir. Était-il de mon âge ou plus jeune? Il était légèrement plus grand que moi, mais il avait encore cette lueur enfantine dans les yeux.

— Est-ce que je peux leur dire? demanda-t-il. Je veux leur dire!

Il ne devait pas avoir plus de dix ans. Son intonation quand il avait posé sa question – comme s'il avait trouvé un trésor et qu'il brûlait d'envie de nous en parler – dénotait l'exubérance des jeunes enfants.

— Tu as de la chance que je ne te renvoie pas au village, le réprimanda Jonezy. Je t'avais dit de m'y attendre.

— Mais c'est moi qui ai eu cette idée, insista Phylo. C'est moi qui devrais leur dire.

Ses yeux et ses dents étaient énormes et semblaient disproportionnés pour son visage d'enfant.

— Bon, ça va, dis-nous-le à la fin! lâcha Matilda. On a quelque chose de très important à faire.

— On reviendra à ça dans un moment, intervint Jonezy en lui jetant un regard furieux. Mais d'abord, voyons cette découverte de Phylo.

Regardant le garçon droit dans les yeux, il croisa ses bras sur sa poitrine.

— Vas-y, montre-nous.

Phylo bondissait d'excitation. Lorsqu'il laissa tomber son sac sur le sol, on entendit un bruit de roches qui s'entrechoquaient.

— Hier soir, j'étais tellement excité que je n'aurais même pas pu essayer de dormir. Après les rase-mottes de nuit, Jonezy reste toujours avec les garçons, dans l'une des maisons. J'ai donc attendu qu'il ronfle très fort et que tous les autres garçons dorment aussi. Puis je suis sorti en douce par la fenêtre.

— La surface moussue du troisième pilier absorbe bien les bruits, commenta Jonezy. Ce n'est pas comme la maison sur la colline ou le *Phare de Warwick*, où le moindre mouvement s'accompagnait d'un craquement. Ces petits garnements s'éclipsent toujours la nuit. On n'y peut rien.

Phylo souriait toujours et ne semblait pas vexé de se faire traiter de garnement.

— J'ai eu une idée, une très bonne idée!

— Raconte-moi, dis-je.

Phylo s'anima encore davantage.

— Cette nuit, j'ai trouvé une belle roche ronde, le type de roche que je peux lancer très loin dans la mer. Je l'ai emportée jusqu'ici.

Phylo regarda rapidement autour de lui, puis ramassa son sac et courut environ six mètres vers la gauche et un peu plus près du bord. Il était évident qu'il ne craignait rien.

— Juste ici! cria-t-il. C'est ici que je me trouvais hier soir. Vous voyez?

Il s'agenouilla et se mit à tirer sur un morceau de mousse tandis que nous nous approchions.

— Éloigne-toi du bord, ordonna Jonezy. Tu es trop près.

Donnant un grand coup, Phylo tira encore sur la mousse, puis tomba à la renverse, culbutant sur la colline.

— Voilà! fit-il. Je l'ai!

Il se releva aussitôt et sortit une grosse roche de son sac, si grosse qu'il avait du mal à la tenir. Il retourna le morceau de mousse, qui était recouvert de la substance que j'avais vue la veille. Elle luisait à peine à la lumière du jour. En revanche, elle miroitait et étincelait comme un million de minuscules miroirs dans le soleil du matin. Ce n'était ni de la poudre ni un liquide; on aurait dit un mélange des deux. Je me rappelais l'avoir touchée et avoir eu du mal à m'en débarrasser les mains. Phylo étendit la matière verte sur toute la surface de sa roche.

— Où est-il? demanda Phylo.

— Où est qui? dis-je.

— Le monstre!

Matilda et moi dévisageâmes Phylo, ne sachant trop que penser de ce garçon et de ses idées étranges.

— Couchez-vous tous au bord du pilier, de façon à pouvoir regarder en bas, dit Jonezy. Tous, sauf toi, Phylo. Tu restes en arrière.

Phylo hocha la tête et retira de son sac deux autres roches grosses comme sa main. Il les recouvrit également de vert.

Lorsque nous nous fûmes allongés au bord du pilier, nous pûmes apercevoir Abaddon, qui, de retour au pied du quatrième pilier, le pulvérisait de ses bras furieux et en arrachait de gros morceaux de pierre.

— Je suis prêt, dit Phylo.

— Prêt pour quoi? demandai-je.

Je me retournai et vis que Phylo s'était affairé pendant que j'avais le dos tourné. Il avait sorti deux crochets de son sac et les avait plantés profondément dans le sol. Une corde ou une liane était tendue entre les crochets.

— Elle doit franchir une bonne distance, fit remarquer Jonezy. Alors tire-la aussi fort que tu le peux.

Il avait le doigt pointé au-dessus de nos têtes, vers le monstre marin.

— Baisse la tête, ajouta-t-il en se tournant vers moi. Il ne faudrait pas que l'une des pierres te frappe. Phylo peut les projeter avec beaucoup de force.

Je jetai un autre coup d'œil derrière moi et constatai que Phylo était un garçon déterminé et adroit. Il avait formé un tas de cinq grosses roches, et toutes étaient enduites de vert. Il en tenait une sixième dans ses mains qu'il plaça à l'intérieur d'un morceau de cuir, au centre de la corde. Puis il tira et tira à tel point que je crus que la corde se briserait en deux et que Phylo dégringolerait en bas de la colline. C'était une fronde comme je n'en avais jamais imaginé ou vu. J'allais découvrir plus tard que les très jeunes lianes étaient extensibles à l'extrême et qu'elles pouvaient être récoltées, mais je n'eus pas le temps de poser de questions. La voix gémissante de Phylo s'éleva.

— FEU!

La roche passa juste au-dessus de ma tête avec un sifflement terrifiant.

— Un peu plus à droite! dit Jonezy.

— Et un peu plus haut! ajoutai-je, de peur que la prochaine ne vienne me heurter la tête.

Fouiche! Une autre roche vola au-dessus de nous.

— À gauche maintenant! Et plus loin! Plus loin! cria Jonezy, qui ne quittait pas des yeux le monstre se tordant en bas.

Fouiche! Fouiche! Fouiche!

Coup sur coup, trois autres pierres passèrent en flèche au-dessus de ma tête avant de s'envoler vers l'eau. Lorsque les deux premières atterrirent enfin, elles tombèrent trop à gauche, et pas assez loin. Les deux suivantes furent beaucoup plus précises. L'une tomba trop haut, heurtant le pilier au-dessus de la tête d'Abaddon. L'autre passa un peu trop à droite. Mais la dernière frappa le pilier et fut projetée dans les airs. En retombant, elle accrocha l'un des bras d'Abaddon. Et c'est alors qu'un phénomène des plus étranges se produisit.

La pierre verte et luisante resta collée là. C'était comme si elle avait saisi Abaddon avec ses propres griffes, et qu'elle refusait de lâcher prise.

— Maintenant, regardez bien, dit Phylo.

Il s'était précipité à côté de moi et s'était agenouillé.

— C'est la partie que j'aime le plus.

Nous étions suffisamment loin pour que la pierre verte ne paraisse pas plus grosse qu'une petite tache sur l'énorme corps du monstre marin. Et pourtant, plus nous la regardions, mieux nous la distinguions.

— Elle… elle grossit, balbutiai-je.

— Oui, c'est ça! s'écria Phylo, très fier de lui.

Au début, Abaddon eut l'air d'un animal importuné par une mouche qui se serait posée sur lui. Il tapait sur son bras avec un autre de ses longs tentacules métalliques. Mais bientôt, la substance verte luisante se répandit sur une surface que j'estimais plus grande que moi. Abaddon se mit à crier de sa terrible voix lugubre. Ses bras s'embrasèrent et il s'attaqua férocement à la matière verte qui s'étendait.

— C'est à peu près tout, dit Phylo. Quand il s'enflamme, la roche tombe et le vert disparaît.

Et c'est ce qui arriva... mais pas tout de suite. Les cris continuèrent pendant un moment. Abaddon devait sûrement dépenser beaucoup d'énergie pour s'embraser ainsi sur la mer.

— C'était beaucoup mieux hier soir, continua Phylo. J'avais apporté un gros tas de roches jusqu'ici, une vingtaine. J'entendais le monstre qui gargouillait et mordillait la base du quatrième pilier. Je savais où il était, mais je ne pouvais pas le voir. Alors j'ai lancé les dix premières pierres à des vitesses différentes en direction du bruit. Vous devriez les voir s'envoler la nuit! On dirait des comètes vertes brillantes! Quand elles tombent dans l'eau, elles pétillent et produisent de la vapeur.

— Je ne sais pas où il va chercher toutes ces idées, dit Jonezy.

Mais cette remarque ne refroidit pas du tout l'enthousiasme de Phylo. J'apprendrais bientôt qu'une fois qu'il était lancé, il était difficile à arrêter.

— Les premiers tirs n'étaient pas assez puissants, alors j'ai décoché les autres pierres encore plus fort. Et c'est là que c'est arrivé! J'ai atteint cet énorme truc en bas. Et bon sang qu'il était furieux! Peu après, il s'est enflammé, et alors j'ai ramassé mes affaires et je suis retourné au village à toute vitesse.

— Il s'est approché de mon lit à pas de loup et m'a secoué, ajouta Jonezy. Il voulait tout recommencer devant moi.

— Plutôt excitable, ce garçon, fit remarquer Matilda.

— Si nous pouvions continuer à bombarder Abaddon de ces pierres vertes, dis-je, ça le tiendrait occupé. Il pourrait même avoir envie de quitter cet endroit.

— C'est exactement ce que je me suis dit! cria Phylo. On pourrait faire pleuvoir les roches sur lui par milliers!

Je me tournai vers Jonezy.

— De quoi peut bien être faite cette mousse pour avoir des effets aussi étranges? Et pourquoi s'en prend-elle à Abaddon, et pas à nous? On l'utilise constamment ici, sur les piliers, mais de toute évidence, elle produit un tout autre effet sur Abaddon.

— En fait, il y a quelque chose que tu ne sais pas à propos de la mousse. Elle réagit fortement à l'eau salée.

— Donc, quand elle touche Abaddon, elle touche aussi l'eau salée dans laquelle il a baigné, conclus-je.

Jonezy hocha la tête.

— Il y a quelque chose dans la combinaison de la mousse avec l'eau salée qui rend la mousse instable. Nous avons toujours pris soin d'éviter les contacts entre les deux. Par chance, la mousse ne pousse que sur le troisième pilier, où l'on ne cultive aucune nourriture et où l'on ne pêche aucun poisson.

— Elle pousse aussi sur le quatrième pilier, déclara Matilda.

Ce commentaire parut agacer Jonezy.

— Tu n'en sais rien.

— En tout cas, il semble couvert de mousse, rétorqua Matilda. Il est vert et duveteux. De quoi d'autre pourrait-il s'agir?

Nous nous étions éloignés du bord, mais nous voyions très bien le sommet arrondi du quatrième pilier. Il était effectivement d'un vert vif, exactement comme la surface creuse du pilier sur lequel nous nous trouvions. On avait l'impression que les deux piliers s'emboîteraient parfaitement si on les mettait bout à bout, et que la mousse verte les ferait adhérer l'un à l'autre, telle de la colle. J'en vins d'ailleurs à me demander s'ils n'avaient pas formé un seul pilier encore plus grand dans un lointain passé, et si le sommet ne s'était pas détaché.

— Je ne peux pas imaginer pourquoi ni comment la mousse produit un tel effet, dit Matilda. Seul Sir Alistair aurait pu connaître la réponse à cette question.

Ce raisonnement sembla calmer les inquiétudes de Jonezy, ne serait-ce qu'un peu. Toutefois, une autre question plus pressante me traversa l'esprit tandis que nous fixions le quatrième pilier.

— Où est passé Yipes? demandai-je tout à coup.

J'examinai la longue échelle, espérant ne pas apercevoir Yipes en train de descendre pour rejoindre la liane qui traversait la mer Solitaire. Il n'était pas là. Il n'était nulle part.

— Il n'y a qu'un seul moyen de le savoir, répondit Matilda. Il est temps de partir.

L'idée exaltante de partir en rase-mottes pour une terre inexplorée nous fit échanger un regard et un sourire.

— Je vois l'étincelle des Warvold dans tes yeux, fit remarquer Jonezy. Ça me rend toujours nerveux.

Ne vous faites pas de souci, dis-je. S'il y a quelque chose de l'autre côté qui peut nous être utile, nous le trouverons et le rapporterons.

Jonezy dévisagea Matilda.

— Tu te rappelles l'écriteau, dit-il pour la mettre en garde. Tu sais ce que Sir Alistair répétait toujours.

— De quoi parle-t-il? demandai-je à Matilda, avec une pointe de panique dans la voix. Est-ce que Yipes a des ennuis?

Je regardai au-delà du vide qui me séparait de mon meilleur ami. J'aurais tant voulu l'apercevoir.

— Ce n'est rien, répondit Matilda.

Mais il y avait un tremblement dans sa voix qui m'en fit douter.

— Au début, Sir Alistair passait beaucoup de temps avec nous, raconta Jonezy. Il s'aventurait sur le quatrième pilier pour un jour ou deux, puis revenait. Mais à mesure que le temps passait et que nous devenions de plus en plus autosuffisants, il y restait plus longtemps. À la fin, il ne nous rendait visite que de temps à autre, le jour ou la nuit. Il passait le reste de son temps sur le quatrième pilier, où nous n'avions pas la permission d'aller.

— Vous êtes en train de me dire que personne ne s'est jamais risqué à traverser le pont, à part Sir Alistair?

— Exactement.

— Avant, il y avait un écriteau des deux côtés, expliqua Matilda, mais celui qui se trouvait sur le troisième pilier a été arraché quand on a coupé le pont.

— Et que disait l'écriteau? demandai-je, même si je n'étais pas certaine d'être prête à entendre la réponse.

— Je sais! dit Phylo. Je me souviens de cet écriteau.

Il était resté docilement silencieux pendant notre conversation, mais il avait vraiment envie de répondre, et Jonezy lui donna le feu vert d'un signe de tête.

— *Le chemin vers hier n'appartient qu'à moi. Faites demi-tour!* Et c'était signé Sir A. Wakefield.

— Nous n'avions aucune idée de ce que ça voulait dire, reprit Jonezy, mais nous savions qu'il valait mieux ne pas désobéir à un ordre formel de Sir Alistair. Il nous demandait très peu de choses, mais, de toute évidence, il ne voulait personne là-bas. C'est pourquoi nous avons respecté sa volonté malgré les nombreuses années qui se sont écoulées depuis sa mort.

— Je connais cet endroit, dis-je. Le chemin vers hier. Je sais ce que ça signifie.

— Qu'est-ce que ça signifie? demanda Matilda, soudain très curieuse.

Je ne savais pas comment l'expliquer, mais j'étais certaine d'une chose.

— Si ça ressemble un tant soit peu au chemin vers hier que je connais, alors nous pourrions sans aucun doute trouver les réponses que nous cherchons de l'autre côté.

Jonezy hésita, ses yeux se posant tour à tour sur nous trois tandis qu'il s'efforçait de rester ferme dans sa décision. Mais mon regard ébranla sa détermination, et il acquiesça en silence. Jonezy ne nous embêta pas avec d'autres questions et ne manifesta pas d'autres inquiétudes, car il savait que notre décision était prise. Il se mit à aider Phylo à ranger ses affaires dans son sac, tout en discutant avec lui de l'armée de lanceurs de pierres qu'ils allaient constituer pour vaincre Abaddon. Quelques instants plus tard, ils descendaient la colline, absorbés par leurs plans, et Matilda posa la question que j'attendais avec tant d'impatience.

— Prête pour la traversée la plus fantastique de ta vie?

CHAPITRE 13
LA GLISSADE

— Vas-y en premier, dit Matilda. Je serai juste derrière toi.

J'examinai mon glisseur attentivement. Après l'incident qui s'était produit au rase-mottes de nuit, je ne faisais plus confiance au petit bout de corde et de nœuds dans ma main. C'était une chose de tomber au terrain de rase-mottes, mais tout autre chose de plonger vers la mer, avec Abaddon qui m'attendait en bas.

— Tu ne deviendras jamais une experte en rase-mottes si tu n'apprends pas à faire confiance à ton glisseur, fit remarquer Matilda. Il ne te laissera pas tomber cette fois.

Ses paroles m'inspirèrent confiance. Je passai le glisseur sur la longue corde qui traversait jusqu'au quatrième pilier. Une seconde plus tard, je m'élançais dans le vide. Aussitôt, je retrouvai cette sensation de voler comme un oiseau au-dessus de l'eau bleue. J'allais vite, plus vite encore que le rase-mottes que j'avais fait la veille, car la corde descendait en pente raide vers l'autre côté et décrivait un arc prononcé. Je glissais si vite que j'en avais le souffle coupé. La corde n'était pas aussi lisse que les lianes, et mon corps fut secoué de tremblements tout au long de ma descente. Lorsque je fus proche du quatrième pilier, je croisai le glisseur, le resserrant autour de la corde. Malgré tout, j'arrivais trop vite, et je dus le serrer encore plus fort. La chaleur générée par la friction se propagea dans mon glisseur, et je sentis les nœuds se réchauffer dans mes mains.

— Serre encore plus! cria Matilda derrière moi. Pieds devant!

Je fis ce qu'elle me disait, projetant mes jambes en avant et croisant les nœuds de toutes mes forces. Mes pieds heurtèrent le pilier, puis l'une de mes épaules donna violemment contre la pierre. Matilda arrêta juste derrière moi, plus lentement et avec plus de maîtrise. Elle nous stabilisa toutes les deux et m'aida à poser les pieds sur les barreaux de bois de la longue échelle pendante.

— Bien joué, murmura-t-elle. Tout va bien maintenant. Tu as réussi.

Nous plaçâmes nos glisseurs sous nos ceintures, puis Matilda défit la longue corde que Yipes avait utilisé pour traverser et avait ensuite attaché au pont. Enfin, nous commençâmes à grimper. C'est à ce moment-là que j'entendis Abaddon en bas proférer des menaces de sa voix sifflante :

Le chemin vers hier n'est pas pour toi. Elle t'a emmenée dans un endroit où tu n'aurais pas dû aller. Mais ne t'inquiète pas, elle ne sera plus avec toi très longtemps!

— Laisse-la tranquille! hurlai-je.

Mon corps entier se mit à trembler et Matilda, qui se trouvait sur le même barreau que moi, perdit pied. Cela ne lui ressemblait pas, mais elle retrouva vite son aplomb. Quelques secondes plus tard, nous nous tenions de nouveau solidement sur le barreau. Elle secoua la tête comme pour reprendre ses sens.

— À qui parles-tu, Alexa? demanda-t-elle.

Comment aurais-je pu lui expliquer tout ce qui m'était arrivé? Comment lui dire que j'avais pu, un jour, entendre la voix d'Élyon, et que j'entendais maintenant celle d'Abaddon – les voix du bien et du mal dans ce monde?

— Montons jusqu'au sommet et allons trouver Yipes, répondis-je. Je ne veux pas qu'il reste seul plus longtemps.

Matilda hocha faiblement la tête, puis elle dénoua la corde qui nous reliait au troisième pilier et la rentra solidement sous sa ceinture. Puis elle prit les devants et nous reprîmes notre ascension. C'était beaucoup plus long que je ne le croyais. Les choses paraissent toujours si petites de loin, mais il y avait au moins une centaine d'échelons sur l'ancien pont. Certains étaient cassés ou abîmés. Il nous fallait donc rester vigilantes.

— Yipes est monté si vite, dit Matilda en tirant doucement sur une planche pour en vérifier la solidité. Comment s'y prend-il?

— Il a probablement utilisé les lianes plutôt que les barreaux, répondis-je. Il n'est pas comme nous... enfin, il possède certains talents qui sont difficiles à expliquer.

Matilda leva les yeux pour évaluer la distance qu'il nous restait à franchir.

— C'est ce que je vois.

Il s'écoula encore dix minutes avant que nous puissions sentir sous nos mains la surface douce et pelucheuse du sommet du quatrième pilier. La mousse ici était encore plus spongieuse et d'un vert plus vif que celle du troisième pilier. Je m'inquiétai immédiatement de l'état du terrain.

— La pente est plus abrupte qu'elle n'en avait l'air, dis-je.

Il y avait tout juste assez d'espace pour nous tenir debout au bord – peut-être une trentaine de centimètres de mousse relativement plane, une cinquantaine tout au plus –, puis le sol spongieux s'élevait en pente raide.

Matilda s'était accroupie et était en train de soulever le coin d'une planche en bois qui sortait de la mousse. Un son doux et marin se faisait entendre. Soudain, le morceau de bois se détacha de la mousse avec un bruit sec. C'était un écriteau. Je lus à haute voix :

— Le chemin vers hier n'appartient qu'à moi. Faites demi-tour.

— Nous devons cesser de penser comme ça, déclara Matilda.

Ramassant l'écriteau, elle le jeta en bas du pilier. Il virevolta avant de disparaître vers la mer. Elle retira la longue et lourde corde de sous sa ceinture et la noua solidement à l'un des poteaux auquel était arrimé le pont de cordage.

— Il était temps! hurla une voix bien au-dessus de nous. Je commençais à me demander si j'allais devoir retraverser et aller vous chercher.

—Yipes!

Nous criâmes en même temps, Matilda et moi .Nous étions si heureuses de le voir! Il descendit le versant du quatrième pilier en gambadant. Je ne pus m'empêcher de penser qu'il allait trop vite.

— Ralentis! Tu me fais peur! m'écriai-je, terrifiée à l'idée qu'il ne puisse pas s'arrêter.

— Pas de danger! dit-il.

Il enfonça ses talons dans la mousse, puis s'immobilisa à quelques mètres de nous sans le moindre problème. Il arborait un large sourire et nous prit par la main pour nous entraîner toutes les deux vers le sommet de la colline.

— J'ai trouvé quelque chose d'intéressant. Vous n'en croirez pas vos yeux. Par ici!

Yipes refusait de nous dire de quoi il s'agissait, et il semblait particulièrement inquiet de ma réaction. Il nous montra comment enfoncer nos pieds dans la mousse pour les empêcher de glisser. Tandis que nous progressions, je m'étonnais de la simplicité du quatrième pilier. Il n'y avait que du vert rafraîchissant sur un fond de ciel bleu. Le sommet du pilier était parfaitement bien formé, d'après ce que je pouvais voir, comme la tête duveteuse d'un géant.

Au bout d'un moment, la pente se fit moins prononcée. Le terrain s'aplanit près du sommet, et devint un véritable plateau tout en haut.

— La surface plane paraissait beaucoup moins grande, vue du troisième pilier, dit Matilda en reprenant son souffle.

Elle manifestait une curiosité exubérante, tout comme moi d'ailleurs. J'étais contente de constater que nous voyions les choses de la même manière.

— Tout semble si loin vu d'ici, dis-je. Comme si nous étions seuls sur le toit du monde.

— Mais il y a toujours quelque chose de plus haut à gravir, fit remarquer Yipes.

Il jeta un coup d'œil par-dessus son épaule, et nous suivîmes son regard. Je ne m'étais jamais trouvée aussi haut dans le royaume des Cinq Piliers, c'est vrai, mais le cinquième pilier était plus majestueux encore. Les trois premiers piliers se dressaient au-dessous de moi maintenant, et je les voyais clairement. En revanche, le sommet du cinquième pilier, avec son mur de pierre déchiqueté, demeurait une impressionnante façade au-dessus de ma tête.

— J'ai l'impression qu'on n'est pas près d'aller faire un tour là-haut, dis-je.

— Regarde, là, reprit Yipes en indiquant le versant du quatrième pilier qu'on ne pouvait pas voir des trois premiers.

Ce que je vis apparaître ne me plut pas du tout.

— On ne peut pas faire confiance à cette chose, dis-je. Tu devrais le savoir mieux que quiconque.

Je lançai un regard vers Yipes, puis reportai mon attention sur le petit animal tout noir qui avançait prudemment vers nous. Il me fixait de ses yeux jaunes perçants, comme s'il cherchait à savoir ce que j'étais venue faire ici. Sa silhouette et sa démarche lente et fluide me rappelait quelque chose que j'avais vu, il y avait longtemps, dans la bibliothèque de Bridewell.

— Les chats ne sont pas tous pareils, souligna Yipes.

Car ce n'était que ça : un chat qui venait tranquillement vers nous.

— Qu'est-ce que tu as contre les chats? demanda Matilda, surprise de ma réaction.

— Ils sont malfaisants, répondis-je.

Et je le pensais. Sam et Pepper, les deux seuls chats que j'avais connus, s'étaient montrés aussi méchants que pouvaient l'être deux animaux. Ils avaient trahi tout le monde.

— Ne fais pas attention à elle, dit Yipes. Des chats lui ont causé des ennuis par le passé.

— Il veut que nous le suivions, constata Matilda en s'élançant pour franchir le sommet du pilier.

Je lui saisis aussitôt la main et la tirai en arrière.

— Je ne pense pas que ce soit une bonne idée.

— Eh bien, moi, j'y vais, répliqua Yipes. Je fais confiance à ce félin-là, du moins, assez pour le suivre pendant un petit moment. Je crois qu'il veut nous montrer quelque chose de l'autre côté.

— Et s'il essayait de nous tromper? dis-je. La roche pourrait être glissante de l'autre côté. Il pourrait y avoir un monstre ou un piège.

— J'y vais, répéta Yipes.

Il fit un pas en avant. Toutefois, j'avais semé le doute dans son esprit, et il s'arrêta net.

— Est-ce que tu viens avec moi? demanda-t-il à Matilda. Nous pouvons laisser Alexa ici; elle se fera cuire au soleil.

Je le considérai d'un œil mauvais, mais je commençais à comprendre que nous n'avions pas vraiment le choix. D'après ce que j'avais vu jusqu'à maintenant, il n'y avait rien d'autre sur le quatrième pilier qui pouvait nous aider.

— D'accord, je vous accompagne, dis-je. Mais allons-y doucement. Je ne fais toujours pas confiance à cette chose.

Yipes prit les devants, et nous traversâmes le sommet plat du quatrième pilier. Le chat noir avançait loin devant nous. Tout à coup, il se mit à descendre l'autre versant et disparut.

— Je te l'avais bien dit! lançai-je. Il veut nous attirer sur la pente et nous faire glisser jusqu'en bas. Ça n'a pas de sens!

— On ne peut pas vraiment savoir, dit Matilda, dont je découvrais le côté insouciant. Continuons juste encore un peu et jetons un coup d'œil en bas. Peut-être que le chat nous attend.

— Abaddon s'est servi des chats à ses fins par le passé, rétorquai-je. Ce sont les seuls animaux que je connaisse, à part les faucons, qui se sont rangés de son côté. Yipes, dis-lui.

Mais Yipes refusait de bannir une espèce entière à cause de deux chats de bibliothèque malavisés.

— Il y a quelques personnes malfaisantes dans le monde aussi, mais ça ne veut pas dire que nous sommes tous méchants. Laisse-lui une chance, Alexa. J'ai un bon pressentiment.

Je ne pouvais pas m'empêcher de penser que c'était une mauvaise idée, mais je devais reconnaître qu'il y avait du vrai dans les paroles de Yipes. Nous franchîmes donc ensemble les six derniers mètres qui nous séparaient de l'autre côté du plateau. Le terrain descendait brusquement de l'autre côté. La pente était plus prononcée que celle que nous venions de monter.

— Où est-il passé? demanda Yipes.

Le chat avait disparu.

— Viens, petit minet.

— Je doute que ça marche, dis-je. Il a sûrement trouvé le moyen de se cacher dans le but de nous attirer en bas.

J'étais certaine que la disparition du chat m'avait donné raison, mais, soudain, il se produisit quelque chose d'inattendue qui faillit me faire dégringoler la colline moussue et tomber dans la mer.

Le chat miaula, disant quelque chose dans son propre langage, d'un endroit que je ne pouvais pas voir. J'entendis sa voix. Et je *compris* ce qu'il disait.

— Par ici! miaulait-il.

— Je vous en prie, dites-moi que vous avez entendu ça, suppliai-je Yipes et Matilda.

Matilda était stupéfaite.

— C'est sûrement un tour de magie du monstre en bas, souffla-t-elle.

Yipes s'était mis à reculer, et je devinai, en le voyant écarquiller les yeux, qu'il avait aussi compris le message. L'invitation fut répétée.

— Par ici! Vite! miaula le chat.

— Il y a si longtemps que je n'ai pas entendu une telle voix, haleta Yipes.

Il était étonné, mais heureux aussi, comme si un merveilleux souvenir d'enfance l'avait soudain envahi.

— J'avais oublié cette impression. Exactement comme un chat, sauf que je comprends ce qu'il dit.

Yipes semblait enchanté, et pourtant, les paroles du chat l'inquiétaient.

— Peut-être que tu avais raison, ajouta-t-il. Peut-être que *c'est* un chat malfaisant.

Comme pour dissiper les doutes de Yipes, le chat parla de nouveau.

— Tes amis et toi êtes les bienvenus ici, Alexa Daley. Venez!

Matilda poussa un petit cri de surprise et fit un bond en arrière.

— Cette chose sait qui tu es! s'exclama-t-elle. Comment est-ce possible?

— Je l'ignore, répondis-je. Mais je commence à croire que nous devrions le découvrir.

— C'est exact, miaula le chat. Par ici!

— Il parle *et* il est invisible! lança Yipes.

Il semblait plus convaincu que jamais que nous avions affaire à quelque chose de dangereux.

— Ne descends pas!

Mais c'était trop tard : j'avais déjà pris ma décision. Je ne sais pas si c'est à cause de mon insatiable curiosité, ou si j'avais commencé à faire confiance à la voix de ce chat, mais quelque chose me disait de descendre le versant du quatrième pilier. Matilda n'avait pas l'intention de me laisser y aller seule. Elle se précipita à mes côtés.

— Attendez-moi! cria Yipes.

Nous nous aperçûmes très vite que le versant sur lequel nous nous trouvions n'était pas exactement tel qu'il le paraissait. La couleur verte ici n'était pas uniforme. Elle variait selon les endroits et passait du pâle au légèrement plus foncé. En approchant prudemment d'une zone plus foncée, nous comprîmes pourquoi il en était ainsi. De grandes ouvertures de forme bizarre parsemaient le sol. Autour d'elles, la mousse était tout aussi épaisse qu'au sommet du pilier. De quelque part à l'intérieur émanait de la lumière.

— Comment est-ce possible? demanda Yipes, disant tout haut ce que Matilda et moi pensions tout bas.

Pour une raison ou pour une autre, il y avait de la lumière à l'intérieur du quatrième pilier, et celle-ci éclairait doucement le pourtour des grands trous. La lumière jouait avec l'ombre, et on aurait dit qu'il n'y avait pas d'ouvertures, mais seulement différents tons de vert sur une surface singulière.

— Suivez-moi!

Le miaulement reprit, mais cette fois, il résonna faiblement. Le bruit provenait des profondeurs de l'ouverture juste devant nous. Tous les trois, nous nous approchâmes du bord du trou avec précaution et regardâmes à l'intérieur. Le trou avait la forme d'un tuyau qui descendait en pente raide. Il tournait au bout d'un mètre ou deux, de sorte qu'il nous était impossible de voir où il menait.

— Allez, entrez! dit le chat.

— Nous n'entrerons pas là-dedans, déclara Yipes en tripotant nerveusement sa longue moustache.

Nous étions toujours penchés au-dessus du trou, ce qui explique d'ailleurs ce qui se produisit ensuite. Tout commença lorsqu'un feulement terrible s'éleva juste derrière nous. Matilda cria et bondit, affolée par ce bruit terrifiant. En se retournant, elle perdit pied et tomba dans le trou avec un bruit sourd. Yipes n'attendit même pas une seconde avant de sauter lui aussi. Je me retrouvai en équilibre précaire entre un trou géant dans le sol et quelque chose qui sifflait derrière moi.

— Tu ne devrais pas faire attendre Nimbus plus longtemps, dit la voix féline derrière moi. C'est déjà assez difficile de la faire sortir quand il n'y a aucun nuage dans le ciel.

Je me tournai dans la direction d'où venait la voix, et constatai que le bruit terrifiant que nous avions entendu venait d'une chatte plus petite que la moyenne. Elle était noire comme de l'encre, avec des yeux jaunes éblouissants – tout comme le chat que nous avions vu –, mais celle-ci semblait plus longue, et maigre comme un clou.

— Ne m'oblige pas à te pousser, miaula la chatte.

C'était l'un de ces animaux qui n'ont aucune conscience de leur petite taille.

Je me retournai et appelai Yipes et Matilda dans l'ouverture, mais n'obtins aucune réponse. Je n'aurais pas dû tourner le dos à un chat au bord d'un trou profond. Avant que j'aie pu pivoter de nouveau, le petit monstre me sauta sur la jambe et enfonça ses griffes dans ma chair.

— *Aïïïïïïe!* hurlai-je.

Et c'est ainsi que je tombai dans le trou à mon tour.

Une fois que j'eus cessé de culbuter et que je pus m'installer pour la balade, la descente fut plutôt agréable. Je glissais rapidement dans le tuyau, qui zigzaguait. La chatte me lâcha la jambe, et je la perdis de vue. Un peu plus loin, je passai à toute allure devant la première chatte, qui était solidement accrochée à la paroi supérieure du tuyau et me regardait passer. Je penchai la tête en arrière tout en continuant ma descente et vis la chatte maigre rejoindre sa compagne. Elles semblaient rire toutes les deux.

Je déteste les chats.

Vers le bas, le tuyau devint presque horizontal, ce qui ralentit ma descente. Quand j'en atteignis l'extrémité, j'avançais à peine.

Je m'immobilisai enfin, mais je constatai que j'étais incapable de me lever. Je ne m'étais pas blessée en descendant. Je dois même avouer que je venais de faire l'une des balades les plus excitantes de ma vie. Je n'aurais pas dû avoir de mal à me relever, mais j'étais tout simplement figée d'incrédulité devant le spectacle qui s'offrait à mes yeux.

Je vais tenter de vous décrire tout ce que j'ai vu au moment où deux chattes noires passaient furtivement près de moi sans échanger le moindre mot.

CHAPITRE 14
LE PILIER D'HIER

— Comment est-ce possible? dis-je en bégayant.

Je m'efforçais de comprendre l'invraisemblance de la scène que j'observais. J'avais l'impression d'être tombée sur un carnaval grandiose, ou sur un cirque étrange à mi-chemin entre le montage et le démontage.

Je me relevai enfin et respirai à fond l'air marin qui m'entourait. En face de moi, une vaste ouverture dans le flanc du quatrième pilier faisait une cinquantaine de mètres de large et de haut. La lumière entrait à flots dans une grotte tout aussi immense, en plein centre de laquelle trônait, tout en hauteur, le plus gros ballon que j'aie jamais vue. Il avait la forme d'un cornet de crème glacée – rond sur le dessus et étroit dans le bas –, et des lianes le retenait à une énorme boîte en bois qui semblait le maintenir au sol. Il y avait deux gouvernails à l'arrière de la boîte, et quelque chose qui ressemblait à de grandes ailes sur les côté.

Le plafond de la grotte ou de la salle – j'ignorais comment appeler cet endroit où je venais d'atterrir – était beaucoup plus haut que le ballon. Tout le long du mur à ma gauche se trouvaient des créatures marines vivantes enfermées dans des réservoirs transparents qui défiaient l'imagination. De gigantesques et longs panneaux de verre me séparaient de poissons et d'animaux marins de toutes les tailles et de toutes les couleurs, dont plusieurs que je n'avais jamais vus.

Et il y avait autre chose, en fait, beaucoup d'autres choses. Je marchait vers mes amis, qui regardaient dans une autre direction et je m'exclamai :

— Quel endroit incroyable! en m'arrêtant près d'eux.

Nous fixions tous la même chose maintenant. Mes camarades semblaient incapables de me répondre : ils étaient tous bouche bée. Une réplique monumentale de la maison Wakefield se dressait jusqu'au plafond, des dizaines et des dizaines de mètres plus haut. J'eus le souffle coupé en l'apercevant. J'avais l'impression de mieux comprendre l'incroyable aventure qu'avaient vécue Roland et Thomas dans leur jeunesse. L'énorme reproduction semblait sur le point de s'écrouler – exactement comme dans leur histoire –, et je m'émerveillai devant son génie tordu. Qui avait pu construire une telle chose? Qui avait même pu songer à *essayer* de la construire?

Des volées d'escaliers, des paliers et des passerelles formaient un réseau qui s'élevait dans les airs tout autour de la réplique de la maison Wakefield. Les paliers serpentaient et traversaient des passerelles fixées à d'autres paliers entourant des sections du ballon géant. Ce gigantesque assemblage parcourait le plafond de la salle en zigzaguant et formait plusieurs niveaux. Il était incroyablement complexe, et on aurait dit que, tout comme la maison Wakefield, il allait s'affaisser d'une seconde à l'autre.

Près de la maison s'élevait une autre réplique. C'étaient les Cinq Piliers, qui formaient un cercle et se dressaient si haut dans la salle que je ne pouvais pas voir leurs sommets. De longues échelles vacillantes étaient appuyées en équilibre précaire contre chacun d'entre eux.

— *Il sera surpris de vous voir.*

Ces mots avaient été prononcés par une voix que je n'avais encore jamais entendue. Elle s'exprimait très lentement. C'était une voix ancienne, grincheuse et sèche, embêtée d'avoir à parler et devant fournir un gros effort pour le faire.

— Qui a dit ça? demanda Matilda.

Nous regardâmes tous dans la direction d'où était venue la voix, en haut et à droite sur l'un des nombreux paliers. Un énorme lézard était penché vers nous, dardant lentement sa langue tout en nous observant. À en juger par la grosseur de sa tête vert foncé, j'estimai qu'il devait mesurer plus de trois mètres de long.

— C'est une très longue langue que vous avez là, déclara Yipes, qui fut aussitôt pris d'un petit rire nerveux.

Je lui donnai une tape sur le bras.

— Je ne pense pas que nous devrions parler à cette chose, dis-je. Nous ne savons rien d'elle.

La plus maigre des deux chattes noires apparut soudain sur la tête du lézard géant. L'autre chatte – la plus grosse, celle qui s'appelait Nimbus –, surgit d'un côté. Le lézard avança sur le palier, de sorte que nous pouvions maintenant apercevoir tout son corps. Il était plus gros que je ne l'avais cru.

— Tu crois qu'il va descendre pour nous manger? demanda Yipes.

J'entendis un bruit quelque part loin au-dessus de nous, et les paroles du lézard géant me revinrent en mémoire.

Il sera surpris de vous voir.

Je détournai mon regard du lézard qui s'approchait et regardai vers le plafond. À ma grande surprise, quelqu'un se tenait en haut de la plus grande échelle, celle qui était appuyée contre le cinquième pilier avec son mur de pierre déchiqueté. Et cette personne descendait vers nous.

Je touchai l'épaule de Matilda et désignai l'échelle. Nous observâmes la scène en silence, attendant de voir ce qui allait se passer.

— Crois-tu que ce pourrait être… commença Matilda, mais Yipes l'interrompit.

— Cette chose se rapproche un peu trop.

Le lézard était plus rusé qu'il n'en avait l'air. Il était descendu le long d'un poteau de bois et venait vers nous très rapidement, les deux chattes sur son dos. La longue langue du lézard sortait et rentrait rapidement de sa gueule. Lorsqu'il ne fut plus qu'à quelques mètres de nous, nous nous blottîmes les uns contre les autres et commençâmes à reculer.

— Je vous avais dit qu'il ne fallait pas faire confiance à ces chats, lâchai-je. Regardez où ça nous a menés!

Nous étions sur le point de nous retourner et de nous mettre à courir tous ensemble lorsqu'une voix retentit en haut.

— Ne faites pas attention à Grump. Il est inoffensif.

C'était une autre voix ancienne, lente et cassée. L'homme avait atteint le bas de l'échelle et se tournait maintenant vers nous. Il s'avança d'un pas traînant, et je pus voir qu'il était effectivement très âgé. Je n'aurais jamais cru que quelqu'un puisse être aussi âgé. Sa barbe était repliée sur elle-même, comme si l'homme avait voulu protéger et cacher les mèches blanches flottantes à son extrémité. Son visage était plus dur, qu'il n'est permis de l'être... aussi dur que la pierre, trahissant un passé trop long, un visage qui aurait déjà dû s'éteindre. Combien de centaines d'années l'homme avait-il? Si j'avais bien deviné son identité et si l'histoire de Roland était véridique, il devait avoir au moins 300, peut-être même 400 ans. Et pourtant, ses joues étaient toutes roses et ses yeux bleus brillaient d'excitation à la vue de visiteurs.

— Vous voici sur le pilier d'hier, annonça l'homme.

— Sir Alistair Wakefield? demandai-je, car il ne pouvait s'agir que de lui. Mais vous êtes… vous êtes *mort*.

Le vieil homme sembla se poser la question pendant un moment, comme si le fait d'être mort ou vivant avait depuis longtemps perdu toute importance. Puis il se tapota la poitrine et les épaules de sa main osseuse et répliqua :

— Non. Je suis toujours là.

— Mais… commençai-je.

— Tu devrais le savoir mieux que quiconque, Alexa Daley. Parfois, les gens âgés paraissent morts aux yeux de tout le monde, alors qu'ils sont encore bien vivants.

Je fus extrêmement surprise qu'il connaisse mon nom, et j'allais le questionner à ce sujet lorsque Matilda prit la parole.

— Mais tout le monde pense que vous êtes mort, insista-t-elle, manifestement étonnée de la tournure des événements.

— Je suis plus tranquille comme ça, dit Sir Alistair. J'avais beaucoup de travail à faire.

Yipes promena son regard autour de lui.

— On le dirait bien!

En entendant la voix de Yipes, Sir Alistair tourna toute son attention vers lui. Il posa son regard sur mon ami et avança vers lui en clopinant.

— J'ai entendu parler de toi, dit-il en tendant sa main délicate.

Yipes la secoua vigoureusement.

— Calme-toi, Yipes, dis-je. Tu vas lui faire mal.

— Ce n'est pas grave, me rassura Sir Alistair. Ça fait très longtemps que je n'ai pas échangé une solide poignée de main. C'est une sensation extraordinaire!

Yipes prit ce commentaire à cœur et secoua de plus belle la main du pauvre Sir Alistair, jusqu'à ce que Matilda lui tapote l'épaule.

— Je crois que ça suffit, dit-elle doucement.

Yipes lâcha prise, et Sir Alistair, soulagé de retrouver sa main, reporta toute son attention sur moi.

— Je vois que tu as déjà fait connaissance avec Nimbus et Midnight. Et j'imagine que tu es un peu surprise de comprendre ce qu'elles disent.

J'observai les deux chattes et réfléchis pendant un moment.

— Êtes-vous le seul à venir ici, sur le quatrième pilier? demandai-je.

— Cela ne fait aucun doute, répondit Sir Alistair. Roland est venu faire son tour en bas, sur le *Phare de Warwick*, et m'a apporté des choses. Mais il n'y a jamais eu que moi ici, personne d'autre.

— Alors ça ne m'étonne pas, dis-je d'un ton neutre. Les gens tuent la magie. Comme il n'y a eu que vous ici, la magie est demeurée intacte sur le quatrième pilier. C'est un endroit sauvage.

— Mais vous êtes ici maintenant, et j'en suis ravi! s'exclama Sir Alistair. Il est temps que cet endroit disparaisse. Et tant pis si la magie doit s'évanouir aussi. Elle subsistera sûrement quelque part ailleurs, dans des endroits inaccessibles.

J'éprouvais un certain malaise depuis que j'avais entendu Sir Alistair parler de Roland avec autant de désinvolture, comme s'il était toujours vivant.

— Vous êtes au courant des difficultés que nous avons éprouvées pour nous rendre ici, dis-je, et aussi d'Abaddon et du *Phare de Warwick*.

Sir Alistair se tut et, de ses doigts fins, poussa quelques mèches sous sa barbe argentée.

— Il sait, miaula Midnight. Nimbus et moi avons tout vu, puis nous sommes revenues ici. Ce fut une journée difficile.

— Je suis resté ici beaucoup trop longtemps, dit Sir Alistair d'une voix mélancolique. Nombreux sont ceux qui m'attendent au bout de la route, et pourtant, je demeure dans ce monde année après année, travaillant tout seul.

— Est-ce que la route dont vous parlez mène à la Dixième Cité? demandai-je, certaine que c'était le cas.

Il hocha la tête, et me regarda de ses yeux bleus, troublé à l'idée de rentrer chez lui.

— Nous sommes là maintenant, dit Yipes, pour vous tenir compagnie.

— Et pour vous demander de nous aider, ajouta Matilda.

Elle était la seule parmi nous qui n'avait pas perdu de vue le but de notre visite.

Sir Alistair Wakefield se redressa, comme s'il sentait qu'il s'était suffisamment apitoyé sur lui-même.

— Il est temps de porter notre regard dans une autre direction, déclara-t-il en se tournant vers l'imposante ouverture qui donnait sur l'extérieur. Vers le monstre qui doit être vaincu.

CHAPITRE 15
LA CHUTE DES PILIERS

— Pourquoi avez-vous un lézard géant? demanda Matilda.

Nous étions installés à une table qui avait vue sur la mer et partagions un délicieux repas de pain frais et de poisson bien apprêté. Sir Alistair avait une cuisine assez bien équipée, avec, comme pièce maîtresse, un majestueux four en pierre dans lequel, prétendait-il, quelque chose était toujours en train de cuire. À côté du four se trouvaient des dispositifs élaborés qui pouvaient descendre et remonter des filets pour la pêche dans la mer Solitaire.

— Grump, dit Sir Alistair, est de très agréable compagnie. Il ne parle presque jamais, ce qui en fait un bon compagnon, étant donné que, moi, je parle tout le temps. Quoique, parfois, il est difficile de savoir s'il prête attention à ce que je dis.

— D'où vient-il?

Sir Alistair regarda Grump, le lézard géant, qui nous fixait de ses yeux languissants. Je n'aurais pas pu dire avec certitude s'il était éveillé ou endormi.

— Roland l'a trouvé quelque part là-bas, répondit-il en désignant du menton la mer Solitaire. Grump était beaucoup plus petit quand il est arrivé, il y a une vingtaine d'années.

— Il y a donc d'autres endroits sur la mer Solitaire, outre la contrée d'Élyon et les Cinq Piliers?

— Moi, je n'en ai pas vu. Mais d'après Roland, il y en a

quelques-uns.

Je voulus tout de suite savoir d'où était venu Grump, et ce qu'on pouvait trouver d'autre à cet endroit Je pris note mentalement de demander à Grump s'il se souvenait de quelle direction il était venu.

— Et les chattes? demanda Yipes. Nimbus et Midnight? Pourquoi sont-elles ici?

Midnight était assise sur le coin de la table et se léchait la patte, tandis que Nimbus s'était mise en boule à côté de Grump.

— Deux filles en quête d'aventure, miaula Midnight.

— Parle pour toi, miaula Nimbus.

— La dernière fois que Roland est venu au pilier avec les choses que je lui avais demandées, il y avait une caisse en bois parmi les provisions, expliqua Sir Alistair. Ces deux-là étaient à l'intérieur. Il a dû se dire que j'aurais bien besoin d'une compagne ou deux.

Il caressa le pelage noir de Midnight, qui ronronna avec gratitude.

— Elles ont une histoire fascinante elles aussi, comme nous tous. Deux chattes curieuses qui deviennent passagères clandestines en se cachant dans les affaires des autres et qui sont emportées dans un très long voyage.

Je ne faisais toujours pas confiance à Nimbus et à Midnight. Je n'aimais pas la ruse qu'elles avaient utilisée plus tôt ni la façon dont elles me regardaient en ce moment. Mais c'était si agréable de les entendre parler! J'*adorais* les écouter.

— Combien de temps encore croyez-vous que ça durera? demandai-je, sachant très bien que le quatrième pilier grouillait maintenant d'humains, et que la magie qui nous permettait de parler aux animaux serait bientôt rompue.

— Tu veux dire, combien de temps encore on les comprendra? Difficile à dire, répondit Sir Alistair, l'air préoccupé. De toute façon, je pense que notre temps sur le quatrième pilier tire à sa fin.

Comme pour confirmer ses dires, Abaddon, déchaîné, se remit à frapper la pierre de ses monstrueux tentacules. Yipes regarda Sir Alistair, l'air inquiet.

— Pourquoi fait-il ça? Pourquoi ne monte-t-il pas jusqu'en haut, tout simplement?

— Parce le pilier est trop haut, même pour lui. Ces tentacules sont faits de métal et d'os, et ne peuvent porter son énorme poids que jusqu'à une certaine hauteur. Je crois qu'Élyon a voulu qu'il en soit ainsi. Abaddon est incapable de grimper assez haut pour atteindre le sommet d'un des piliers, alors vous pouvez imaginer ce qu'il a en tête.

— Il veut les faire tomber! s'écria Yipes.

Il était fier d'avoir trouvé la réponse et se leva d'un bond en la donnant.

— C'est exact, dit Sir Alistair. Et le quatrième pilier, celui sur lequel nous nous trouvons, est le plus mince des cinq.

Il dévisagea Yipes, qui venait de fourrer un gros morceau de pain dans sa bouche.

— Et pourquoi penses-tu qu'il veuille faire tomber celui-ci?

Yipes essaya de répondre, mais nous ne comprîmes rien de ce qu'il disait.

— J'aime bien Yipes, miaula Nimbus. Il est amusant.

— Attendez! lança Matilda. Moi, je sais pourquoi. Il

s'acharne sur un seul côté du pilier, celui qui fait face au troisième où ont lieu toutes nos compétitions de rase-mottes. Il veut en faire tomber plus d'un. Il veut qu'ils tombent tous les uns sur les autres.

— S'il ne peut pas les dominer, il préférera les démolir, marmonnai-je.

— C'est probablement vrai, acquiesça Sir Alistair. Mais je pense qu'il y a autre chose. Selon moi, il croit que la chute du quatrième pilier provoquera l'une de deux choses : ou l'un des piliers tombera sur un autre et formera un angle qui lui permettra de grimper, ou l'un des piliers se cassera en deux et il pourra y monter aussi. Ce qui importe pour lui, c'est de sortir de la mer Solitaire.

— Sir Alistair... commençai-je timidement.

Il y avait une question que je souhaitais lui poser, mais je n'étais pas certaine qu'il y répondrait. C'était une question particulièrement importante.

— Avez-vous construit les Cinq Piliers de la même façon que vous avez construit la maison Wakefield?

— Tu sais tout au sujet de la maison Wakefield, n'est-ce pas?

Je hochai la tête. C'était l'un des endroits dont j'aimais le plus entendre parler quand Roland me racontait son enfance. La maison Wakefield ressemblait à l'un des Cinq Piliers, sauf qu'elle était beaucoup plus fragile et de conception plus rudimentaire. Jadis un tas de pierres qui s'élevait haut dans le ciel, avec ses labyrinthes cachés à l'intérieur, elle s'était écroulée – après de loyaux services, avait précisé Roland – une fois que ses secrets avaient été découverts.

— Hélas, elle était un peu différente des Cinq Piliers. Je ne peux pas dire que j'ai construit cet endroit. Je l'ai plutôt découvert. Même si tout ce qu'il y a dans cette pièce, c'est moi qui l'ai fabriqué.

Il balaya la grotte d'un grand geste pour montrer tout ce qui s'y trouvait.

— À quoi tout cela sert-il? demandai-je. Toutes ces choses étranges que vous faites paraissent insensées.

Sur ces mots, Sir Alistair devint plus sérieux.

— Tout ça, je l'ai construit en vue de l'instant que nous vivons maintenant, Alexa Daley. Je suis vivant depuis plus longtemps que qui que ce soit, depuis des centaines d'années. Des générations et des générations ont passé, et, malgré tout, je suis toujours là. À quelques occasions, même si ça n'a jamais duré très longtemps, Élyon m'a parlé. Il a guidé mes mains d'une manière que je ne comprenais pas toujours, d'une manière dont les gens de ce monde se seraient moqués. Mais tout ce que j'ai fait a son utilité, même si je ne comprends pas exactement ce que c'est.

Je promenai mon regard dans la salle encore une fois, et j'eus beaucoup de mal à imaginer ce que cet endroit avait à voir avec notre combat contre Abaddon.

— Comment se fait-il que vous soyez encore vivant? Vous avez laissé le chemin d'hier derrière vous, et pourtant, vous vivez toujours.

— Eh bien, tu en sais des choses sur moi! lança Sir Alistair avec un rire charmant. Roland était un homme très silencieux la plupart du temps, mais quand on réussissait à le faire parler, il en disait beaucoup, n'est-ce pas? Il m'a tout raconté sur toi, tout comme il t'a tout raconté sur moi. J'imagine que tout marin a besoin de parler, parfois.

J'étais un peu mal à l'aise quand je pensais à ce que Roland pouvait avoir dit à mon sujet. D'autant plus qu'il n'était pas venu ici depuis des années.

— Pour répondre à ta question, et souviens-toi que ce n'est qu'une hypothèse, je crois que je vieillis deux fois moins vite que je le devrais. J'ai passé des centaines d'années sur le chemin d'hier, et mon horloge tourne encore un peu au ralenti. Mais malgré cela, je ne peux pas durer éternellement.

Je contemplai la vaste caverne autour de moi, et des tas de questions me vinrent à l'esprit. Mon regard tomba sur le ballon géant et y resta fixé.

— C'est pour toi, dit Sir Alistair. C'est mon œuvre suprême, si l'on peut dire, une montgolfière.

— Pour *moi*? fis-je.

Je n'osais pas penser à ce qu'il voudrait que je fasse d'une aussi grosse machine. À quoi pourrait-elle donc servir?

Toujours couchée à côté de Grump, Nimbus s'agita et dressa les oreilles en direction du tunnel par lequel nous étions arrivés.

— Quelqu'un vient, ronronna-t-elle.

— Qui cela peut-il être? demanda Matilda. Croyez-vous que Phylo aurait pu essayer de nous suivre jusqu'ici?

Seul Jonezy, à mon avis, savait que nous allions traverser. Peut-être que c'était lui qui nous apportait des nouvelles.

Grump se dirigea vers le tunnel, sa queue épaisse s'agitant

d'un côté et de l'autre tandis qu'il avançait. Il atteignit l'ouverture à peu près au même instant où l'intrus arrivait en bas.

— Est-ce que quelqu'un peut dire à ce monstre de s'éloigner de moi? demanda le nouveau venu.

C'était une voix que je ne m'attendais pas à entendre, et que je n'avais pas envie d'entendre non plus. Marco, la seule personne sur les Cinq Piliers à qui je faisais encore moins confiance qu'à Nimbus et Midnight, venait d'atterrir sur le quatrième pilier.

CHAPITRE 16
DE MOUSSE ET D'EAU SALÉE

— Vas-y, Grump, dit Yipes tandis que nous nous approchions de Marco. Tu peux le manger, celui-là.

Grump darda sa langue, qui faillit toucher le genou de Marco. Ce dernier bondit vers le tunnel et tenta de s'enfuir.

— C'est trop abrupt et glissant, miaula Midnight. Tu ne peux pas sortir par là.

Marco sauta hors du tunnel et se tint dos à la rangée d'immenses aquariums.

— Mais qu'est-ce que c'est que cet endroit de fous? s'exclama-t-il en se frappant la tête, ahuri de constater qu'il comprenait le chat comme un humain.

Dans l'un des aquariums, un requin de la taille de Grump s'était approché derrière Marco et le fixait.

— Tu n'aurais pas dû venir ici, dis-je.

Je me tournai vers Nimbus et Midnight.

— Dites-moi où est la sortie pour qu'il puisse retourner d'où il vient.

Marco s'était retourné et, à reculons, il s'éloigna lentement de l'aquarium où le requin se trouvait.

— Oui... je vous en prie. Montrez-moi la sortie!

— Pas si vite! cria Sir Alistair.

Il se tenait près de la montgolfière et vérifiait les cordes qui étaient fixées à la boîte géante.

— Tu m'as l'air d'un jeune homme robuste, ajouta-t-il.

— Sir Alistair Wakefield? s'exclama Marco. Mais... mais vous êtes mort!

Sir Alistair se dirigea vers Marco d'un pas traînant et posa une main sur son épaule.

— C'est parfois au moment où il semble que la tâche d'un homme est accomplie et que le monde en a fini avec lui, qu'il découvre qu'on a le plus besoin de lui.

— Qu'est-ce que vous voulez dire par là? demanda Marco, qui jetait en même temps un coup d'œil sur toutes les curiosités dans la salle.

— Je veux dire que je ne suis pas mort après tout. Et que j'ai besoin de ton aide.

Après une série de questions sur les animaux parlants et les nombreuses bizarreries qu'on trouvait dans le quatrième pilier, Marco finit par se calmer suffisamment pour songer à se rendre utile.

— Je ne lui fais pas du tout confiance, dis-je.

Avec Marco et les chattes de qui me méfier, je semblais être devenue paranoïaque. Mais je n'y pouvais rien.

— C'est nous tous contre le monstre, et même encore, nos chances sont minces, me dit Matilda. Tu vas devoir apprendre à lui faire confiance.

Elle regarda Midnight et Nimbus, qui paraissaient faire la sieste.

— Et à elles aussi.

J'étais sur le point de protester, mais je me rendis vite

compte qu'elle avait raison. Ce n'était pas le moment de discuter alors qu'Abaddon continuait à s'en prendre violemment au pilier.

Il y eut un tremblement sourd sous mes pieds, et la montgolfière oscilla doucement.

— La tour s'affaiblit, fit remarquer Sir Alistair.

Il nous amena tous vers une longue table jonchée de papiers et d'instruments. L'un des gadgets sur la table ressemblait à un appareil de mesure. C'était une boîte rectangulaire et transparente à l'intérieur de laquelle de petites boules de couleur flottaient dans un liquide épais.

— C'est bien ce que je croyais, dit Sir Alistair. Nous ne sommes plus parfaitement de niveau.

— Oh! oh! fit Yipes. Ça n'augure rien de bon.

— Vous voulez dire que le quatrième pilier a bougé? demandai-je.

— C'est exact, répondit Sir Alistair, l'air soucieux. Il ne nous reste peut-être plus que quelques jours, voire quelques heures avant qu'il ne parvienne à ses fins.

Nous restâmes tous là en silence, essayant de nous faire à l'idée que, très bientôt, le royaume des Cinq Piliers allait être anéanti.

— Que voulez-vous que je fasse? demanda Marco.

J'étais toujours persuadée qu'il ne fallait pas lui faire confiance, mais, au moins, il était prêt à se rendre utile.

Sir Alistair nous demanda de le suivre jusqu'à la boîte qui se trouvait sous le ballon et qu'il appelait nacelle.

— Je travaille là-dessus depuis des années, expliqua-t-il. Je voulais que tout soit parfait. C'est une machine volante, et voler, c'est une affaire complexe.

— Voler? dis-je. Vous voulez dire que ce truc est fait pour se promener là-haut?

Je dirigeai mon regard vers la grande ouverture, d'où l'on pouvait apercevoir le ciel bleu parsemé de nuages blancs cotonneux.

— Bien sûr que oui, répondit Marco. Qu'est-ce qu'on pourrait faire d'autre avec?

Je le foudroyai du regard. Pourquoi fallait-il en plus qu'il soit monsieur je-sais-tout?

— Pendant longtemps, j'ai espéré pouvoir parler aux oiseaux marins et construire quelque chose de différent, quelque chose qui leur ressemblerait davantage, poursuivit Sir Alistair. Mais je n'ai jamais pu établir de communication avec eux. Pour une raison que j'ignore, il est plus facile de converser avec des animaux terrestres, comme les chats ou les lézards géants.

Il parcourut des yeux la longue rangée d'aquariums.

— Je ne peux pas tirer un mot de ceux-là non plus.

Marco passa une main le long de la nacelle. Celle-ci avait au moins six mètres de diamètre, mais elle faisait à peine un mètre et demi de haut. Il en effleura le rebord usé, puis se hissa à l'intérieur.

— Il y a beaucoup d'espace là-dedans, dit-il. Qu'est-ce que c'est que ça?

Je soulevai Yipes pour qu'il grimpe sur le rebord et puisse jeter un coup d'œil à l'intérieur. Matilda et moi nous hissâmes sur la nacelle à notre tour. L'intérieur était spacieux et contenait toutes sortes de choses. Des rangées de bancs bordaient deux des côtés et, sous ces bancs, dans des recoins sombres, étaient suspendus des hamacs. Il y avait aussi des poulies, des boîtes et des tablettes. Il était facile de reconnaître, dans tout cela, la folie caractéristique de Sir Alistair, comme si tout allait se démantibuler au moment même du décollage. Au centre se dressait un tuyau de verre entouré à sa base d'une boîte carrée. Le tuyau était deux fois plus haut que la boîte et pointait droit vers le ballon.

— N'y touche pas, avertit Sir Alistair en voyant que Marco tendait le bras vers le tuyau. C'est très chaud.

Sir Alistair expliqua qu'il avait expérimenté de nombreux moyens de produire de l'air chaud, mais qu'aucun d'entre eux n'avait réussi à lui fournir les résultats qu'il espérait.

— Je pouvais remplir le ballon et faire décoller la montgolfière, mais l'air chaud s'échappait, et le ballon s'affaissait sur le côté. Ce n'est que très récemment que j'ai trouvé un moyen. Et je l'avais juste là, sous mon nez, depuis le début.

— La mousse, conclut Matilda.

Au moment où elle prononçait ces mots, la même idée m'était venue. Phylo l'avait compris aussi.

Sir Alistair eut l'air penaud pendant un moment en voyant que sa découverte était déjà connue, mais il se ressaisit rapidement et poursuivit :

— Oui, c'est ça, la mousse! J'avais remarqué qu'elle réagissait bizarrement quand on la mélangeait à de l'eau salée, mais, je ne sais trop pourquoi, je n'avais jamais pensé à m'en servir pour faire gonfler le ballon. C'est lui qui m'a donné l'idée.

Sir Alistair posa son regard sur Grump et, pour la première fois depuis un bon moment, l'énorme bête parla de sa voix endormie.

— Il est très pénible quand il échoue constamment.

Sir Alistair s'agenouilla et tapota doucement le dos de Grump d'un air compréhensif.

— Comme je le disais, il sait écouter. J'imagine qu'il m'a entendu tempêter contre cette montgolfière pendant des années avant de m'aider à y voir clair.

— Elle est donc remplie d'air chaud en ce moment? demandai-je.

— Elle l'est depuis quelques semaines. Si elle est encore là, c'est seulement parce que je l'ai fixée au sol.

D'épaisses lianes étaient nouées à des tiges enfoncées à quatre endroits dans le sol. Sir Alistair fit glisser une porte dans le côté de la nacelle et entra à l'intérieur, nous invitant tous à le suivre. Il ouvrit le couvercle d'une boîte dans laquelle il planta un long bâton pointu. Quand le bâton en ressortit, un morceau de mousse pendait à son extrémité.

— Les 30 premiers centimètres du tuyau contiennent de l'eau salée provenant de la mer Solitaire. Et quand j'y laisse tomber ceci…

Sir Alistair leva le bras et plaça la mousse au-dessus de l'ouverture du tuyau, puis frotta le bâton contre le bord pour que le morceau s'en détache. La mousse tomba avec un plouf, puis un sifflement perçant. Le tuyau se remplit d'une buée blanche qui s'épaissit peu à peu.

— Tout ce qu'il reste à faire, c'est tourner la manivelle, continua Sir Alistair.

— Je veux le faire! s'écria Yipes.

Il tendit les mains vers deux poignées qui sortaient du plancher de la nacelle, mais comme celles-ci étaient un peu trop élevées, il eut de la difficulté à les agripper. Il finit par réussir à les activer, tirant sur l'une puis sur l'autre, jusqu'au moment où un léger bruit de tourbillon se fit entendre sous le tuyau.

— Vous voyez, là? demanda Sir Alistair en désignant le tuyau. La chaleur qui émane de la mousse est immense quand elle entre en contact avec l'eau salée. Une petite quantité suffit puisqu'elle se mélange à l'air qui se trouve déjà dans le ballon.

La brume blanche à l'intérieur du tube s'éleva brusquement, faisant gonfler le ballon. Nous sentîmes tous la nacelle chercher à décoller du sol. Sans les lianes qui la retenaient, nous serions allés percuter le plafond.

— C'est magnifique! s'exclama Yipes. Faisons-la voler maintenant!

Sir Alistair dut éloigner doucement Yipes des poignées, de peur qu'il n'entre trop de chaleur dans le ballon et que les lianes ne se rompissent.

— Ce petit morceau de mousse continuera de fumer durant des heures. Et il s'enflammera comme un morceau de charbon sur le feu, chaque fois que nous ferons entrer de l'air par-dessous. Mais nous ne pouvons pas faire voler la montgolfière tout de suite.

— Pourquoi pas? demanda Yipes, vivement déçu.

— Parce qu'elle n'a jamais volé. Personne ne l'a jamais vue, pas même Abaddon, et nous ne voulons pas qu'il sache ce que nous préparons. Il faudra attendre la tombée de la nuit.

Sir Alistair sortit d'une niche un assortiment de cartes géographiques et marines, et les disposa sur le large rebord de la nacelle. Il enleva les chevilles en bois qui s'y trouvaient, plaça les cartes au bon endroit, puis enfonça les chevilles dans le papier.

Je pouvais imaginer l'utilité de ce procédé lorsque la montgolfière était dans les airs; cela empêchera les papiers de s'envoler.

— Roland m'a beaucoup aidé à dresser les cartes, fit remarquer Sir Alistair.

— Il me semble les avoir déjà vues, dit Yipes.

Il avait sauté sur le rebord de la nacelle et s'était penché sur l'une des cartes.

— Qu'on voyage par voie aérienne ou marine, c'est pratiquement la même chose, expliqua Sir Alistair. J'utilise les mêmes méthodes pour tracer la route sur une carte, et la situation météorologique est similaire dans les deux cas. On peut se servir des ailes et des gouvernails pour forcer une montgolfière à prendre telle ou telle direction pendant un court laps de temps, mais pour les longs voyages, le ballon ira là où le vent le portera. Vous voyez ici, cette liste de flèches et de dates?

Nous hochâmes tous la tête.

— Il y a des périodes durant le cycle annuel où les vents dominants vous entraîneront dans une direction ou dans l'autre. Ces vents reviennent tous les deux ou trois mois; ils décrivent une série de tracés ovales et ils sont hautement prévisibles.

Depuis le moment où Sir Alistair s'était mis à parler de la montgolfière et de son fonctionnement, je m'étais interrogée en silence sur le but de l'énorme machine. Pourquoi se donner la peine de la faire voler? À quoi cela servirait-il? En examinant l'une des cartes, je distinguai clairement la contrée d'Élyon, à une grande distance des Cinq Piliers. Je finis par comprendre.

— C'est une façon de rentrer chez nous, dans la contrée d'Élyon.

Mais aussitôt que j'eus prononcé ces mots, je me demandai

tout haut combien de personnes pouvaient monter dans la machine volante.

— Environ une dizaine d'adultes, ou le double s'il s'agit d'enfants, répondit Sir Alistair.

Nous le regardâmes tous, incrédules, et il s'empressa de nous rappeler que le ballon était immense et avait une capacité de 70 000 mètres cubes. Puis il se lança dans une longue énumération de données scientifiques, par exemple le nombre de grammes d'air chauffé et refroidi. Complètement perdus, nous prîmes tous un air absent, et il conclut simplement :

— Faites-moi confiance. Il peut porter une lourde charge.

Nous étions plus qu'heureux d'acquiescer.

— D'ailleurs, le temps de partir pourrait se présenter plus vite que vous ne l'imaginez. C'est actuellement le moment idéal pour quitter les Cinq Piliers et s'envoler vers la contrée d'Élyon. Un voyage pourrait être entrepris n'importe quand au cours des prochaines semaines, et le vent se maintiendrait.

Tout cela était fascinant. Se laisser porter par le vent au-dessus de la mer Solitaire, à bord d'une machine volante géante, surprendre mes parents et tous les autres à Lathbury... Ce serait formidable!

— Je veux la faire voler, dis-je.

De nouveau, Sir Alistair parla autant avec ses yeux perçants qu'avec sa voix ébréchée :

— Alors tu la feras voler.

Un frisson d'excitation me parcourut.

— Où est Marco? demanda Matilda.

Il avait disparu pendant que nous étions absorbés par les cartes.

— Juste ici, répondit-il en surgissant de derrière la nacelle, ce qui nous fit tous sursauter.

— J'examinais la montgolfière pour voir comment tout ça tient ensemble. C'est très ingénieux.

— Arrête de fouiner partout, dis-je.

Même à mes propres oreilles, mon ton de voix semblait un peu trop méfiant.

— Hé! j'essaie seulement de comprendre ce truc. Ce n'est pas le genre de chose qu'on voit tous les jours.

— Et si je te confiais une tâche plus pressante pour l'instant? intervint Sir Alistair.

Il se tourna vers Yipes

— En fait, vous pourriez travailler ensemble, au sommet du pilier. J'ai besoin de mousse. De *beaucoup* de mousse, et ce n'est pas facile pour un vieil homme comme moi d'aller en chercher.

— À condition qu'il promette de ne pas me pousser en bas de la colline, répliqua Yipes. Il a la réputation d'être malveillant.

Marco fit la grimace et secoua la tête, puis avoua :

— Je n'aime pas beaucoup vous avoir ici, Alexa et toi. Et je n'aime pas non plus l'idée qu'on me force à quitter cet endroit. Mais je n'essaie pas de me débarrasser de vous.

Yipes jeta un coup d'œil dans ma direction. Nos regards secrets étaient devenus comme un second langage entre nous. Ni lui ni moi n'étions convaincus de l'innocence de Marco. À notre avis, il était coupable jusqu'à preuve du contraire, et nous devions le surveiller de près. Je n'aimais pas tellement l'idée que Yipes et Marco allait travailler ensemble.

— Quant à toi, Alexa, continua Sir Alistair, tu vas devoir

retourner là-bas et expliquer à tout le monde ce que nous sommes en train de faire. Si tu pars tout de suite, tu pourras revenir avant la tombée de la nuit, et nous ferons un vol d'essai. Matilda m'aidera à préparer la montgolfière pendant ton absence.

— Je ne sais pas vraiment... commença Matilda.

Je voyais bien qu'elle n'était pas enchantée à l'idée de me renvoyer là-bas toute seule. Mais elle comprit vite que nous devions tous faire notre part et que nous ne pouvions pas nous permettre d'envoyer plus d'une personne sur le troisième pilier.

Je savais quelque chose qu'elle ignorait. Je savais que les gens écouteraient Jonezy s'il leur disait la vérité à mon sujet. Certains refuseraient peut-être de partir – de toute façon, nous ne pourrions pas les faire monter tous en même temps, même si la montgolfière fonctionnait –, mais, au moins, ils écouteraient.

— Le temps file, prévint Sir Alistair. Nous ferions mieux de nous dépêcher.

Matilda m'entoura de son bras et me serra contre elle.

— Sois prudente en traversant, murmura-t-elle.

Je pris le temps de regarder toutes les étranges et merveilleuses inventions de Sir Alistair dispersées dans la salle.

— Cet endroit vaut la peine d'être sauvé. Il faut trouver un moyen.

CHAPITRE 17
L'HÉRITIÈRE DU TRÔNE

Je me tenais au bord du quatrième pilier, la corde à la main. Marco était encore sur la colline, où il ramassait de la mousse et la déposait dans un gros seau en bois, mais Yipes m'avait accompagnée.

— Je redescendrai la corde dès que tu seras arrivée saine et sauve de l'autre côté.

— Merci, Yipes. Merci pour tout. Je ne pourrais rien faire de tout ça sans toi.

— Bientôt, tu voleras, me rappela-t-il. Tu voleras *vraiment!* Peut-être même vers chez toi. Reviens aussi vite que tu le peux et fais bon usage de ton temps. Ils t'écouteront. Tu sais te montrer très persuasive quand tu le veux.

Mon visage s'épanouit en un large sourire, et je jetai mon glisseur sur la corde qui menait au troisième pilier. L'autre extrémité de la corde était plus basse maintenant, puisque nous avions monté la corde avec nous en grimpant le long pont qui pendait sur le flanc du quatrième pilier. La descente serait rapide.

Je sautai dans le vide en tenant mon glisseur, puis décochai un regard à Yipes par-dessus mon épaule. Ce dernier applaudit en poussant des acclamations.

— Je reviens avant la tombée de la nuit! criai-je.

Lorsque j'atteignis l'autre côté, je me mis à la recherche de Jonezy. Ce ne fut pas facile. Je le cherchai partout sur le troisième pilier, rien que pour me rendre compte qu'il était parti sur le deuxième. Mais quand j'arrivai sur le deuxième, j'appris qu'il s'était rendu sur le premier pour superviser la récolte de je ne sais trop quoi.

Ranger m'aperçut et ne voulut plus me lâcher d'une semelle. Nous traversâmes le lac ensemble à bord du canot, puis nous rendîmes sur la véranda. Ensuite, nous repartîmes vers l'étang. Quand je repérai enfin Jonezy près des moulins à vent, Ranger se mit à gambader avec un bout de bois dans la gueule, espérant que l'un de nous allait le lancer.

— Je crois que j'ai déjà lancé ce bâton une dizaine de fois aujourd'hui, me plaignis-je.

— Si seulement j'avais son énergie, déclara Jonezy.

— Je trouve que vous avez beaucoup d'énergie, dis-je. Je vous suis depuis ce matin, et j'ai eu du mal à vous rattraper. Dieu merci, je vous ai enfin trouvé. Il faut qu'on parle.

Jonezy lança le bâton au milieu de l'étang.

— Il nage plus lentement qu'il ne court. Alors, il ne nous dérangera pas sans cesse.

Et c'est ainsi que, debout près des moulins à vent du deuxième pilier, je racontai tout à Jonezy tandis qu'il lançait le bout de bois à Ranger encore et encore. Je lui dis tout au sujet du quatrième pilier, de Sir Alistair Wakefield, de sa machine volante et de l'hypothèse qu'il avait émise quant aux intentions d'Abaddon.

— Je ne sais pas si ce royaume survivra, dis-je, attristée à l'idée de perdre un endroit aussi magnifique. Du moins, sous la forme où tout le monde l'a toujours connu.

— Si ce monstre réussit à faire tomber le quatrième pilier et que celui-ci frappe le troisième, ce sera une catastrophe. Nous ne pouvons pas perdre ce pilier, Alexa.

— Ce pourrait être bien pire, dis-je.

Je voulais m'assurer que Jonezy saisissait bien à quel point notre situation était désastreuse. D'ici demain, Abaddon pourrait avoir suffisamment affaibli la base du quatrième pilier pour le renverser. Et que se passerait-il si cela faisait tomber non seulement le troisième pilier, mais également le premier et le deuxième?

— Crois-tu que ça pourrait vraiment arriver? demanda Jonezy, d'une voix qui trahissait son inquiétude.

— Sir Alistair pense que les risques sont bien réels, en particulier si le troisième pilier est frappé. Il est plus épais et ne se brisera peut-être pas en deux, mais qui sait?

Pendant qu'il réfléchissait à la situation, il lança le bâton au loin pour Ranger, qui se tenait de nouveau devant lui. Le chien déjà détrempé se précipita dans l'étang.

— Ce sera plus sûr, et plus facile, de rencontrer tout le monde près du lac, dit-il au bout d'un moment. Je peux rassembler tous les villageois sur la rive en une heure.

Il marqua une pause et prit une grande inspiration. Lorsqu'il expira, sa poitrine s'abaissa et sa tête retomba.

— Ce sera difficile, ajouta-t-il. Es-tu certaine d'être prête?

— Non, dis-je, car je ne me sentais pas tout à fait prête à me tenir devant des centaines de personnes pour leur annoncer que leur mode de vie serait peut-être bouleversé. Mais je n'ai pas le choix. Quand ils apprendront qui je suis, j'espère qu'ils m'écouteront.

Jonezy se mit à marcher en direction du lac, et Ranger le suivit en s'ébrouant.

— Oh, Jonezy! Encore une chose. Nous allons tenter un vol d'essai à la nuit tombée pour qu'Abaddon ne puisse pas voir ce que nous faisons. Ça ne fera que l'encourager à travailler plus vite s'il pense que nous avons un plan d'évasion. Si quelqu'un pouvait le distraire, question de s'assurer qu'il ne sait pas ce que nous préparons, ça aiderait. Comment ça va avec Phylo?

— Il rassemble des roches par centaines de même que les meilleurs tireurs qu'il peut trouver. Je pense que nous pourrons créer une bonne diversion ce soir. Ce devrait être tout un spectacle.

— C'est exactement ce que je souhaitais entendre, dis-je.

L'un des avantages d'une communauté qui habite un petit territoire, c'est qu'on peut rassembler tout le monde rapidement. Le royaume des Cinq Piliers était l'un de ces endroits où des gens de tous âges ne pouvaient être dispersés que sur trois sites : les premier, deuxième et troisième piliers. En moins d'une heure, tout le monde pouvait être réuni devant votre porte, attendant d'écouter ce que vous aviez à dire.

— Es-tu sûre d'être prête pour ça? chuchota Jonezy. Je peux prendre la parole si tu préfères. Nous ne sommes pas obligés de leur dire que…

Je posai la main sur son avant-bras couvert de poils gris et levai les yeux vers le ciel. Bientôt, le soleil baisserait à l'horizon, et on attendrait mon retour sur le quatrième pilier.

— Je suis prête.

Jonezy se tourna vers la foule réunie sur le bord du lac. Il y avait un nombre égal d'enfants, d'adultes et de personnes plus âgées, lesquelles avaient toutes connu Roland et Thomas à la maison sur la colline, tant d'années auparavant.

— Approchez, s'il vous plaît! cria Jonezy.

Tout le monde s'avança, et deux mères que je ne connaissais pas prirent dans leurs bras les deux bambins du groupe. Les trois filles avec qui je m'étais liée d'amitié la veille – était-ce donc si récent? – se tenaient tout près et me firent un signe de la main. Je les saluai à mon tour et souris. En scrutant la foule, j'aperçus également Phylo, qui se comportait plutôt comme un roi parmi un groupe de garçons de son âge. De toute évidence, il les avait informés de l'attaque qu'il planifiait contre le monstre marin.

— Comme vous le savez tous, Alexa est arrivée ici en compagnie d'un ami, il y a quelques jours à peine. Vous les avez accueillis au sein de notre communauté en ne ménageant pas les efforts pour qu'ils se sentent chez eux, et je sais qu'elle vous en est reconnaissante.

Je fis un signe affirmatif, habitée par un sentiment sincère de gratitude.

— Vous savez aussi qu'elle a apporté avec elle des choses que nous avons du mal à comprendre : une étrange créature qui ne semble pas nous aimer beaucoup, de mauvaises nouvelles concernant Roland Warvold et le *Phare de Warwick*, et toutes sortes de questions quant à l'avenir du royaume des Cinq Piliers. Je me suis entretenu en privé avec elle pour tenter d'en apprendre davantage, et elle souhaite maintenant s'adresser à vous.

Jonezy s'écarta. J'étais terrifiée de prendre la parole, mais certaine de ce qui devait être dit. Ce ne serait pas facile. Je commençai.

— J'aurais aimé avoir plus de temps pour faire connaissance avec vous tous et explorer tous les recoins du royaume des Cinq Piliers, mais mon arrivée coïncide avec une période critique. Malheureusement, le temps est une chose que nous ne pouvons pas tenir pour acquis.

Un murmure s'éleva alors, et je commençai à craindre qu'ils ne me croient pas.

— En venant ici, je n'avais ni l'intention d'apporter de mauvaises nouvelles ni de causer des événements terribles. Ce qui est arrivé à Roland et au *Phare de Warwick* était si inattendu, tout comme la présence de cette chose qui nous a accompagnés. Même Roland ignorait qu'un monstre épiait le moindre de nos mouvements.

— J'ai vu le monstre! cria Phylo.

Tout le monde l'avait déjà vu, ce monstre, mais Phylo était tout particulièrement excité.

— Et Phylo a trouvé un moyen ingénieux de le combattre, ajoutai-je.

Le garçon rayonnait de fierté.

— J'ai aidé à vaincre ce monstre par le passé, alors qu'il existait sous une forme différente, mais je ne vois pas comment il pourrait être vaincu de nouveau. J'ai bien peur que, peu importe notre ardeur au combat, nous ne réussissions pas à le repousser dans la mer Solitaire pour toujours. Il est venu ici, pas pour détruire le royaume des Cinq Piliers, mais pour régner sur cet endroit.

— Régner, tu dis? demanda un homme d'âge moyen qui portait un chapeau à larges bords attaché avec une ficelle. Est-ce vraiment possible?

— Je sais que, selon toute apparence, Abaddon...

Est-ce qu'ils savaient seulement qui était Abaddon? Je n'en étais pas sûre, et je ne voulais pas les embrouiller, mais en regardant les nombreux visages devant moi, j'eus l'impression qu'ils savaient très bien qui se cachait sous les traits du monstre marin en bas.

— Tu as emmené tout le mal du monde chez nous, déclara une jeune femme.

— Mais Abaddon ne peut pas être à deux endroits à la fois, dit une autre femme. Est-ce que ça signifie que Castalia est libre?

Enfin, une bonne nouvelle à annoncer!

— Oui! J'étais là. Victor Grindall et ses ogres ont été vaincus. Abaddon a été chassé de la contrée d'Élyon pour toujours. La conséquence imprévue de cette victoire, c'est qu'Abaddon a pris la forme d'un monstre marin, celui-là même qui essaie de démolir le quatrième pilier.

Un grondement s'éleva tandis que fusaient les commentaires, certains positifs, d'autres négatifs. Plusieurs avancèrent des hypothèses sur le sort de Castalia, la contrée d'Élyon, et leur vie d'autrefois.

— Le monstre marin est loin en bas et ne peut vous faire aucun mal tant que vous êtes ici, en haut. Mais il est plus fort que vous ne l'imaginez. Je crois qu'il pourrait renverser le quatrième pilier dès demain, et ce pilier pourrait tomber dans n'importe quelle direction.

Un murmure d'inquiétude parcourut la foule, et certains exprimèrent haut et fort leur incrédulité quant à cette possibilité.

— Sir Alistair Wakefield lui-même pense que le pilier ne tiendra pas plus d'une journée.

J'avais lâché cette information un peu plus tôt et un peu plus rapidement que je ne l'avais prévu au départ, et il s'ensuivit un déluge de questions.

Il est vivant? Où l'as-tu vu? Qu'est-ce qu'il a dit?

— Du calme, tout le monde! cria Jonezy. Elle ne peut pas répondre à toutes vos questions en même temps.

La foule se tut, et j'expliquai tout aux villageois : ma rencontre avec Sir Alistair, le fait qu'il était bel et bien vivant, l'aide que lui apportaient Matilda, Yipes et Marco sur le quatrième pilier.

— Nous pensions qu'il était mort! dirent plusieurs personnes en chœur.

— Oui, beaucoup le pensaient, répliquai-je. C'est un homme très… secret. Je suppose qu'il voulait simplement être seul pour pouvoir travailler. Comme nous tous, il essaie de vous aider.

Un jeune homme à l'air robuste s'avança. C'était l'un des pêcheurs qui remontaient les filets géants de la mer. Les muscles de ses bras et de ses mains étaient très développés.

— Même si le quatrième pilier pouvait être démoli, ce qui m'apparaît totalement impossible, c'est de loin le plus mince des cinq. Abaddon ne pourrait renverser aucun des piliers sur lesquels nous vivons.

— Et si le quatrième pilier tombait sur le troisième? demandai-je. Que se passerait-il alors?

La foule eut le souffle coupé à la pensée que le pilier aménagé pour le rase-mottes puisse être endommagé. Le pêcheur eut d'abord un rire nasillard, puis il sembla réfléchir à ce qui se passerait si le quatrième pilier frappait effectivement le troisième.

— C'est exactement là que tombera le quatrième pilier s'il se renverse, poursuivis-je. C'est de ce côté qu'Abaddon arrache la pierre. Et si le troisième pilier se rompait sous l'impact? Il pourrait tomber à son tour sur le deuxième, qui tomberait sur le premier. Je connais cette créature et, si j'ai bien deviné ses intentions, c'est précisément ça qu'elle vise. Elle a mis le *Phare de Warwick* en miettes, en quelques minutes. Je crois qu'elle a la force nécessaire pour faire tomber ces piliers.

— C'est impossible! s'écria le pêcheur.

Mais le doute était apparu sur son visage à l'instant même où il avait prononcé ces paroles, et tout le monde autour de lui semblait convaincu que cela pourrait arriver.

— Peu importe que ça se produise ou non. Si Abaddon veut régner sur cet endroit et s'il atteint le sommet d'un des piliers, j'ai bien peur que le royaume des Cinq Piliers soit condamné. Abaddon trouvera, parmi nous, ceux qu'il peut manipuler et contrôler. Il nous montera les uns contre les autres et sèmera la destruction, jusqu'à ce qu'il puisse s'emparer de tout et rendre cet endroit aussi maléfique que lui. C'est ça, son but.

— Nous ne pouvons pas le laisser faire! hurlèrent des voix furieuses d'un peu partout dans la foule.

— Dans ce cas, vous devez lutter sans relâche pour sauver cet endroit. Utilisez la méthode mise au point par Phylo et essayez aussi longtemps que vous le pourrez d'amener ce monstre à renoncer à son projet. Mais soyez réalistes. À moins d'un miracle, nous ne pourrons pas l'arrêter. Et même si le quatrième pilier tombe dans la mer plutôt que sur celui-ci, Abaddon s'attaquera tout simplement au pilier suivant jusqu'à ce qu'il obtienne ce qu'il veut. Ça lui prendra peut-être des années à gruger le troisième pilier, mais il ne s'arrêtera pas avant de l'avoir renversé. Par ailleurs, le quatrième pilier pourrait s'abattre sur le troisième et rester appuyé là, ce qui permettrait au monstre de monter facilement jusqu'ici.

Les conversations s'animèrent à cette pensée. Étrangement, – et ce n'était que maintenant que j'en prenais conscience –, le troisième pilier était, de bien des façons, l'endroit parfait pour une bête comme le monstre qui rôdait en bas. Il était couvert d'un réseau de lianes complexe, semblable à une toile d'araignée. Le dessus était concave, donc à l'abri des regards de quiconque viendrait à passer. Abaddon avait plusieurs bras; il fallait s'attendre à ce que, sur terre, il se déplace comme une araignée. Peut-être qu'il avait été au courant de l'existence du troisième pilier depuis le début, et qu'il voulait en faire sa demeure.

— Combien d'enfants vivent sur les Cinq Piliers? demandai-je. Ceux qui ont moins de 12 ou 13 ans?

Jonezy répondit à cette question.

— Je crois qu'il y en a environ 30. Le plus jeune a 2 ans, et une poignée seulement sont âgés de 5 ou 6 ans. Nous avons plusieurs enfants de 8 à 10 ans, et quelques-uns encore qui ont jusqu'à 12 ans.

— Nous devrions déplacer les plus jeunes si nous le pouvons.

— Comment comptes-tu t'y prendre? demanda l'une des mères.

Je conclus qu'il s'agissait d'une mère, car elle tenait l'un des très jeunes enfants dans ses bras. Tous ceux qui étaient arrivés sur les piliers à bord du *Phare de Warwick* étaient orphelins, et avaient été sauvés de Castalia, alors dirigée par un être maléfique. Quelques-uns seulement étaient nés ici.

J'étais sur le point d'apprendre à la foule une nouvelle qui, j'en avais bien peur, ne serait pas bien accueillie, mais il fallait que je le fasse. Le moment était venu, que ça me plaise ou non.

— Je crois que j'ai trouvé le moyen, dis-je, de vous ramener tous à la maison.

Cette déclaration déclencha de nombreuses réactions – de colère ou d'excitation –, ainsi qu'un concert de protestations et de questions.

— Tu veux dire qu'on peut retourner dans la contrée d'Élyon?

— Comment nous y rendrons-nous?

— Pas question que tu emmènes les enfants!

— Nous n'irons nulle part!

— Donnez-lui une chance! cria Jonezy. Laissez-la s'expliquer avant de vous faire une opinion.

Je poursuivis donc le plus honnêtement possible.

— Sir Alistair travaille à quelque chose depuis très longtemps, et il croit que cette chose pourra nous ramener chez nous. Nous en ferons l'essai ce soir, et j'en saurai davantage demain matin. C'est tout ce que je peux vous dire pour l'instant. Mais on pourrait y faire monter les enfants si vous vouliez qu'on les emmène en lieu sûr. Ils pourraient retourner à Castalia, la nouvelle Castalia.

— Nous n'embarquerons pas nos enfants sur un bateau, avec ce monstre qui rôde en bas! cria quelqu'un.

— Ce n'est pas un bateau. C'est... autre chose.

— Quelle sorte de chose? Dis-nous ce que vous avez l'intention de faire avec les enfants!

Je ne pouvais pas leur dire que nous allions rentrer en volant, comme un oiseau. Jamais ils ne me croiraient, et cela leur semblerait trop dangereux. Il faudrait que je leur montre la montgolfière s'ils acceptaient ma proposition.

— Faites-moi confiance, je vous en prie. Je ne peux vraiment pas vous le dire. Je ne sais même pas si ça fonctionnera. Mais je le saurai demain. Je promets de vous le dire alors.

Une femme plus vieille, qui devait avoir à peu près le même âge que Jonezy, se détacha de la foule.

— Pourquoi Roland t'a-t-il amenée avec lui sur la mer Solitaire? demanda-t-elle.

Puis elle posa une question plus directe.

— Qui es-tu?

Les mots résonnaient dans mes oreilles. C'était le moment ou jamais de leur dire qui j'étais.

— Roland avait un frère... Ils n'étaient que deux, vous devez tous être au courant.

— Bien sûr que nous sommes au courant, répliqua le pêcheur aux bras très musclés, qui s'était si vigoureusement opposé à moi il y avait quelques instants à peine. Certains d'entre nous les ont connus tous les deux dans la maison sur la colline. Nous avons entendu les légendes. Sans eux, nous aurions croupi sur cette colline de malheur, et bon nombre d'entre nous seraient tombés sous l'emprise de Victor Grindall. Nous racontons encore ces histoires ici. Nous n'oublions pas.

— Je suis heureuse d'entendre ça, dis-je. Et je suis vraiment navrée que l'époque des Warvold soit révolue. Thomas et Roland ont disparu, mais moi, je suis encore là.

Un silence de mort s'abattit sur les villageois, comme si on venait de leur annoncer que Roland, leur chef, était vivant, et qu'il allait surgir de derrière les arbres et se tenir devant eux comme avant.

— Qu'est-ce que tu veux dire? demanda le pêcheur.

Il semblait déjà connaître la réponse, car sa voix tremblait.

— Elle dit, déclara Jonezy, qu'elle est la fille de Thomas Warvold.

— C'est vrai? demanda l'une des trois filles de mon groupe d'amies.

Elle était tout excitée.

Je hochai la tête.

— Je m'appelle Alexa Daley parce qu'on m'a cachée pendant un certain temps, mais mon père est Thomas Warvold.

Il y avait quelque chose de très puissant dans ces mots. Je me sentis différente en les prononçant, comme s'ils étaient chargés d'un poids dont je n'avais pas eu conscience jusqu'à maintenant. Les villageois ne s'inclinèrent pas devant moi et ne firent pas non plus la file pour me baiser la main, mais je perçus un réel changement autour de moi. Il y eut de petits sourires presque dissimulés. Le nom de Warvold, et tout ce qu'il représentait, était chargé d'une puissance que je n'avais pas soupçonnée : celle du mythe et de la légende. Soudain, j'eus la certitude qu'ils allaient m'écouter et que je venais de leur donner quelque chose auquel se raccrocher. Je leur avais donné de l'espoir. Je les avais incités à réfléchir et à se demander si, dans les circonstances appropriées, ce ne serait pas une bonne idée, au bout du compte, de quitter l'endroit où ils vivaient.

J'insistai pour qu'on me laisse seule pour retourner sur le quatrième pilier. J'avais besoin de temps pour réfléchir moi aussi. Les habitants des Cinq Piliers profiteraient de mon absence pour prendre leur propre décision. Je laissai Jonezy, Phylo, Ranger et les autres à leurs affaires et entrepris le long trajet de retour vers le quatrième pilier. Une fois seule, je me mis à répéter le nom d'Élyon encore et encore, espérant, en dépit de tout, que le bien triompherait de nouveau.

On m'avait dit que je n'entendrais plus la voix d'Élyon tant que je n'atteindrais pas les portes de la Dixième Cité, à la toute fin. Pourtant, j'étais encore surprise de me sentir si seule à l'aube d'une grande bataille. Élyon m'accorderait-il son aide, ou étais-je vraiment livrée à moi-même cette fois?

CHAPITRE 18
CASSIOPÉE

Je traversai en un rien de temps le pont entre le deuxième et le troisième pilier. L'atmosphère était sinistre sur celui-ci puisque personne n'était là pour m'accueillir. Je regardai le réseau de lianes désert en bas, incapable de penser à autre chose qu'à une énorme araignée noircissant tout autour d'elle. J'imaginais la beauté du troisième pilier, avec ses chaumières qui se dessinaient sur un océan de vert, se flétrissant et mourant. Le troisième pilier était trop silencieux – pas de cris de joie des villageois faisant du rase-mottes, pas de bourdonnement d'activités au cœur du village en bas –, et le pressentiment que j'eus de sa fin prochaine me terrifia.

Je plaçai mon glisseur sur la liane la plus proche et sautai carrément dans les airs. C'était différent sans qui que ce soit aux alentours, plus effrayant pour une raison ou pour une autre, et je ne pouvais m'empêcher de penser qu'Abaddon m'épiait entre les lianes, déjà transformé en araignée gigantesque.

Pour une fois, j'étais contente que ma descente se termine. Je grimpai rapidement la colline de l'autre côté et trouvai la corde qui menait au quatrième pilier. Personne ne m'attendait là-bas et, en jetant un coup d'œil dans l'eau, je vis que je n'avais qu'Abaddon pour toute compagnie.

Qu'est-ce que tu manigances, Alexa Daley?

Je me sentais audacieuse et furieuse, comme en fit foi ma

réponse.

— Tu ne règneras jamais sur cet endroit. Mais si tu pars maintenant, nous te laisserons tranquille dans la mer Solitaire.

Un énorme éclat de rire me parvint d'en bas.

J'en ai assez de cette eau froide. Très bientôt, nous changerons de place, toi et moi!

Puis Abaddon gravit le flanc du pilier, sur au moins six mètres. Ses bras ne s'étaient jamais autant étirés. Ils projetaient des flammes dans toutes les directions. Le métal résonnait sur la pierre tandis que le monstre se remettait à frapper le pilier, en arrachant d'énormes morceaux. Il s'accrocha à un rocher aussi gros que la charrette dans laquelle je voyageais autrefois entre Lathbury et Bridewell, et son corps se mit à trembler. Puis le monstre s'embrasa complètement. Même la pierre commença à rougeoyer, tellement la colère d'Abaddon était grande. Soudain, elle explosa en un millier de fragments tandis que retentissait un rire ignoble.

Tu devrais faire attention à qui tu fais confiance. Tu serais surprise de savoir combien de personnes je peux monter contre toi!

— Menteur! criai-je, plus enragée et déconcertée que jamais.

Je m'emparai rapidement de mon glisseur, le jetai sur la corde qui se rendait au quatrième pilier et plongeai dans le vide. C'était une longue traversée, presque une minute avant d'arriver de l'autre côté, et lorsque je baissai les yeux, je vis Abaddon s'attaquer au pilier avec une férocité renouvelée. Ses bras bougeaient remarquablement vite, lançant des rochers vers moi et arrachant la pierre à la manière d'une hache s'abattant sur le tronc d'un arbre mourant.

J'étais à mi-chemin lorsque le quatrième pilier se mit à osciller et à gronder comme s'il allait se renverser. La corde commença à se balancer violemment d'un côté et de l'autre. Abaddon riait de plus belle, emplissant ma tête du bruit terrible de la mort cherchant à m'atteindre et à me projeter dans la mer Solitaire.

Abaddon s'arrêta brusquement, et le pilier s'immobilisa, mais la corde demeura instable pendant que j'approchais de la paroi du quatrième pilier. J'arrivais extrêmement vite, et mes jambes se balançaient furieusement. Je n'allais pas pouvoir les allonger devant moi assez vite et j'avais attendu trop longtemps avant de croiser mon glisseur pour ralentir.

Et maintenant, j'attends. Ce pilier est sur le point de tomber, mais il tombera quand je voudrai bien qu'il tombe.

Ce furent les dernières paroles qu'Abaddon prononça avant de se laisser glisser dans la mer Solitaire, faisant grésiller l'eau tandis qu'il disparaissait. Je m'agrippai de toutes mes forces à mon glisseur et heurtai le pilier d'une épaule avant d'être projetée dans les airs. J'avais l'impression d'être tombée sur le dos de très haut, sur une route pavée. Le choc m'avait coupé le souffle, et j'étais incapable de respirer. Je ne voyais plus que du noir et des étoiles, et je ne cessais de me répéter : *Tiens bon! Tiens bon! Tiens bon, Alexa!*

Mais je ne pouvais plus tenir ni respirer. La corde commença à glisser lentement entre mes doigts alors même que mes pieds s'emmêlaient dans le pont de cordage devant moi. Lorsque je finis par lâcher prise, je tombai en arrière vers la mer Solitaire.

Le choc de cette sensation – de savoir que j'allais tomber en chute libre une dernière fois – me poussa à respirer de nouveau. Je réussis à tourner mes mains face au pilier pour me protéger la tête, car mes pieds étaient toujours emmêlés dans l'échelle de cordage qui tenait bon. J'étais blessée et suspendue la tête en bas, mais j'étais vivante et bien accrochée au flanc du quatrième pilier.

Je dus me concentrer quelques instants avant de parvenir à me redresser et à gravir l'échelle. Tout mon corps tremblait de peur à chaque pas douloureux que je faisais. Malgré tout, cette ascension me rappelait beaucoup la première fois où j'avais grimpé l'échelle de la bibliothèque de Bridewell en revenant des tunnels secrets. Ce jour-là, je venais tout juste de faire la connaissance de Yipes et d'entendre la voix de Darius, le loup, au retour d'une aventure qui, à l'époque, m'avait davantage semblé un jeu qu'autre chose. Comment m'étais-je donc retrouvée de l'autre côté de la mer Solitaire, dans un endroit aussi irréel, au cœur d'une bataille qui excédait mes capacités?

— Est-ce que ça va? demanda d'en haut une voix familière.

— Yipes! m'écriai-je, levant les yeux et apercevant les contours du chapeau de mon meilleur ami qui se découpait contre le ciel bleu.

— Doucement, dit-il tandis que je grimpais l'échelle à toute vitesse. Qui sait ce que ce pilier pourrait faire?

Quand j'atteignis le sommet, il me prit la main et me hissa. Ce n'est qu'à ce moment-là que je me rendis compte que j'avais perdu mon glisseur.

— Je n'ai plus de glisseur, dis-je. J'ai laissé tomber le mien.

— Tu n'en auras peut-être pas besoin pour retourner de l'autre côté, fit remarquer Yipes.

Il avait un air espiègle, comme s'il avait vu quelque chose qu'il était impatient de me montrer.

— Viens. Le soleil se couchera bientôt. Et avec la nuit viendra le premier vol.

Lorsque nous commençâmes à gravir la colline, je poussai un gémissement.

— Est-ce que je peux enlever mes sandales?

Yipes hocha la tête. J'enlevai mes sandales avec précaution.

— Est-ce que ça te rappelle quelque chose? demandai-je.

— Qu'est-ce que tu veux dire?

J'enfonçai mes orteils dans la mousse verte, et nous reprîmes notre ascension.

— Tu ne te souviens pas de notre première rencontre? Tu m'as guidée jusqu'à la mare irradiante pour que j'y trouve l'une des dernières jocastes. J'avais enlevé mes sandales ce jour-là, et je marchais dans l'eau, sur de la mousse verte. Tout mon corps me faisait mal, comme maintenant. Mais la douleur que je ressens en ce moment est pire que ce que j'ai connu jusqu'à maintenant.

— Tu as raison, dit Yipes. Tout ici est très différent des endroits que nous avons vus auparavant, mais d'une certaine façon, ils y ressemblent aussi.

Je reprenais des forces à mesure que nous montions. Je me rendis compte, tout à coup, que c'était dans des moments difficiles que je trouvais ce qu'il y avait de meilleur en moi – courage, loyauté, sentiment de paix inattendue –, et que je finissais toujours par découvrir ce dont j'avais besoin pour me remettre sur pieds et continuer.

— Élyon a laissé son empreinte partout dans le royaume des Cinq Piliers, dis-je. Il a créé cet endroit, j'en suis sûre. Il ne laissera pas Abaddon s'en emparer.

Yipes acquiesça d'un signe de tête au moment où nous atteignions le bord du trou menant à la grotte de Sir Alistair. Nimbus était assise de l'autre côté et paraissait nous attendre.

— C'est nuageux à l'horizon ce soir, ronronna-t-elle. J'aime les nuages.

— Combien de temps encore avant que la nuit tombe? demanda Yipes.

Les chats ont un don pour prédire ce genre de chose de façon assez précise.

— Moins d'une heure, miaula Nimbus. Il était temps que tu arrives, Alexa.

N'étant pas du tout d'humeur à me disputer avec une chatte, je m'assis et glissai dans l'ouverture, laissant Nimbus là, à se demander à quoi je pouvais bien penser.

Durant mon absence, la machine volante avait été préparée pour son premier vol à l'extérieur. Le ballon était gonflé à bloc et dansait doucement au-dessus de nos têtes, comme s'il voulait qu'on le détache pour qu'il puisse flotter dans les airs en toute liberté.

— Tu es revenue! s'exclama Matilda.

Elle s'approcha et me serra dans ses bras.

— Yipes nous a beaucoup aidés, me dit-elle. Il a grimpé et descendu toutes les cordes de la montgolfière pour s'assurer qu'elle était prête.

— Et moi? cria Marco, debout sur l'une des plateformes en

haut.

Matilda roula les yeux et me souffla à l'oreille :

— À vrai dire, il en a fait beaucoup.

J'appris que c'était Marco, et non Yipes, qui avait transporté presque toute la mousse de l'extérieur jusque dans la grotte. Sir Alistair lui avait montré comment en raser la surface intérieure, comment la faire cuire au four dans un contenant spécial, et comment la passer au crible pour obtenir une poussière verte.

M'approchant de la nacelle, j'y aperçus trois bocaux remplis de cette poussière.

— Jusqu'où pourrons-nous aller avec ça? demandai-je.

— Je n'en suis pas certain, répondit Sir Alistair. Tant qu'elle ne volera pas, nous ne saurons pas combien de poussière il faut pour la maintenir dans les airs.

Tout à coup, je me dis qu'il était grand temps que nous donnions un nom à notre montgolfière.

— Roland aimait beaucoup le *Phare de Warwick*, dis-je. Je crois que le nom rendait son bateau plus réel.

— Je suis tout à fait d'accord, dit Yipes en levant les yeux vers le ballon qui bougeait doucement. Mais quel nom lui donner?

Yipes, Matilda et moi commençâmes à examiner les étranges ailes sur les côtés de la nacelle, les gouvernails à l'arrière, les nombreuses lianes qui s'élevaient jusqu'au plafond de la grotte qui retenait le ballon rond. Sir Alistair, lui, regardait à l'extérieur, dans le ciel sombre du soir. Ce fut lui qui prononça le nom, comme s'il l'avait choisi depuis bien longtemps, par une soirée semblable à celle-ci.

— *Cassiopée*, murmura-t-il.

Nous répétâmes tous le nom. Il était parfait.

Sir Alistair promena un regard affectueux sur *Cassiopée*, puis déclara que la nuit allait bientôt tomber.

— J'ai choisi l'équipage qui effectuera le premier vol, nous annonça-t-il. Il sera composé de trois personnes.

Sir Alistair réservait son ton autoritaire pour les grandes occasions, et c'était la première fois que je le voyais aussi sûr de ce qu'il allait dire. Lorsqu'il réalisait une invention, semblait-il, il voulait qu'elle soit utilisée à sa manière ou pas du tout. J'étais déterminée à ne pas protester, même si, par un misérable coup du sort, le prénom de Marco était prononcé.

— Alexa, tu seras aux commandes de *Cassiopée*, et tu t'occuperas de la guider. Elle a été fabriquée pour toi, tout comme le *Phare de Warwick* a été fabriqué pour ton oncle Roland. Toi seule dois guider cette montgolfière. J'ai l'impression qu'elle exigera de la douceur et un certain instinct du vol, et je crois que tu possèdes les deux. Cet appareil t'appartient, Alexa, avec ma bénédiction. Je suis ravi que les circonstances te permettent d'avoir l'équipage dont tu auras besoin pour en tirer le plus d'avantages possible.

Je rayonnais à l'idée de piloter *Cassiopée*. Déjà, je la considérais moins comme une machine que comme un prolongement de moi-même.

— Et toi… continua Sir Alistair, posant son regard perçant sur Yipes. Tu es un cadeau d'Élyon, s'il en est un. C'est à toi que revient le poste de second pour ce premier voyage, et pour les nombreux autres qui suivront, je l'espère. Le vol entraînera sans doute bon nombre de complications. Des lianes s'useront ou se détacheront, des oiseaux perceront le ballon, il faudra laisser tomber l'ancre dans des endroits inattendus, et tant d'autres choses encore. Il y aura des moments où *Cassiopée* semblera n'en faire qu'à sa tête et où il faudra l'apprivoiser. Toi seul possèdes l'instinct et l'agilité qu'il faut pour aider à la diriger.

Yipes enleva son chapeau, ce qu'il ne faisait pas souvent, et s'inclina devant Sir Alistair. Puis il lui tendit la main. Sir Alistair semblait ne pas savoir quoi en faire.

— De rien! dit-il, espérant que cela suffirait.

Mais Yipes ne se laissa pas décourager. Il empoigna la main de Sir Alistair et la secoua énergiquement, comme il aimait tant le faire.

— Vous pouvez compter sur moi.

— Je n'en doute pas, dit Sir Alistair.

Mais Yipes continuait à lui secouer la main.

— Est-ce que je pourrais ravoir ma main? demanda Sir Alistair.

— Certainement! répondit Yipes, qui lâcha prise et bondit sur le rebord de la nacelle sans aucune aide, s'affairant déjà à vérifier les cordes.

— Marco, dit Sir Alistair.

Mon cœur se serra à l'idée que Marco, et non Matilda, serait du voyage. Je faillis protester en entendant son nom.

Sir Alistair s'arrêta net, regarda à l'extérieur, et constata que le soleil était sur le point de disparaître à l'horizon.

— Marco, continua-t-il, répétant le prénom que je ne voulais pas entendre, crois-tu que tu pourrais manœuvrer les ailes et les gouvernails?

— Quoi? hurlai-je.

La déception avait finalement eu raison de moi.

— Et Matilda alors? Pourquoi ne peut-elle pas manœuvrer les ailes?

Sir Alistair n'était pas obligé de me répondre. Il aurait pu me fixer de ses yeux perçants et me remettre à ma place. C'était lui qui avait fabriqué *Cassiopée* et il pouvait en faire ce qu'il voulait. Il savait ce qu'il fallait faire. Et pourtant, il savait sûrement que j'allais protester. Peut-être même savait-il que, pour mieux commander mon propre appareil, j'avais besoin d'apprendre à faire confiance aux gens et aux choses dont je me méfiais.

— Alexa... commença-t-il.

Et de sa voix douce et menue, il m'expliqua que le maniement des ailes et des gouvernails nécessitait de l'endurance et une grande force. Nous aurions tous, grands et petits, un rôle à jouer – du moins, c'était ce qu'il disait –, et cette tâche en particulier devait être confiée à quelqu'un qui pourrait faire tourner les gouvernails et actionner les commandes avec vitesse et précision.

— Mais je ne lui fais pas confiance. Il a déjà essayé de me tuer!

— C'est faux! s'écria Marco.

Le regard de Sir Alistair se posa tour à tour sur Marco et sur moi. Je n'aurais pas pu dire s'il me croyait ou non.

— Vous allez devoir régler ça entre vous. J'ai choisi Marco, un point c'est tout.

Sir Alistair se pencha et souleva Midnight, qui s'était collée contre sa jambe en ronronnant.

— Et toi, es-tu prête pour ton premier vol?

— J'attends depuis presque aussi longtemps que vous, miaula Midnight. Je suis plus que prête.

Je n'en croyais pas mes oreilles. La moitié de mon équipage était composée de gens ou d'animaux auxquels je ne faisais pas confiance.

—Vous plaisantez, dis-je. Pourquoi avons-nous besoin d'un chat à bord?

— Parce que les bêtes perçoivent le danger autrement que nous, les humains. Elles t'avertiront si le temps est sur le point de changer.

— Comment ça, *elles?* demandai-je, redoutant sa réponse.

— Nimbus ira aussi. Elle est particulièrement douée pour flairer le mauvais temps.

— Et Matilda? Je veux qu'elle vienne aussi.

Je croyais avoir mérité au moins le droit d'emmener quelqu'un que j'aimais bien.

— J'ai besoin de Matilda ici. Elle m'aidera à détacher la montgolfière et à vous guider vers l'intérieur à votre retour. Son rôle est tout aussi important que celui des autres.

J'aurais voulu que mon amie nous accompagne, mais Matilda sourit faiblement et me dit de ne pas m'en faire, qu'elle serait là pour me ramener dans la grotte sans encombre. J'étais à court d'arguments. Le soleil s'était finalement couché. La nuit était tombée sur le royaume des Cinq Piliers, et le moment du premier vol était enfin arrivé. Marco et Yipes allumèrent des lanternes tout autour de l'entrée et un peu partout dans la grotte, et une lueur fantomatique envahit la pièce tandis que je regardais le ciel se consteller d'étoiles.

Nous passâmes les quelques minutes qui suivirent à revoir les commandes, avec lesquelles Marco s'était visiblement familiarisé durant mon absence. C'était exaspérant de voir qu'il connaissait *Cassiopée* mieux que moi. Sir Alistair nous conduisit tous à nos postes. Il y avait un siège pivotant à l'endroit où je devais m'asseoir, et ce serait à moi d'ajouter de la poudre verte dans le tuyau quand je le jugerais nécessaire. Marco, lui, avait un siège bizarre grâce auquel il allait pouvoir faire tourner les ventilateurs avec ses pieds, tout en tenant, avec ses mains, les manettes qui commandaient les ailes sur les côtés de la nacelle, et les gouvernails à l'arrière.

Yipes, quant à lui, n'avait pas de siège. Il était censé être constamment en mouvement. Il lui faudrait étudier les vents, grimper et descendre les cordes, et garder un œil sur tout durant le vol. Il allait aussi s'occuper de l'ancre, qui pendait au bout d'une longue corde. De temps à autre, il lui faudrait également grimper à d'autres cordes qui partaient du sommet du ballon et tombaient de chaque côté de la nacelle. Nimbus et Midnight allaient se poster dans les coins de la nacelle où, assises tranquillement, elles observeraient tout ce qui se passait.

— Est-ce que tout le monde est prêt? demanda Sir Alistair. Vous ne devez faire aucun bruit une fois dehors. Et surtout, ne volez pas trop longtemps. Nous voulons seulement tester la montgolfière et la ramener rapidement. Si tout se passe comme je l'ai prévu, le vrai vol aura lieu demain, à l'aube.

— J'ai bien l'impression que le quatrième pilier ne résistera pas jusqu'à demain, dis-je, songeant à ce qu'Abaddon avait déclaré sur le chemin du retour. Nous devrions être prêts dès le point du jour, au cas où.

— Le but de ce vol est de manœuvrer *Cassiopée*, de vous habituer à sa façon de voler et de déterminer la quantité de poudre qui sera nécessaire pour qu'elle reste dans les airs sans descendre trop près de la mer.

Sir Alistair prit une poignée de mousse sèche et la frotta entre ses mains jusqu'à ce qu'elle soit réduite en poussière. Puis il se dirigea vers le garde-fou qui avait été placé devant l'ouverture sur l'extérieur. Il y avait un endroit tout au bord du trou où une plateforme avançait en saillie au-dessus de l'eau. Elle était bordée, elle aussi, d'un garde-fou, mais elle n'avait pas l'air solide du tout. Je n'avais vu personne l'utiliser jusque-là, mais Sir Alistair s'y aventura sans hésitation. Mon sang ne fit qu'un tour, car on aurait dit qu'il flottait dans les airs. Sir Alistair lança la poussière de mousse dans les airs et l'observa. Le vent l'emporta légèrement vers la droite.

— Le vent est faible, mais il tentera de vous pousser vers le sud. Ne le laissez pas vous entraîner trop loin, ou vous aurez du mal à revenir. Marco, tu devras peut-être pédaler fort contre le courant d'air afin de garder *Cassiopée* dans une position stable.

— Pas de problème, dit Marco.

Il était si sûr de lui que je souhaitais presque que nous dérivions loin vers le sud rien que pour le voir échouer.

Sir Alistair promena son regard une dernière fois sur sa merveilleuse invention, puis se tourna vers Yipes.

— Est-ce que tout est fin prêt?

— Encore un moment pour une dernière inspection, s'il vous plaît, répondit Yipes.

Il fixa Marco et les chattes, évaluant leurs positions. Puis, se déplaçant sur le rebord de la nacelle, il tira sur quelques cordes et cogna sur le bois. Quand il eut enfin fait le tour, il me considéra de la tête aux pieds d'un œil attentif.

— Je crois qu'elle est parée, monsieur!

Je n'étais pas certaine s'il parlait de moi ou de *Cassiopée*.

— Dans ce cas, à ton commandement, Alexa, dit Sir Alistair.

Il avait l'air lointain, comme s'il avait attendu ce moment depuis longtemps et qu'il avait rêvé de ce qui pourrait arriver ensuite.

Tout reposait entre mes mains maintenant. Je m'assis sur le siège qui m'était destiné, regardai dehors vers le ciel, et donnai l'ordre.

— Détachez les amarres!

CHAPITRE 19
PREMIER VOL

Cassiopée était déjà bien gonflée d'air chaud et elle tirait sur les cordes comme si elle avait écouté secrètement notre conversation. J'avais l'impression qu'elle était plus qu'un simple truc volant, qu'elle possédait sa propre conscience et un esprit qui voulait voler librement dans le vent. Elle était restée immobile beaucoup trop longtemps, comme cet ours enchaîné, dans l'histoire que Roland m'avait racontée sur la mer Solitaire.

Matilda et Sir Alistair décrochèrent les cordes fixées au sol dans deux coins opposés. Trois autres cordes retenaient toujours *Cassiopée* dans la grotte. En plus de celles qui étaient fixées dans les deux autres coins, il y en avait une plus longue reliée à un système complexe de poulies; cette dernière allait nous tenir en laisse pendant que nous sortions.

— Prends celle-là, dit Sir Alistair à Matilda en lui désignant l'une des deux cordes d'arrimage qui restaient. Mais ne la serre pas trop fort. Si *Cassiopée* décolle, la corde te brûlera les mains.

Matilda hocha la tête et défit le nœud autour d'un petit anneau dans le plancher de roc. Sir Alistair l'imita et, quand il fut certain que la montgolfière n'était plus retenue que par la corde reliée à la poulie, il me fit un signe de la tête.

— Mets les ventilateurs en marche, dis-je à Marco.

Celui-ci se mit à pédaler, tenant fermement les barres qui

commandaient les gouvernails. Aussitôt, *Cassiopée* fit un bond en avant, et sa nacelle se balança d'avant en arrière. Elle voulait vraiment voler!

— Ralentis, dis-je. C'est un peu vite.

Pour la première fois depuis que j'avais fait sa connaissance, non seulement Marco obéissait à mes ordres, mais il paraissait sincèrement heureux que quelqu'un d'autre dirige ce qui pouvait se révéler une opération très dangereuse. Il fit ralentir les ventilateurs, guettant un signe de ma part qui lui indiquerait qu'il avait trouvé la bonne cadence.

— Un peu à gauche, dis-je.

Marco poussa doucement la barre qui actionnait le gouvernail de gauche et ralentit le mouvement de ses pieds. *Cassiopée* se stabilisa, bien droite. Marco laissa échapper un petit rire nerveux en voyant le résultat de ses efforts.

— Vous feriez mieux de nous laisser partir, dis-je à Sir Alistair. Elle est prête à s'envoler.

Sir Alistair et Matilda lâchèrent aussitôt les cordes, ce qui ne laissait plus que celle du milieu. La nacelle quitta maladroitement le sol, et les chattes enfoncèrent leurs griffes dans le bois pour ne pas glisser sur le plancher. Dans un coin, Yipes tournoya autour d'une corde qui s'élevait jusqu'au ballon, puis s'installa sur le rebord. Nous avions quitté le sol et nous dirigions vers l'ouverture qui donnait sur la mer Solitaire. Le calme et l'euphorie que je ressentais s'équilibraient parfaitement, pour la première fois depuis le début de mes aventures. Je sus alors que je ferais tout pour passer le reste de ma vie à piloter *Cassiopée*.

— Plus vite! criai-je. Fais-nous sortir!

Marco fit tourner les ventilateurs plus vite et ajusta les gouvernails de façon à nous diriger droit vers l'ouverture géante.

— C'est parfait, Marco, dis-je, sentant que la corde sur la poulie nous laissait sortir graduellement.

J'étais contente de savoir que cette corde nous tenait solidement, et qu'elle nous ramènerait à l'intérieur, une fois que nous aurions eu la chance de nous familiariser avec les commandes et de voir comment *Cassiopée* réagissait à mes ordres.

— Continuez à nous laisser sortir lentement, criai-je à Sir Alistair en bas.

Nous étions déjà à trois mètres du sol, et Sir Alistair manœuvrait la poulie pour nous faire sortir en douceur. Il était évident que nous n'aurions pas besoin de poudre pendant un moment, et que *Cassiopée* volerait magnifiquement sans qu'on ait besoin de l'alimenter beaucoup. C'était une bonne nouvelle.

Notre position était parfaite lorsque nous nous approchâmes de l'ouverture; il y avait assez d'espace de tous les côtés pour que nous puissions glisser doucement à l'extérieur. Dès que nous sortîmes de la grotte, je sentis le vent doux nous faire dériver vers la droite. On aurait dit que *Cassiopée* savait qu'elle venait d'émerger d'un long sommeil, car elle tira plus fort sur la corde qui nous retenait encore. Je me retournai pour jeter un coup d'œil vers la grotte éclairée par les lanternes, et je vis Sir Alistair me signifier d'un hochement de tête que la corde et la poulie tenaient bien le coup.

J'entendis un bruit d'éclaboussures en bas et me penchai au-dessus du rebord.

— Regardez! s'écria Yipes.

Marco était assis et ne pouvait pas quitter son poste, mais Yipes et moi vîmes qu'une volée de roches vertes s'abattait sur la base du quatrième pilier. Phylo et son équipe bombardaient Abaddon d'innombrables pierres vertes et luisantes. Vu de notre poste d'observation, le spectacle était grandiose. On aurait dit une pluie ininterrompue d'étoiles filantes à la longue queue chatoyante.

— Ils n'y vont pas de main morte, dit Yipes.

Mais je savais qu'Abaddon ne remonterait à la surface que lorsqu'il le déciderait. Il attendait sous l'eau, se préparant à l'assaut final, au moment de son choix. Je ne m'attendais pas à le voir apparaître, c'est pourquoi je fus si surprise lorsque sa voix résonna dans ma tête.

Tu as été une bonne servante. Maintenant, coupe la corde.

— Qu'est-ce qu'il dit? demandai-je.

Marco, Yipes, et même les chattes... Tous me regardaient, à la faible lumière des étoiles, comme si j'avais perdu la tête.

— Qui ça, il? demanda Marco.

L'ordre fut lancé de nouveau.

C'est ça! Coupe la corde! Laisse le vent les emporter dans la mer Solitaire!

Que voulait donc dire Abaddon? J'envisageai tous les scénarios dans ma tête et essayai d'imaginer ce que cela signifiait. Couper la corde? Il n'y avait qu'une corde, celle qui était reliée à la poulie et contrôlée par Sir Alistair. Il n'y avait qu'une seule autre personne qui...

— NON! criai-je. Ne fais pas ça, Matilda!

En me tournant vers la grotte, je vis que Matilda s'était emparée d'un couteau et qu'elle tranchait, d'un geste rapide et énergique, la corde qui nous retenait. Sir Alistair gisait sur le sol. Qu'est-ce qu'elle lui avait fait?

— Matilda, non! Ne l'écoute pas!

Elle leva les yeux, et je pus voir, même de loin, qu'elle était en transe et n'était plus consciente de ses actes. Je repensai au rase-mottes de nuit et à mon glisseur brisé. Matilda était-elle la cause de mon accident? Et lors du premier atterrissage sur le quatrième pilier – celui qui s'était mal déroulé –, avait-elle tenté de se débarrasser de moi? Je me rappelai qu'elle avait secoué la tête comme pour chasser un mauvais esprit. Qu'est-ce qu'Abaddon lui avait dit, déjà? *Le chemin vers hier n'est pas pour toi. Elle t'a emmenée dans un endroit où tu n'aurais pas dû aller. Mais ne t'inquiète pas, elle ne sera plus avec toi très longtemps!*

Elle entendait la voix d'Abaddon depuis le début.

— Tu n'as pas à faire ce qu'il te dit, criai-je. Tu peux le combattre!

Mais Matilda ne pouvait pas m'entendre. Elle continua à couper la corde.

— Grump! Arrête-la! hurla Yipes.

Nous vîmes Grump avancer vers Matilda dans la lumière vacillante de la grotte, mais il était trop tard.

Au revoir, Alexa Daley. Dommage que tu ne puisses pas être là demain matin et voir ce que je vais faire de cet endroit. Mais tu seras déjà partie depuis longtemps.

La corde se brisa en deux et vola dans les airs. *Cassiopée*, sentant qu'elle était libre, se mit à monter rapidement, nous emmenant vers le large à une vitesse alarmante.

— Qu'est-ce qu'on fait maintenant? miaula Midnight, avec ce calme exaspérant dont font preuve les chats, comme s'ils avaient réellement neuf vies et pouvaient se permettre d'en gaspiller une.

Il n'y avait pas que Midnight qui s'était tournée vers moi pour recevoir des instructions. Tout l'équipage – Yipes, Nimbus, Midnight et Marco – me fixait. J'étais la capitaine de *Cassiopée*, un poste spécialement créé pour faire face à des situations comme celles-ci. Et pourtant, je n'avais aucune idée de ce qu'il fallait faire. Mon amie était sous l'emprise de l'ennemi, le sort de Sir Alistair demeurait incertain, et nous dérivions vers le large dans une machine que je ne savais pas piloter.

Parfois les situations les plus périlleuses ont le don de m'éclaircir les idées. En voyant ce qui se dressait devant nous, je regagnai tous mes moyens.

— Le cinquième pilier! hurlai-je.

Tous mes compagnons se retournèrent et réalisèrent du même coup que nous nous dirigions tout droit vers la paroi accidentée du plus grand des piliers. Si nous ne changions pas rapidement de cap, le ballon donnerait contre le roc escarpé et serait éventré. Ce serait la fin de *Cassiopée* et de nous tous.

— À fond à droite, Marco! Pédale de toutes tes forces!

Marco passa à l'action, tirant fort pour abaisser le gouvernail de droite, et pédalant si vite que ses pieds ne formaient plus qu'une image floue. Nous virâmes et, aussitôt, les ailes furent secouées par une forte brise, battant comme si elles allaient se briser en mille morceaux.

— Faisons monter un peu plus d'air chaud dans ce ballon, dis-je à Yipes.

Il avait appris à ajuster le débit d'air chaud provenant du tuyau. Il s'élança vers les commandes et se mit à tourner une version plus petite de la roue qui se trouvait autrefois à la barre du *Phare de Warwick*. Le bruit de la vapeur libérée emplit la nacelle, et l'air chaud monta en flèche dans le ballon.

— Plus vite, Marco! criai-je.

Nous étions toujours sur une trajectoire de collision avec le cinquième pilier, à une trentaine de mètres devant nous. L'aile serait la première chose que nous perdrions lorsqu'elle s'écraserait contre le mur de roc. Yipes saisit une longue perche munie d'une tête en bois ronde à chaque extrémité, et grimpa à l'une des cordes fixées au ballon.

— À quoi ça sert? demandai-je, mais Yipes montait si vite que je n'étais pas certaine qu'il m'avait entendue.

— C'est pour éloigner le ballon des obstacles, miaula Nimbus. D'un pilier, par exemple.

— Nous allons trop vite pour qu'elle lui soit d'une quelconque utilité! lança Marco. Il va se blesser là-haut!

— Continue à pédaler et tourne un peu plus à droite.

J'essayais de faire en sorte que *Cassiopée* se déplace en diagonale, ce qui nous permettrait d'éviter le cinquième pilier. De cette façon, nous pourrions nous en éloigner tout en luttant contre le vent qui nous repoussait. C'était comme ramer à contre-courant, mais si nous pouvions nous maintenir assez longtemps dans cette direction, nous dériverions peut-être vers le côté du pilier et l'éviterions de justesse.

— Je commence à être fatigué, souffla Marco. Je ne suis pas sûr de pouvoir tenir la cadence encore longtemps.

— Nous avons presque dépassé le pilier. Tiens bon! criai-je.

Dans la faible lumière des étoiles et des roches vertes

volantes, le cinquième pilier était une masse noire qui menaçait de mettre fin brutalement au premier vol de *Cassiopée* et de la détruire. D'où j'étais assise, je ne pouvais pas voir Yipes; il avait grimpé sur le côté du ballon et je n'avais aucun moyen de savoir où il était rendu.

— C'est ça, Marco, tu vas y arriver! hurlai-je. Encore à fond à droite, et je crois que nous allons réussir.

Marco haletait, mais il continua à pédaler à la même cadence, tout en tirant d'un coup sec sur la commande du gouvernail. Nous passâmes juste devant la paroi du cinquième pilier. Le ballon et les ailes dépassaient le côté de la nacelle d'au moins six mètres, et j'étais certaine que nous ne réussirions pas à les éloigner suffisamment du pilier. C'était le ballon qui le toucherait en premier – et encore, à peine –, mais ce serait suffisant pour qu'il se fende au contact des rochers pointus qui parsemaient la falaise escarpée.

— Rentre les ailes! Maintenant! ordonnai-je.

Marco lâcha les commandes des gouvernails et glissa les mains sous les côtés de son siège, puis il tira de toutes ses forces sur deux poignées en bois. Les ailes se rabattirent lentement contre la nacelle, ne laissant que le ballon à la merci du pilier.

J'attendis, certaine d'avoir manqué à mes devoirs envers l'équipage en ne prenant pas les décisions au bon moment, mais aucun bruit de déchirure ne se fit entendre. En fait, nous dérivâmes vers la droite, et continuâmes notre route le long de l'autre versant du pilier. Pour l'instant, nous étions hors de danger.

Dans un moment de pure excitation, je saisis Marco par les

épaules et le secouai, riant et le félicitant de son succès.

Yipes arriva après s'être laissé glisser sur l'une des cordes, la perche enfouie sous son bras.

— Il s'en est fallu de peu, dit-il. Mais cette chose fonctionne vraiment bien. Sir Alistair a pensé à tout. La perche... Elle pousse la paroi du ballon vers l'intérieur tout en l'éloignant du danger. C'est simple, mais brillant.

— Bien joué, Yipes, le félicita Marco, qui tentait de reprendre son souffle.

— Bien joué, toi aussi! lança Yipes.

Il s'approcha de Marco et lui tendit sa main minuscule.

— Je me suis mépris à ton sujet. Excuse-moi de t'avoir accusé sans aucune preuve.

— J'accepte tes excuses, dit Marco.

Puis il se tourna vers moi, s'attendant au même discours de ma part. Je dus reconnaître qu'il s'était racheté. Nous l'avions jugé assez durement, alors qu'il n'avait rien eu à voir avec ce qui s'était passé. Abaddon était parvenu à nous monter contre Marco... et à monter Matilda contre nous. C'était Abaddon que j'aurais dû tenter de déchiffrer depuis le début.

— Je suis désolée de m'être montrée aussi méfiante... de ne pas t'avoir donné de chance, dis-je. Maintenant, il nous faut un moyen de faire revenir *Cassiopée* à son point de départ. Nous devons aller chercher Sir Alistair, Grump et Matilda.

— Pourquoi aller chercher Matilda? demanda Marco.

— Ce n'est pas elle qui pose ces gestes horribles. C'est le monstre. Je peux arranger ça.

Yipes s'approcha de moi, les yeux à la fois tristes et pleins d'espoir.

— Je crois que j'aimerais…

Yipes s'arrêta net, hésitant à continuer. De toute évidence, il aimait beaucoup Matilda.

— Il faut lui faire reprendre ses esprits.

Je hochai la tête.

— Est-ce que tout le monde croit pouvoir manœuvrer *Cassiopée*? demandai-je.

Tous, même les chattes, répondirent sans aucune hésitation qu'ils pouvaient effectivement apprivoiser cette gigantesque machine volante.

— Ramenons *Cassiopée* en contournant le cinquième pilier. Le vent tombe, et nous pourrons revenir par l'autre côté.

Nous portâmes sur la carte notre trajet vers le quatrième pilier. Nous espérions pouvoir poser *Cassiopée* sans incident, arracher Matilda aux griffes d'Abaddon et revenir dans le ciel avant l'aube.

Mais nous commencions à manquer de temps…

CHAPITRE 20
L'ÉCAILLE DU MONSTRE

Il nous fallut plus de temps que je l'avais prévu pour faire le tour du cinquième pilier et contrôler les mouvements de *Cassiopée*. Elle se rebiffait et bondissait comme un étalon sauvage qui avait besoin d'être apprivoisé. On aurait dit qu'elle savait où elle voulait aller et refusait de nous écouter. Mais Marco et Yipes formaient une équipe de plus en plus habile. Ils avaient appris à maîtriser *Cassiopée* – pour mieux exploiter sa puissance et sa volonté –, et à nous maintenir dans la bonne direction.

Sous le rebord en bois, il y avait une rangée de petites lanternes à la lumière desquelles je me mis à étudier les cartes, et les vents qui allaient souffler pendant les jours et les semaines à venir. Je songeais déjà à la façon dont je m'y prendrais pour réussir la traversée de la mer Solitaire, à bord d'une *Cassiopée* remplie d'enfants en route vers la contrée d'Élyon. Et si je m'écrasais ou manquais de poudre combustible? Qu'arriverait-il alors? À la pensée que tant de gens dépendraient de moi, je me demandai s'il était vraiment sage d'entreprendre un aussi long voyage. Je n'étais même pas certaine de pouvoir faire atterrir *Cassiopée*, et encore moins de pouvoir la piloter pendant des semaines et des semaines au-dessus de la mer.

— Quelle heure est-il, à votre avis? demanda Marco.

Il pédalait sans arrêt depuis plus d'une heure pour actionner les ventilateurs, pendant que nous contournions le cinquième pilier. Il était déjà tard quand nous avions quitté la grotte, environ 22 h 30, car les journées étaient longues sur la mer Solitaire, en plein été. Le soleil allait poindre à l'est peu après quatre heures.

— Il pourrait être minuit, quoique je ne pense pas qu'il soit déjà si tard, répondis-je.

— S'il est près de minuit, il ne nous reste plus que quatre heures pour évacuer le quatrième pilier, déclara Yipes.

Nous approchions enfin de la gigantesque ouverture de la grotte et de ses nombreuses lanternes flamboyantes. Abaddon ne s'était pas manifesté depuis un bon moment. Peut-être se reposait-il avant l'assaut final contre les Cinq Piliers au lever du soleil et rêvait-il de notre mort.

— Il faudra agir vite après l'atterrissage, dis-je.

Je confiai une série de tâches à chacun, y compris aux chattes (elles allaient faire monter Grump dans la nacelle).

— Ralentis, Marco, dis-je.

Ce dernier cessa de pédaler pendant une seconde seulement, puis il se mit à pédaler lentement à reculons, ce qui eut pour effet de faire osciller fortement le ballon au-dessus de nos têtes.

— Un tout petit peu d'air, s'il te plaît, dis-je à Yipes.

C'était un moment important. L'ouverture de la grotte était immense, mais *Cassiopée* l'était aussi. Nous approchions lentement et en ligne droite, grâce à l'excellent travail de Marco aux commandes des gouvernails, des ailes et des pédales, mais nous nous trouvions encore un peu trop bas. Il nous faudrait remonter légèrement pour pouvoir atterrir.

— Rentre les ailes.

À mon commandement, Marco déplaça habilement ses mains tandis que Yipes tirait doucement sur l'un des manches de bois qui contrôlait l'ouverture du tuyau. Il l'entrouvrit, puis le referma aussitôt. *Cassiopée* s'éleva un tout petit peu. Les ailes se rabattirent. Soudain, Yipes saisit l'une des cordes d'arrimage et sauta hors de la nacelle, dans le vide. Je faillis crier son nom, mais je savais que je devais rester silencieuse durant notre approche. Il ne fallait surtout pas réveiller le géant endormi en bas. Sans compter que nous ignorions dans quelles dispositions serait Matilda.

Yipes, qui se balançait vers le bord de l'ouverture, dut lever les jambes pour ne pas percuter le pilier. Quelques instants plus tard, il était sain et sauf à l'intérieur et tirait la corde vers la poulie qui l'avait retenue plus tôt.

Promenant mon regard dans la grotte, je constatai que Sir Alistair ne gisait plus sur le sol. Ni lui ni Matilda n'étaient en vue. Quant à Grump, il semblait endormi près de la poulie.

Yipes rattacha la corde au dispositif et commença à tourner la manivelle pour nous ramener doucement à l'intérieur.

— Soyez prudentes, dis-je en laissant sortir les chattes.

Marco glissa le long d'une corde et entreprit de nous amarrer, tandis que les chattes se promenaient furtivement aux alentours, à la recherche de Sir Alistair et de Matilda.

— Où sont-ils passés? demanda Midnight.

— Je ne sais pas, répondit Nimbus.

Les deux chattes se dirigèrent ensuite vers Grump pour lui poser la question, pendant que je sautais de Cassiopée, regardant prudemment autour de moi.

— Beau travail, Yipes, dit Marco en se laissant tomber sur le sol, épuisé par l'effort qu'il avait fourni en pédalant et en actionnant les gouvernails.

— Toi aussi, dit Yipes.

La bonne entente régnait entre les membres de mon équipage, mais ce n'était pas le moment d'échanger des politesses.

— Il nous reste plusieurs choses à régler, dis-je. Mais d'abord, il faut trouver Matilda et Sir Alistair.

Marco se releva sans hésitation. Yipes et lui devaient charger la nourriture, l'eau potable, la poudre combustible et l'eau salée à bord de la nacelle. Ensuite, il leur faudrait vérifier les gouvernails, les commandes, les ailes et les cordes. Nous avions réussi à maîtriser *Cassiopée*, mais un très long voyage nous attendait. Nous devions trouver Matilda et Sir Alistair le plus vite possible, car il ne restait plus que quelques heures avant l'aube.

— Par ici, ronronna Midnight de sa voix la plus basse.

Elle s'était enroulée autour de ma jambe et regardait l'imposante reproduction de la maison Wakefield.

— Grump nous a dit où ils étaient.

Juste devant la maison Wakefield, Sir Alistair et Matilda étaient assis à une table sur laquelle était posée une lanterne. Sir Alistair était ligoté à sa chaise, la tête penchée en avant. Matilda nous regarda approcher, les yeux plus endormis qu'éveillés.

— N'avancez pas trop, nous avertit Nimbus. Elle est encore indécise.

Nimbus avait un sens du danger qui était différent du mien, et je me rendis compte soudain que j'en étais venue à leur faire confiance, à elle et à Midnight. Lorsque nous ne fûmes plus qu'à quelques pas de la table où elle était assise, Matilda parla.

— Il ne nous laissera pas partir.

Je m'arrêtai net au son de sa voix. Elle semblait si fatiguée et triste.

— Tu n'en sais rien, dis-je.

Matilda fixait, sans le voir, le couteau qu'elle tenait à la main. Sir Alistair était toujours silencieux et immobile.

— Il est arrivé quelque chose l'autre jour, mais je ne pouvais pas t'en parler, reprit Matilda. C'était le matin de ton arrivée.

Elle frissonna doucement. Elle était petite, mais je savais qu'elle était incroyablement forte et adroite. Si elle décidait de mettre un terme à la vie de Sir Alistair, elle pourrait le faire sans que nous puissions l'en empêcher.

— Continue à parler, murmurai-je. Reste avec nous pendant qu'Abaddon dort.

Le son de ma voix sembla l'apaiser et mon propre chuchotement lui donna l'idée, je ne sais trop pourquoi, de chuchoter à son tour en adoptant un ton enfantin.

— Je t'ai vu… debout au sommet du plus haut mât, avec l'eau en arrière-plan.

Yipes et moi échangeâmes un regard, et j'articulai en silence : *C'est de toi qu'elle parle.*

— Et j'ai vu ce que tu ne voyais pas. Derrière… un redoutable bras de métal et de feu qui s'élevait. Il n'y avait pas moyen de l'éviter.

Matilda leva alors les yeux vers Yipes; c'était la première fois qu'elle détachait son regard du couteau.

— J'ai touché l'eau en bas, puis lorsque je suis remontée, nous nous sommes touchés, toi et moi. Tu te rappelles?

— Oui, je me rappelle, répondit Yipes. Et tu m'as soulevé. Ta force m'a surpris.

— Tu n'es pas très lourd, murmura Matilda.

Elle parlait à la légère de son acte de bravoure. C'était bon signe. Cela signifiait probablement qu'Abaddon dormait réellement en bas ou, du moins, qu'il ne prêtait guère attention à Matilda. Peut-être qu'il en avait déjà fini avec elle, se disant que, de toute façon, elle était condamnée à périr à l'aube et qu'elle ne lui serait plus d'aucune utilité.

— Que s'est-il passé ensuite? demanda Yipes.

Il avançait très lentement vers elle.

— Il m'a touchée, souffla Matilda. Il voulait nous laisser partir, dans son propre intérêt. Il aurait pu nous attraper dans les airs. Mais il m'a seulement touchée. Puis on nous a remontés le long de la paroi du pilier, hors de sa portée.

— Montre-moi l'endroit où il t'a touchée, dit Yipes.

Il approcha assez près pour qu'elle puisse l'attaquer avec le couteau, puis tendit la main vers elle.

Matilda hésita, et une lueur sauvage brilla dans ses yeux l'espace d'un instant. Puis elle se mit à pleurer doucement.

— Je ne peux pas... souffla-t-elle. Je ne peux pas te le montrer.

Les larmes roulaient sur le visage de Matilda tandis qu'elle regardait celui qu'elle aimait manifestement. Elle avait trouvé en Yipes un compagnon – ils le savaient tous les deux depuis l'instant où leurs regards s'étaient croisés –, et pourtant, elle ne parvenait pas à dominer les forces du mal qui la contrôlaient.

C'est alors que Yipes fit mine de s'emparer de l'arme. Matilda se leva précipitamment et lui donna un coup de couteau, entaillant profondément le revers de sa main. Elle cria qu'elle était désolée et, pendant un instant, elle sembla redevenue elle-même. Yipes ne parut pas accorder d'importance au fait que sa main saignait. Il ne quittait pas Matilda des yeux. Tout était sombre autour de la table, sur laquelle la lanterne jetait une lueur diffuse.

— C'est à cause de moi que tout ça t'est arrivé, déclara Yipes. Je serais au fond de la mer Solitaire si tu n'avais pas risqué ta vie pour me sauver.

— Fais attention, Yipes, chuchotai-je. Ce n'est pas seulement à Matilda que tu t'adresses.

— Montre-moi, Matilda, insista Yipes sans se laisser décourager. Montre-moi où il t'a touchée.

Yipes se préoccupait davantage de l'endroit où Abaddon avait touché Matilda, que de la possibilité qu'elle l'attaque de nouveau et le blesse mortellement. Il se tenait assez près d'elle pour la toucher.

— Tu n'as pas besoin de me le dire. Hoche seulement la tête. A-t-il touché ton dos? Tes jambes? Ton cou?

Elle n'avait pas réagi jusqu'au moment où il dit « ton cou ». À ces mots, elle fit un bond en arrière et pointa le couteau vers la poitrine de Sir Alistair.

— Ne t'approche pas de moi! hurla-t-elle.

Yipes continua pourtant d'avancer. Il refusait de l'abandonner. Matilda cria :

— Je t'en prie, Yipes! Je t'en prie, recule! Ne t'approche pas davantage!

Elle était tiraillée entre la puissance de l'amour qui l'habitait et la présence maléfique qui avait envahi son esprit et son cœur. Je ne pouvais rien dire tandis qu'elle tenait le couteau tout près de Sir Alistair et que Yipes continuait d'avancer, la main sûre et déterminée.

— Montre-moi, souffla-t-il.

— Je ne peux pas, dit Matilda qui sanglotait de chagrin et de désarroi.

Elle baissa la tête, accablée par le poids de tout ce qu'elle endurait. Yipes en profita pour tendre rapidement la main et toucher les longs cheveux qui cachaient sa nuque.

— Ne m'oblige pas à faire ça, Yipes, le prévint Matilda en levant la tête et en pointant le couteau vers le ventre de Yipes.

— C'est terminé, maintenant, dit Yipes. Tu peux arrêter de te tourmenter autant.

Ce disant, il retira brusquement sa main du cou de Matilda. Celle-ci rejeta la tête en arrière et hurla de douleur, brandissant le couteau comme si elle allait frapper. Puis, tout à coup, son corps se relâcha et elle s'affala dans les bras de Yipes. Elle semblait s'être évanouie.

— Qu'est-ce que tu lui as fait?

Marco et moi lançâmes la question en même temps, tout en nous approchant pour aider Yipes à étendre Matilda sur le plancher lisse de la grotte.

Yipes retira sa main de derrière la tête de Matilda avec précaution.

— Yipes, tu l'as tuée! m'écriai-je.

Sa main était littéralement couverte de sang.

— Ne sois pas ridicule. Je ne l'ai pas tuée, voyons.

Il essuya le sang, et je réalisai à quel point je m'étais trompée : c'était sa main blessée qui ruisselait de sang.

— Voilà, le problème est réglé, déclara Yipes.

Il s'essuya le bout des doigts et montra un éclat de métal rouillé au creux de sa petite main.

— Est-ce que c'est... commençai-je.

— Une écaille du bras d'Abaddon? Je crois que oui. Pendant tout ce temps, elle était cachée derrière la magnifique chevelure de Matilda. Mais je l'ai enlevée. Tout ira bien maintenant.

— Bien joué, fit Sir Alistair.

Nous le regardâmes tous avec surprise. Il était tout à fait éveillé et de bonne humeur.

— Je commençais à en avoir assez d'être ligoté.

Je me retournai et vis que Matilda était revenue à elle.

— Yipes, dis-je.

— Quoi?

Je désignai Matilda d'un signe de tête.

— Qu'est-ce qui s'est passé? demanda-t-elle.

Elle ne regardait ni Marco ni Sir Alistair ni moi, seulement Yipes.

— Pas grand-chose, répondit Yipes, glissant en douce l'écaille d'Abaddon dans la poche de sa veste. Nous avons fait voler *Cassiopée* et avons ligoté Sir Alistair pour rire. Toi, tu as dormi.

— Dormi? Non, je me souviens... Il m'a fait...

— Tout va bien, Matilda, dis-je. Il ne te dérangera plus maintenant.

Elle se redressa et se tourna vers Sir Alistair.

— Je suis absolument horrible! s'écria-t-elle. J'ai frappé ce pauvre Sir Alistair sur la tête avec la plus grosse pierre que j'ai pu trouver. Et toi...

Elle se tourna vers moi.

— J'ai failli te tuer à plus d'une occasion, et j'ai laissé Marco porter le blâme.

Ses propos innocentaient complètement Marco. Pourtant, ce dernier ne jubilait pas et n'en faisait pas toute une histoire. Il était sincèrement heureux d'avoir trouvé sa place au sein d'une bande d'amis à qui il pouvait faire confiance.

— Vous formerez une très bonne équipe, tous les quatre, affirma Sir Alistair, se tortillant sur sa chaise malgré les cordes qui le maintenaient dans une position inconfortable. Est-ce que quelqu'un pourrait me détacher?

— Bien sûr, dit Yipes en tendant le couteau à Matilda. À toi l'honneur!

— Mais on ne peut pas me faire confiance. Je ne trouve même pas les mots pour exprimer à quel point je suis désolée...

Yipes leva sa main, celle qui avait grand besoin d'un bandage, pour empêcher Matilda de s'expliquer plus longuement.

— Tu n'as rien à te faire pardonner. Ce n'est pas toi qui as posé ces gestes. Maintenant, coupe les cordes, s'il te plaît, et retournons au travail. Il faut que nous sortions d'ici.

Matilda nous regarda tous les uns après les autres, et elle

comprit que, non seulement nous ne ressentions pas le besoin de la juger, mais que nous lui faisions aussi confiance. Au moment où elle commença à couper les liens qui retenaient Sir Alistair, un grand fracas nous parvint d'en bas, et le quatrième pilier oscilla très légèrement.

— Quelqu'un vient de se réveiller, dis-je. Nous ferions mieux de nous dépêcher.

CHAPITRE 21
L'AUBE SE LÈVE SUR LE ROYAUME DES CINQ PILIERS

— Le soleil commencera à se lever dans moins d'une heure.

Sir Alistair se tenait au bord de l'immense ouverture et contemplait l'obscurité pâlissante. Il avait perdu de son entrain à mesure que la nuit avançait, errant de-ci de-là d'un pas de plus en plus traînant.

— Croyez-vous que ce sera aussi tôt? demandai-je.

— J'en suis certain.

Il se dirigea en clopinant vers une table et consulta quelque chose qui ressemblait à une très grosse boussole. Puis il tripota une sorte de baromètre et étudia des cartes marines et géographiques déchirées.

— Nous ferions mieux de continuer nos préparatifs. Le sommeil devra attendre.

J'étais épuisée par tous ces préparatifs, ainsi que par la journée précédente, qui avait été longue, mais ce n'était pas la première fois que je mettais ma résistance à l'épreuve. Mon corps s'était habitué à ce que je devais parfois lui imposer, comme si je gardais en moi une réserve de plusieurs jours supplémentaires et que je pouvais les utiliser quand j'en avais vraiment besoin. Seulement il faudrait bien que je finisse par dormir et, lorsque cela se produirait, je dormirais d'un sommeil long et profond.

— Aide-moi à emporter tout ça à bord, Alexa, continua Sir Alistair. Vous en aurez besoin.

Sir Alistair et moi fîmes de lentes allées et venues entre ses tables jonchées de gadgets et la nacelle géante de *Cassiopée*. Tandis que nous nous affairions, il m'expliqua l'utilité de chaque objet, dont certains défiaient l'imagination. Je hochais la tête sans arrêt, m'efforçant de tout saisir. Il y avait des carnets de bord remplis de dessins que je me promis de parcourir quand j'aurais plus de temps. Il y avait aussi des outils délicats, des règles à calcul et un boulier, des rouleaux de papier jauni, une boîte en bois remplie de loupes, d'encriers, de vieux stylos, de compte-gouttes et de petites pinces à ressort.

— Nous avons chargé toute la nourriture et les contenants d'eau salée et d'eau potable, rapporta Yipes.

Il nous tenait constamment au courant de leurs progrès.

— Et ta main, comment est-elle? demandai-je. Seras-tu capable d'accomplir toutes tes tâches, une fois que nous décollerons de nouveau?

— Elle est comme neuve! répondit Yipes en nous montrant sa main blessée. Matilda l'a bien pansée.

— Comment va-t-elle? Est-elle... elle-même?

— Elle éprouve toujours un sentiment de culpabilité, mais elle va mieux. Elle s'inquiète aussi pour Ranger. C'est la première fois qu'elle le laisse aussi longtemps.

Je n'avais jamais eu d'animal de compagnie, à moins de compter Murphy. Murphy était un écureuil sauvage en quête d'aventure, mais c'était difficile de le considérer comme un animal de compagnie.

— Nous la ramènerons chez elle au matin, dit Sir Alistair. Pour l'instant, nous devons terminer tout ça et préparer le décollage. Ça ne se passera peut-être pas comme vous vous y attendez.

— Qu'est-ce que vous voulez dire? demandai-je.

— Croyez-moi. Ces choses-là ne se déroulent jamais tout à fait comme prévu.

Sir Alistair avait raison. J'avais pris part à plusieurs échauffourées depuis deux ans, et elles s'étaient toutes terminées de façon surprenante. Je me demandais comment le périple que j'allais amorcer en quittant le royaume des Cinq Piliers, se révélerait différent de ce que je prévoyais. Il valait mieux être vigilant et prêt à tout.

— Chargez ce qui reste, ordonna Sir Alistair, y compris les animaux. Moi, je vais libérer les animaux marins.

— Comment allez-vous vous y prendre? demanda Yipes.

Sir Alistair dévisagea Yipes avec curiosité, comme s'il venait de poser une question insignifiante.

— En enlevant le bouchon, bien entendu.

— Je peux vous aider? demandai-je, enthousiaste à l'idée de laisser un requin-marteau, un calmar géant et des tas d'autres créatures marines regagner leur habitat.

Yipes s'éloigna pour essayer de trouver Grump et les chattes, et pour demander à Marco où il en était avec les couvertures et les oreillers. Le problème avec une nacelle en bois, c'est que c'est dur. Les couvertures et les oreillers aideraient les enfants à mieux dormir et les garderaient au chaud si nous devions entreprendre un long voyage.

Une fois devant les aquariums, je demandai à Sir Alistair comment il avait fait entrer les poissons à l'intérieur.

— Ils sont faciles à attraper quand ils sont petits, répondit-il. Ceux-là ont tous grandi en captivité. J'espère qu'ils sauront se débrouiller dans les profondeurs de la mer Solitaire.

Il abaissa un levier à côté du premier des six réservoirs. Il y eut un bruit sec, suivi d'un gargouillis lorsque l'eau s'engagea en sifflant dans un grand trou au bas du réservoir, puis tous les poissons disparurent dans le plancher. Le mystérieux génie de Sir Alistair ne cessait de m'étonner.

— Mais où sont-ils allés?

— Ils sont descendus par le milieu du pilier jusqu'à une certaine hauteur, puis zoom! dehors et dans l'eau.

— Amusant, dis-je avec une pointe de sarcasme.

Ce ne devait pas être très agréable de tournoyer dans les airs avant de tomber dans la mer. Tous les réservoirs se vidèrent sans incident, sauf un, où une pieuvre resta collée à la paroi de verre. Ses huit tentacules s'accrochaient désespérément tandis que sa tête pendait dans le trou et que l'eau passait en trombe. Ce n'est que lorsque qu'un thon géant arriva à toute allure que les ventouses finirent par céder, et que la pieuvre disparut pour de bon.

— Plus qu'une chose à faire, dit Sir Alistair.

— Laquelle?

Nous semblions pourtant avoir chargé dans la nacelle toutes les choses importantes dont nous allions avoir besoin, et le soleil allait bientôt se lever.

— Je dois aller chercher quelques articles personnels dans ma chambre.

Je n'avais pas vu la chambre de Sir Alistair. Je ne savais même pas qu'il en avait une. Cependant, j'avais l'impression qu'il souhaitait rester seul pendant quelques minutes, et je le laissai partir vers les reproductions de la maison Wakefield et des Cinq Piliers. À ma grande surprise, il se pencha devant la porte de la maison Wakefield et disparut à l'intérieur.

— Quel homme étrange, dis-je à haute voix. Tout cet espace, et il choisit de s'installer à l'étroit.

Sir Alistair était occupé et tous nos préparatifs étaient terminés. J'en profitai pour examiner la reproduction des Cinq Piliers tout en haut. L'imposant cinquième pilier dominait tous les autres. En fait, il était si haut que son sommet se terminait dans l'obscurité, quelque part près du plafond de la grotte.

— Je me demande...

Des passerelles avaient été construites partout dans les airs. Certaines traversaient la grotte de part en part, alors que d'autres en bordaient les côtés. À la faible lueur des flambeaux qui éclairaient les murs, je vis que l'une d'elles menait tout en haut, vers un perchoir qui avait vue directement sur le dessus de la réplique du cinquième pilier. Je décidai d'utiliser le peu de temps qu'il me restait pour monter là-haut et jeter un coup d'œil.

Je grimpai les premières passerelles qui zigzaguaient le long du mur. Mais il faisait de plus en plus sombre à mesure que je montais. Alors, avant d'aller plus loin, je m'emparai d'un des flambeaux dont le support était fixé au mur de pierre.

— C'est plus froid en haut, me dis-je. Et un peu humide.

Les murs de la grotte commencèrent à se courber très légèrement. Je constatai qu'ils étaient suintants et glacés quand je les touchai pour maintenir mon équilibre. J'atteignis une hauteur d'où je pouvais voir tous les piliers, sauf le cinquième. C'était magnifique, même à la faible lueur des flambeaux. Tout y était : les champs de blé et les vergers du premier pilier, le lac au milieu du deuxième, avec ses chaumières et ses arbres dispersés tout autour. Le troisième était recouvert de lianes qui couraient sur toute sa surface concave, exactement comme il l'était en réalité, et le quatrième était rond et vert sur le dessus. Sir Alistair était vraiment doué pour réaliser des répliques.

De mon perchoir, je voyais aussi tout ce qui se trouvait en bas. *Cassiopée* trônait dans la grotte, immobile et solide, en attendant de s'envoler librement. La réplique de la maison Wakefield, les réservoirs vides, Yipes qui traversait la grotte en compagnie de Grump… Et autre chose encore, qui n'augurait rien de bon.

— Oh! oh! fis-je tout haut.

La lumière commençait à danser au loin sur les flots. L'aube arrivait vite.

Je levai les yeux et constatai que j'étais presque rendue. Comme aucun bruit ne laissait croire qu'Abaddon donnait l'assaut final en bas, je grimpai rapidement jusqu'en haut et me penchai au-dessus du parapet.

— Ça alors.

Il n'y avait qu'une chose au sommet de la réplique, cachée derrière le mur qui se dressait tout autour. C'était un arbre, tordu en son milieu pour ressembler à – était-ce possible? – un point d'interrogation.

— J'imagine qu'il y a certaines choses que même Sir Alistair ignore.

Juste au moment où je me retournais pour commencer à descendre, Abaddon frappa la base du pilier. Cette fois, le pilier trembla plus fort et plus longtemps qu'auparavant. Le plafond s'effrita, déversant une pluie de poussière et de petits cailloux, et je sentis avec horreur osciller la passerelle sur lequel je me trouvais.

— Yipes! criai-je, laissant tomber le flambeau et m'agrippant au parapet tremblant.

— Qu'est-ce qu'elle fait là-haut? demanda Marco en bas.

— Je n'en ai pas la moindre idée, répondit Yipes.

Tous deux s'élancèrent rapidement vers moi tandis que je descendais avec précaution.

Je croyais m'être débarrassé de toi!

C'était la voix d'Abaddon, animée d'une nouvelle rage.

Les coups portés au pied du pilier résonnaient de plus en

plus fort, et un grondement sourd emplissait la grotte.

— Faites décoller *Cassiopée*! hurlai-je. Il faut la sortir d'ici avant que toute la grotte s'écroule!

— Nous ne partirons pas sans toi, cria Matilda.

Puis elle regarda autour d'elle et demanda :

— Où est Sir Alistair?

— Dans la maison Wakefield! lançai-je.

Mais j'étais bien déterminée à les inciter à l'action pendant que je continuais à courir sur la passerelle.

— Je vais y arriver. Je m'occupe de Sir Alistair! Vous trois, rassemblez les chattes et Grump, et faites décoller *Cassiopée*! C'est un ordre!

Je n'avais jamais parlé avec autant d'autorité, et les trois membres de mon équipage semblèrent se rendre compte que leur capitaine ne plaisantait pas. Ils se précipitèrent vers *Cassiopée* et commencèrent à défaire les sangles d'arrimage. Yipes courait derrière Grump et le poussa pour le faire entrer dans la nacelle par la porte à glissière.

J'étais presque en bas lorsque le grondement s'intensifia et que j'entendis un bruit venant du plafond. Le haut de la maison Wakefield s'effondrait. Je savais, d'après l'histoire que Roland m'avait racontée, que si la réplique était fidèle à l'original, la maison Wakefield était sur le point de s'écrouler comme un château de cartes.

— Sir Alistair, sortez! criai-je en arrivant en bas et en courant vers la porte de la maison.

Je pris une grande respiration, puis entrai en coup de vent. Je le trouvai en train de parcourir un livre, assis à une petite table sur laquelle était posée une lanterne.

— Levez-vous, Sir Alistair! Il faut partir!

Je le saisis par le bras, mais il me regarda tout simplement de ses yeux de vieillard.

— Je ne ferais que te ralentir, dit-il. Je crois que le moment de ma mort est enfin venu.

La lueur de la lanterne dansa dans ses yeux quand il referma le livre.

— Emporte-le, ajouta-t-il en me le tendant. Tous les secrets de ma longue vie se cachent à l'intérieur.

— Je préférerais vous emmener.

Avec une force que je ne savais pas posséder, je le soulevai par l'épaule contre son gré et le traînai en direction de la porte. Le livre lui glissa des doigts, et il tendit le bras pour le ramasser, mais le livre m'importait peu. La maison Wakefield s'effondrait.

— Laissez-le! dis-je en tirant Sir Alistair hors de la maison, jusque dans la grotte.

Mon équipage avait été efficace. *Cassiopée* était sortie, retenue seulement par la longue corde enroulée autour de la poulie.

Soudain, le soleil brilla sur l'eau; l'aube était levée. La grotte trembla et oscilla violemment, puis la maison Wakefield s'effondra. Les passerelles et les ponts de cordage s'emmêlèrent et se cassèrent net dans les airs, enveloppant de leurs longs bras la structure qui tombait. Puis l'épave tordue toucha le sol et se fracassa en mille morceaux.

Sir Alistair poussa un cri et trébucha. Je n'arrivais plus à le soutenir.

— Mon dos, murmura-t-il entre ses dents. Quelque chose m'a heurté.

Une pierre, un morceau de bois... je ne savais pas ce qui l'avait frappé ni avec quelle force, mais je n'avais pas l'intention de le laisser mourir seul dans cette grotte qui s'écroulait.

— Levez-vous! criai-je en glissant mon épaule sous son bras et en le tirant jusque sous la corde qui restait. Vous pouvez y arriver si vous essayez.

Sir Alistair grimaça de douleur, mais tint bon.

— Yipes! criai-je, me tournant vers *Cassiopée* qui attendait dans les airs. Lance-moi une corde!

Yipes fit ce que je lui demandais. J'attachai la corde autour de la taille de Sir Alistair.

— Accrochez-vous bien, lui dis-je en lui mettant la corde entre les mains.

Pendant tout ce temps, le plafond de la grotte continuait de se désagréger, laissant tomber des morceaux de roc qui démolissaient tables et réservoirs. Le bruit était assourdissant.

— TIRE! hurlai-je. Tire aussi vite que tu le peux!

Marco quitta son poste aux commandes et vint prêter main-forte à Yipes.

— Sir Alistair, accrochez-vous. Ne lâchez pas la corde! lui dis-je de nouveau.

La pression exercée sur son dos lorsque la corde commença à le hisser dans les airs par l'ouverture, sembla lui couper le souffle, mais il ne la lâcha pas tandis que Marco et Yipes le remontaient jusque dans la nacelle.

— Nous le tenons! Nous le tenons! s'exclama Matilda.

Des passerelles dégringolaient autour de moi. Je n'entendis d'abord que le bruit de la dévastation. Tout à coup, malgré toute la destruction qui m'entourait, je perçus une voix puissante et incendiaire.

Tu crois que tes amis sont en sécurité, mais ils périront tout comme toi.

— Tu ne peux plus contrôler Matilda. J'aurais cru que tu l'aurais déjà deviné, toi qui sais tant de choses.

Parfois, sans qu'on puisse voir ou entendre quoi que ce soit, on sait que quelque chose est en train de se passer. J'avais l'absolue certitude qu'Abaddon essayait de reprendre le contrôle des pensées de Matilda. Il lui disait de jeter Yipes par-dessus bord ou de couper les cordes du ballon avec un couteau caché quelque part, n'importe quoi pour nous empêcher de fuir. J'éprouvai une certaine satisfaction durant un instant, car je savais qu'elle ne l'entendrait plus. La voix d'Abaddon ne résonnerait plus que pour moi.

Ce moment de bonheur fut bref, car dès qu'il comprit que nous lui avions porté un coup inattendu, Abaddon entra dans une frénésie encore plus destructrice. Je savais que ce serait là l'assaut ultime. Il ne s'arrêterait qu'après avoir réussi à faire tomber le quatrième pilier dans la mer Solitaire.

Le bord de l'ouverture qui donnait sur l'extérieur se mit à trembler et à s'effriter, et je bondis vivement en arrière. Une gigantesque pierre se détacha du plafond, et je la regardai tomber comme au ralenti. La corde qui retenait *Cassiopée* était dans sa trajectoire. Lorsque la pierre frappa la corde, la nacelle dans laquelle se trouvaient mes amis fut projetée brutalement dans les airs. Yipes faillit tomber, et Matilda heurta violemment le côté de la nacelle. Quand la corde se rompit, la nacelle pencha d'un côté. Mon vaisseau volant s'en allait sans moi! Agitée de soubresauts, la nacelle commença à s'élever pendant que des pierres géantes continuaient à tomber.

Je vois que tu es prise au piège. Je ne peux m'empêcher d'être déçu, car tu ne seras pas là pour voir se réaliser les plans que j'ai imaginés pour cet endroit!

Tout à coup, je vis Marco plonger la tête la première à l'arrière de *Cassiopée* tenant une longue liane fine. Il se laissa tomber en chute libre pendant neuf mètres au moins. Lorsque la liane se raidit, elle s'étira et s'amincit encore plus sous le poids de Marco. Ce dernier fonça brusquement et rapidement vers l'ouverture de la grotte. Mais je pouvais voir qu'il ne pourrait pas atteindre tout à fait l'endroit où je me trouvais. Il me faudrait quitter la grotte et sauter à sa rencontre.

Je m'élançai sans chercher à éviter les débris qui tombaient de ciel. Je courais à toutes jambes, priant Élyon de me guider. Lorsque j'atteignis le bord de l'ouverture, je sautai dans le vide avec toute la force qu'il me restait. Marco était là, la main tendue, et j'entrai en collision avec lui. On ne pouvait pas se méprendre sur son intention de me sauver, et je sentis son bras robuste qui me tenait fermement tandis que nous dérivions en dessous de *Cassiopée*.

Je le regardai alors comme je ne l'avais jamais fait auparavant, d'un regard émanant des profondeurs de mon être.

— Merci.

Ce fut tout ce que je trouvai à dire. J'avais l'impression que le monde entier avait disparu. Il n'y avait que nous deux, et rien d'autre.

— Tu me revaudras ça, répliqua-t-il, me faisant un sourire narquois tandis que Yipes et Matilda remontaient la corde.

Cassiopée prenait rapidement de l'altitude.

— Comment est-elle? demandai-je à Marco en levant les yeux vers la montgolfière. Elle a pris tout un coup .

— Cette machine et toi, vous êtes faites l'une pour l'autre. Vous êtes toutes les deux solides et... comment dire... douces à la fois.

— Serait-ce... hum... un compliment par hasard? demandai-je.

Marco ne répondit pas et, pendant que nous montions encore plus haut dans les airs, nous restâmes silencieux, conscients que le royaume des Cinq Piliers était sur le point de changer pour toujours.

CHAPITRE 22
LE CINQUIÈME PILIER

Abaddon poursuivait ses attaques contre le quatrième pilier. J'étais saine et sauve, de retour à la barre de *Cassiopée*, et Marco pédalait, nous entraînant loin du chaos. Yipes était debout sur le rebord de la nacelle, solidement accroché à une corde, et observait avec grand intérêt le quatrième pilier, qui continuait à osciller et à trembler. À ma demande, Matilda réduisit la quantité d'air chaud libérée par le tuyau, puis nous attendîmes tous la suite des événements.

— Ce sera intéressant, dit Sir Alistair, qui, épuisé, était assis sur l'un des longs bancs de la nacelle. Je ne crois pas que tout se passera comme vous l'imaginez.

— Qu'est-ce que vous voulez dire? demanda Yipes. Qu'est-ce qui va se passer?

Nous discutâmes longuement, chacun avançant des hypothèses quant à ce qui allait se produire. Mais Sir Alistair se contentait de répéter sans arrêt la même chose :

— Il faut monter. Plus haut encore.

Et c'est ce que nous fîmes. Matilda ouvrit le tuyau et, grâce à l'air chaud, nous nous élevâmes encore plus haut entre les quatrième et cinquième piliers.

— Il va bientôt tomber, fit remarquer Yipes en désignant le quatrième pilier. Il n'est plus très solide.

— Regardez là-bas, dit soudain Matilda.

Il y avait quelque chose d'inattendu dans sa voix – de la surprise, peut-être. Matilda s'était déplacée de l'autre côté de la nacelle et fixait le cinquième pilier. *Cassiopée* était maintenant à la hauteur du mur qui se dressait au sommet. Une fois de plus, cela me rappela Bridewell, et la façon dont toutes mes aventures avaient commencé lorsque j'avais franchi le mur de pierre pour explorer l'extérieur. Mais la situation était différente aujourd'hui. Je ne voulais pas savoir ce qui se trouvait à l'extérieur de ce mur. Je voulais découvrir ce qu'il y avait à l'intérieur. J'étais revenue à mon point de départ, dans un sens, et lorsque nous nous élevâmes enfin au-dessus du sommet du cinquième pilier, nous découvrîmes que ce qui s'y cachait était d'une perfection inégalée.

— Vous voyez, là-bas? dit Sir Alistair. J'ai encore plus d'un tour dans mon sac.

Tout se déroula alors très vite. J'étais aux premières loges pour assister à ce spectacle, observant, du haut des airs, une scène que je n'oublierai jamais. Tout commença lorsque le quatrième pilier pencha lentement vers le troisième, nous arrachant à tous – sauf Sir Alistair – un gémissement horrifié à l'idée de ce qui allait se produire. Abaddon s'était réfugié au pied du cinquième pilier pour attendre la conclusion des événements, ses bras battant l'eau comme des serpents tandis qu'il manifestait bruyamment sa joie démoniaque.

Au moment même où il semblait que le troisième pilier était condamné à être anéanti par la force de son voisin autrefois paisible, un phénomène inattendu et grandiose se mit en branle. La grotte dont nous nous étions enfuis se trouvait aux trois quarts de la hauteur du quatrième pilier; il s'agissait d'un vaste espace ouvert à l'intérieur d'une structure par ailleurs solide. La partie supérieure du pilier se brisa, s'écrasant sur le reste de la structure. Ce poids et cette force immenses poussèrent la paroi du pilier qui se mit à pencher dans une direction tout autre que celle que le monstre avait souhaitée. En effet, il menaçait maintenant de se renverser sur le cinquième pilier, le plus grand de tous.

Le quatrième pilier continua à s'incliner, puis, prenant de la vitesse, il frappa le cinquième pilier en plein dans son centre. Le bruit fut fort et assourdissant, un bruit qui force à se boucher les oreilles et qui coupe le souffle. Le cinquième pilier trembla et se fissura, puis sa moitié supérieure pencha et tomba vers la mer Solitaire et la bête qui attendait là.

Ce que nous avions vu derrière le mur du cinquième pilier se dirigeait maintenant vers notre ennemi. Le sommet du pilier chutait, et le spectacle de la forêt de pics en pierre qui le recouvrait nous émerveilla tous. On aurait dit une grande plaine d'arbres complètement dénudés et réduits à l'état de troncs qui se dressaient vers le ciel. Cependant, ces arbres n'étaient pas en bois, mais en pierre; ils faisaient plusieurs dizaines de mètres de long et filaient maintenant tout droit vers le monstre marin qui rageait en bas.

Ce n'est pas possible.

— Oh oui! ça l'est, soufflai-je. Il a fabriqué tout ça dans le but de te vaincre.

Abaddon plongea vers le fond de la mer Solitaire. La scène était à la fois merveilleuse et terrifiante : un gigantesque objet qui dépassait l'imagination tombait dans la brume du matin, emplissant l'air d'un épouvantable fracas. *Cassiopée* fut secouée par la violente bourrasque qui suivit la collision de deux forces immenses, l'une de pierre et l'autre d'eau, et nous dûmes nous tenir solidement lorsque la nacelle se balança d'avant en arrière. Des vagues s'élevèrent très haut sur la mer, et des millions de gouttelettes furent projetées dans les airs. Je constatai avec étonnement que la mer Solitaire n'était pas aussi profonde à cet endroit que je l'avais imaginé. Le cinquième pilier ralentit soudain, à moitié submergé, ayant de toute évidence touché le fond. Un nuage noir de sang et d'éclats de métal se répandit tout autour de lui. Abaddon avait été écrasé, transpercé d'un millier de flèches en pierre au fond de la mer Solitaire.

C'est alors que j'entendis un bruit qui fit bondir mon cœur. Il était faible et lointain, mais d'une clarté saisissante. En regardant vers les trois piliers qui restaient, je distinguai des gens qui applaudissaient.

— Tout le monde va bien? demandai-je, même si les sourires et les éclats de rire de mon équipage me confirmaient que c'était le cas.

Yipes virevolta autour d'une des lianes reliées au ballon, puis lâcha prise, atterrissant sur le long banc où Sir Alistair, souriant, était assis tranquillement. Ils se regardèrent dans les yeux – c'est dire à quel point Yipes était *petit* –, et Yipes haussa un sourcil en direction de l'homme le plus vieux du monde.

— Vous étiez au courant?

Sir Alistair se contenta de hausser les épaules.

— Vous êtes un petit malin, ajouta Yipes en tortillant le bout de sa longue moustache.

— Si seulement tu savais! répliqua Sir Alistair, qui laissa échapper un petit rire, puis tressaillit de douleur, bien qu'il se soit efforcé de le cacher.

— Nous ferions mieux de vous ramener sur la terre ferme, dis-je.

Montrant du doigt la foule qui se réjouissait au loin, j'ordonnai à Marco de commencer à pédaler et de diriger *Cassiopée* vers le premier pilier.

— Les champs de blé feront un terrain d'atterrissage parfait, dis-je. Beaucoup d'espace, une surface plane... C'est exactement ce dont *Cassiopée* a besoin.

Tout le monde manifesta son approbation par des signes de tête tandis que Marco se mettait à pédaler rapidement, nous guidant, à l'aide des gouvernails, au-dessus du troisième pilier. Je me penchai et agitai la main, criant à tout le monde en dessous de se rendre le plus vite possible au premier pilier pour nous y rejoindre. Maintenant que nous avions amorcé notre descente, nous étions suffisamment bas pour bien distinguer la foule. Je vis Jonezy, qui nous saluait avec tous les autres, et Phylo, qui dévalait la colline, courant vers les ponts qui le mèneraient là où nous devions atterrir. Il voulait être là le premier, et il semblait bien qu'il y parviendrait. À notre passage, de nombreux villageois nous montrèrent du doigt et se couvrirent la bouche dans un geste d'étonnement. Ils n'en croyaient pas leurs yeux en voyant *Cassiopée*.

Nous passâmes lentement au-dessus du troisième pilier, qui n'avait jamais paru aussi beau et mystérieux. Je pouvais voir d'en haut que les lianes qui s'entrecroisaient étaient disposées de façon à reproduire le tissage d'une couverture. Le soleil dansait sur les lianes, leur donnant différents tons de brun qui contrastaient avec le vert somptueux du sol. Lorsque nous atteignîmes l'espace entre les troisième et deuxième piliers, nous étions plus bas encore, et j'entendis distinctement les aboiements de plusieurs chiens. Ceux-ci nous fixaient, exprimant bruyamment leur excitation, mais aucun n'était plus excité que Ranger lorsque Matilda se pencha et cria son nom.

— Bon chien! s'exclama-t-elle.

Elle prit son glisseur sous sa ceinture et le lança par-dessus bord dans les eaux bleues du lac au centre du deuxième pilier. Ranger regarda le glisseur tournoyer dans les airs et tomber dans l'eau, dans un grand éclaboussement.

— Va chercher! hurla Matilda.

Sur l'ordre de sa maîtresse, Ranger partit en flèche pour retrouver le glisseur qui flottait quelque part sur le lac.

— Coupez l'air chaud, dis-je lorsque nous fûmes au-dessus du vide entre les premier et deuxième piliers.

Nous avions déjà diminué considérablement l'apport en air chaud, mais une fois le tuyau complètement fermé, nous perdîmes de l'altitude encore plus rapidement. En jetant un coup d'œil en bas, j'aperçus Phylo qui traversait le pont de cordage en direction du premier pilier.

— Phylo! appela Matilda. Tu veux bien prendre un panier et emmener Ranger avec toi?

Phylo était un garçon on ne peut plus serviable. Il rebroussa chemin et trouva Ranger qui l'attendait, trempé et tenant le glisseur dans sa gueule. Il l'installa dans un panier et le fit glisser sur les lianes au-dessus du vide, tenant la corde comme on le lui avait enseigné. Lorsqu'il commença de nouveau à traverser le pont, tirant Ranger à côté de lui, il était toujours en avance sur les autres, mais de très peu. Les villageois affluaient derrière lui.

Le pont de cordage tremblait et se balançait sous le poids d'autant de gens, mais personne ne semblait s'en préoccuper le moins du monde. Ils avaient vécu comme ça toute leur vie et, bien que cela me paraisse dangereux, j'imaginais que, pour eux, il n'y avait rien de plus facile. Nous étions encore trop haut, et il nous faudrait tourner en rond avant d'atterrir, question de laisser la montgolfière flotter en douceur tandis que l'air chaud refroidissait dans le gigantesque ballon.

Lorsque Marco tira fort sur le gouvernail de droite, nous amorçâmes une lente descente circulaire vers le champ de blé.

— Je me demande si ce ballon pourrait porter Armon, dit Yipes, qui entortillait une longue corde autour de son bras. Il est plutôt lourd.

Sir Alistair aimait résoudre des problèmes. Évaluant du regard l'espace autour de lui, il entreprit de calculer quelque chose dans sa tête.

— Le ballon pourrait supporter son poids, finit-il par conclure. Mais il n'y aurait pas de place dans la nacelle pour un équipage.

Yipes ricana, amusé à l'idée que le géant puisse monter dans la nacelle et s'asseoir comme il l'avait déjà fait, dans la tour à horloge de la cité des Chiens, les genoux remontés sous le menton.

Yipes jeta la première corde, puis une deuxième qui était enroulée dans le coin opposé de la nacelle, puis une autre et une autre encore. Bientôt, les hommes les plus forts au sol s'emparèrent des quatre cordes qui pendaient dans chaque coin, et je guidai leurs mouvements de mon siège. Nous nous posâmes doucement sur l'étendue de blé vert, dont les épis furent écrasés sous le poids de la nacelle.

Tout le monde se rassembla autour de nous, examinant le ballon et criant nos noms avec enthousiasme. Ranger gambadait gaiement à côté de la nacelle; Matilda se pencha pour l'entourer de ses bras. Tous s'émerveillèrent devant les chattes noires à l'air mystérieux. Grump dormait sous l'un des longs bancs lorsque Phylo le découvrit.

— Ça alors! Regardez!

Et, bien sûr, tout le monde demeura complètement stupéfait à la vue de Sir Alistair, qui était assis, immobile, dévisageant les nombreux enfants perdus de la contrée d'Élyon.

— Il est temps que *Cassiopée* ramène certains d'entre nous à la maison, déclara-t-il avec un sourire pâle, mais éloquent. Préparez-vous à partir au matin.

C'est tout ce que Sir Alistair dit ce jour-là. Il promena son regard sur les villageois et les piliers qui restaient en hochant faiblement la tête, puis s'allongea dans la nacelle et ne parla plus.

Il me laissait m'occuper du reste.

CHAPITRE 23
NOTRE DÉPART

Midnight et Nimbus, ronronnant doucement, se blottirent contre Sir Alistair pour lui tenir compagnie. Grump resta également dans la nacelle, ne demandant pas mieux que de passer la matinée à dormir.

— Il ne s'en remettra pas, dit Jonezy une fois que nous nous fûmes éloignés pour parler seul à seul.

Tout le monde se tenait au milieu du champ de blé. Des villageois avaient rabattu des tiges pour former une grande bande autour de *Cassiopée* afin que nous puissions tous nous rassembler.

— Vous avez sûrement raison, dis-je. Il est tellement âgé et frêle. Peut-être que son heure est enfin venue, après toutes ces années.

— Que devrions-nous faire? demanda Jonezy. Il refuse de quitter cette machine qu'il a fabriquée. C'est comme s'il était attendu quelque part et qu'il ne voulait pas rater le départ.

C'était exactement ce que je me disais depuis quelque temps.

— Je crois savoir où il veut aller.

Jonezy me regarda d'un air curieux, puis hocha la tête. Il en était venu à me faire confiance, après toute l'agitation des derniers jours.

— Quand les Warvold s'en mêlent, les choses ont toujours

tendance à bien finir.

Parfois, j'avais du mal à me voir comme la fille de Thomas Warvold, ou la nièce de Roland Warvold. J'avais toujours l'impression que c'était placer la barre trop haut. Je me retournai et découvris que tous les villageois me fixaient, se demandant ce que j'allais faire ensuite. Je ne les fis pas attendre, car le temps pressait.

— C'est tout à fait par accident que j'ai emmené ce monstre au royaume des Cinq Piliers. Mais il est parti maintenant. Il ne reviendra plus jamais vous embêter.

La nouvelle fut accueillie par de nombreuses acclamations.

— Cet endroit est à l'abri des dangers de ce monde. Mais, comme vous l'avez vu, même les endroits cachés peuvent être découverts et menacés. Cette étrange machine a été conçue pour deux raisons. Premièrement, pour que nous puissions continuer à nous occuper de tous ceux qui vivent ici. Je crois pouvoir la faire voler de votre repaire secret jusqu'à la contrée d'Élyon. Je pourrai vous apporter tout ce dont vous aurez besoin – vêtements, graines, outils – et je pourrai faire le voyage aussi souvent que nécessaire. Les vents changent de direction avec la précision d'une horloge. Ils m'emporteront et me ramèneront au gré de nos besoins.

— Et quelle est la seconde raison? demanda Phylo.

Il affichait un grand sourire. Il connaissait déjà la réponse, mais il voulait l'entendre de ma bouche.

— Pour ceux d'entre vous qui souhaitez rentrer chez vous, que ce soit pour une visite ou pour y rester, sachez que *Cassiopée* est à votre disposition.

Phylo était si excité qu'il sauta dans les airs et courut vers la montgolfière.

— J'y vais le premier! J'y vais le premier!

L'idée ne m'était pas venue de poser la question, mais Jonezy se pencha et me souffla à l'oreille que Phylo était l'un des derniers enfants perdus qui avaient été emmenés aux Cinq Piliers. Son père avait été tué par Grindall et les ogres, mais, selon la rumeur, sa mère avait survécu et vivait à Castalia.

— Le vent nous appelle justement ce matin, dis-je, car j'avais décidé de ne pas attendre un jour de plus.

Sir Alistair arrivait à la fin de sa vie, le vent s'était levé et j'étais impatiente de mettre *Cassiopée* à l'épreuve lors d'un long voyage.

— Mais je ne peux emmener personne pour l'instant.

— Moi, j'y vais! s'écria Phylo.

Il avait passé ses bras autour d'une liane qui maintenait *Cassiopée* au sol, et il n'avait pas l'air d'un garçon qui allait renoncer facilement.

— Nous ne savons pas exactement comment ça se passera, poursuivis-je. Seuls Yipes et moi, de même qu'un petit équipage, seront de cette première expédition.

Je n'étais pas certaine que Marco serait prêt à m'accompagner et à découvrir le monde à l'extérieur du royaume des Cinq Piliers afin d'évaluer le potentiel de *Cassiopée*. Mais il me suffit de le regarder, debout à côté de la nacelle, pour deviner instantanément que lui aussi avait un nouveau but dans la vie. Il ferait le pont entre les deux endroits, et j'avais la certitude qu'il resterait à mes côtés.

La situation était différente dans le cas de Matilda. Pour la première fois de ma vie, j'avais connu ce que c'était que d'avoir une grande sœur, et j'aurais bientôt un autre point en commun avec Roland et Thomas. Ils savaient qu'ils devaient prendre des chemins différents, et moi, je savais que je devais laisser Matilda derrière moi.

— Ma place est ici, dit-elle.

Je hochai la tête, sachant qu'elle avait raison.

— Je prendrai sa place! s'écria Phylo, qui tenait toujours la liane. Je peux le faire!

Je me tournai vers Jonezy et haussai les épaules. Phylo était un enfant très débrouillard, et ses tâches seraient simples. Cela pourrait marcher.

— Très bien, dis-je en prenant un ton sévère. Tu peux nous accompagner, mais tu devras travailler fort. Ce ne seront pas des vacances.

Le visage rayonnant d'excitation, Phylo courut préparer ses affaires, criant par-dessus son épaule qu'il nous bombarderait de roches si nous essayions de partir sans lui.

Un peu à l'écart, Yipes tripotait son chapeau et sa moustache, écoutant chaque mot, l'air nerveux. Il s'avança vers Matilda. Tous deux dépassaient la tête de Ranger d'à peine 30 centimètres. Ce dernier était d'humeur affectueuse, et il lécha la joue de Yipes avec insistance jusqu'à ce que Matilda lui dise de se coucher.

— Je dois partir... enfin, je crois que je devrais... Il faut que, euh... je parte maintenant, dit Yipes.

Il bafouillait énormément quand il était nerveux, et là, il était vraiment nerveux.

— Je sais, fit Matilda. Ça ira.

Yipes serrait et tortillait son chapeau si fort dans ses mains que celui-ci était tout chiffonné.

— Je, euh… me demandais… bredouilla-t-il. Si, euh… à mon retour…

— Oh, allez! Demande-lui à la fin! s'écria Marco. Nous sommes tous là à attendre.

Yipes posa un genou par terre, ce qui fit croire à Ranger qu'il voulait jouer. Après de nombreux aboiements et coups de langue, Yipes se releva et pris la main de Matilda.

— Ce que je veux te demander c'est…

Il parut se calmer en voyant l'expression de Matilda, et il posa enfin sa question :

— Veux-tu… veux-tu m'épouser?

Matilda se mit à pleurer, mais elle parvint à lui répondre.

— Oui, Yipes. Je t'épouserai à ton retour.

Yipes lança son chapeau dans les airs, et les deux amoureux s'embrassèrent tandis que tout le monde les applaudissait et les félicitait. Je crois qu'ils seraient restés enlacés toute la journée si Ranger n'était pas revenu avec le chapeau, fourrant son nez entre eux pour attirer leur attention.

— Dans combien de temps reviendras-tu? demanda Matilda.

Yipes jeta un coup d'œil vers moi et, à mon tour, je me tournai vers la nacelle où Sir Alistair s'était redressé, souriant. Il renifla le vent et y alla de sa meilleure prédiction.

— Ce sera au moins deux semaines à l'aller, mais nous avons bien choisi notre moment. *Cassiopée* pourra revenir tout de suite. Je crois qu'elle pourra le ramener dans un mois, six semaines tout au plus.

— Cela nous donnera le temps de préparer le mariage! s'écrièrent mes trois amies du premier soir au rase-mottes.

Elles riaient et applaudissaient, survoltées à l'idée de planifier l'événement.

— Pourriez-vous vous marier le soir, sur le troisième pilier? demandai-je, car même si ce n'était pas mon mariage, je pouvais imaginer à quel point ce serait magique. Et si on incluait un rase-mottes de nuit dans la célébration?

— Je crois que ce serait parfait, acquiesça Matilda.

Yipes déposa un baiser sur sa main. Matilda rit au contact de sa moustache drue et, lorsque Yipes se tourna pour me regarder, je pus voir que, pour la première fois de sa vie, il savait exactement qui il était et où il allait.

— Dans ce cas, c'est réglé, déclara Jonezy. Alexa et son équipage feront le voyage inaugural. À leur retour, vous devrez tous décider si vous désirez retourner dans la contrée d'Élyon et, si oui, quand. Si vous choisissez d'y aller, vous devrez également décider si vous reviendrez un jour ou non. Selon toi, Alexa, combien de personnes peux-tu transporter en même temps?

Je regardai en direction de Sir Alistair, mais il se reposait de nouveau.

— Je crois qu'il vaudrait mieux ne pas en transporter plus de dix lors des premiers voyages. Mais si tout fonctionne comme je l'espère, nous pourrons effectuer quatre ou cinq allers et retours par année. Ceux qui voudront venir pourront le faire; il ne leur restera plus qu'à choisir à quel moment ils veulent faire le voyage.

— Tout aura été décidé lorsque tu reviendras, ne t'inquiète pas.

Des murmures s'élevèrent; tout le monde commençait à s'interroger sur son avenir : « Je veux y aller. », « Moi, je n'irai pas. », « Puis-je y aller en visite, et revenir ensuite? »

— Et que ferons-nous de lui? demanda doucement Matilda en indiquant l'endroit où Sir Alistair semblait dormir.

Je ne fis qu'une brève pause avant de déclarer :

— Il vient avec nous.

Je savais où Sir Alistair devait aller. La seule question, c'était de savoir si je réussirais à le conduire là-bas ou pas.

— Et qu'est-ce qu'on fera de ça? demanda Jonezy. Et de ces deux-là?

Il avait désigné Grump, qui, à ce moment précis, avançait en bondissant dans le champ de blé, à la recherche de quelque chose à manger. Midnight et Nimbus étaient toutes les deux assises sur son dos. En voyant que je les regardais, Midnight courut vers moi. Je me penchai pour l'écouter.

— Nous avons décidé de rester, dit-elle tout bas à mon oreille. Tous les trois. Nous ne voulons pas être séparés.

Après quelques discussions quant à ce qui serait le mieux pour tous ceux qui étaient concernés, il fut décidé que Grump, Midnight et Nimbus resteraient sur le deuxième pilier, sous la garde de Jonezy et de Matilda. La matinée fut occupée à déplacer *Cassiopée* vers la rive du lac et à remplir la nacelle de provisions supplémentaires – Jonezy et Matilda avaient insisté. Lorsque nous décollâmes pour notre voyage inaugural, Grump se plaisait déjà dans sa nouvelle vie, qu'il passerait dorénavant à s'étendre au soleil, tandis que les chattes prenaient un plaisir fou à tourmenter les chiens. Elles miaulèrent, mais je ne les comprenais déjà plus. La magie s'était envolée, quelque part sur la mer Solitaire et irait sans doute s'installer dans un endroit qu'il me faudrait découvrir.

Au départ de *Cassiopée*, tout le monde agita la main, puis applaudit et nous souhaita bonne chance. Sir Alistair dormait sur l'un des bancs. Marco était aux pédales, de l'eau et une miche de pain à portée de main. Yipes apprenait à Phylo comme faire monter la chaleur dans le tuyau avec de la poudre et de l'eau salée.

— Nous serons de retour aussi vite que le vent nous portera, criai-je à la foule rassemblée en bas.

— Et je rapporterai une bague! ajouta Yipes.

Tout le monde rit, et nous montâmes plus haut encore, jusqu'à ce que nous soyons si haut que je pouvais voir tous les piliers.

Le paysage était familier, et pourtant très différent de ce qu'il avait été avant. Les trois piliers où vivaient les villageois étaient comme avant, mais tout le reste avait changé. Le cinquième pilier, autrefois si grand et mystérieux, prenait maintenant la forme de deux piliers plus petits. La moitié supérieure était légèrement inclinée sur le côté. Les deux parties semblaient n'être d'aucune utilité, même si nous savions tous quel rôle grandiose elles avaient joué.

— Sir Alistair, êtes-vous réveillé? demandai-je.

Il remua et ouvrit ses yeux, qui étaient toujours aussi brillants, en dépit de son visage flétri. Il paraissait vieux, plus vieux que le temps lui-même, mais il parvint à s'asseoir et à me prendre la main.

— Nous partons, dis-je.

Yipes s'approcha et supporta Sir Alistair lorsque ce dernier se leva. Il se pencha pour voir ce qu'il restait du quatrième pilier et constata qu'il n'y avait qu'une bosse qui émergeait de l'eau.

Le reste avait disparu.

— Tous mes secrets reposent au fond de la mer, déclara-t-il d'un ton solennel.

Personne ne dit mot. Quant à moi, je restai songeuse, me demandant ce qui avait bien pu être caché sur le quatrième pilier et regrettant de ne pas avoir eu le temps d'en découvrir davantage.

— Et le chemin vers hier? demanda Yipes. Est-il perdu pour toujours, lui aussi?

Sir Alistair se rassit et soupira profondément.

— On pourrait encore le trouver, en cherchant bien. Mais tous ceux qui connaissaient le chemin se sont éteints.

— Vous êtes toujours là, fit remarquer Yipes, dans un effort pour remonter le moral du vieil homme. Vous pourriez le retrouver.

Sir Alistair ne répondit pas. Il s'allongea et s'endormit instantanément. C'était comme si toutes les années s'étaient accumulées et étaient soudain devenues trop lourdes à porter, le rendant soudain très, très fatigué.

— Nous pourrions survoler le mont Laythen, trouver le chemin vers hier et ramener Sir Alistair chez lui, suggéra Yipes.

— Ce n'est pas là que nous devons l'emmener.

Yipes me dévisagea d'un air interrogateur, mais je préférais garder mes pensées pour moi jusqu'à ce que nous soyons plus près de la contrée d'Élyon.

— J'espère que les vents sont forts, dis-je en levant les yeux vers le ciel bleu. Il faut le ramener à la maison.

CHAPITRE 24
UN GÉANT À LA PORTE

J'eus beaucoup de temps pour réfléchir durant notre voyage au-dessus de la mer, qui dura dix-sept jours. Il y avait quelque chose de magnifique dans le fait que j'avais trouvé ma voie en ce monde et qu'on m'avait confié une tâche qui me convenait parfaitement. Je ne pouvais m'empêcher de penser que toute personne poursuivait un rêve, celui de découvrir que le monde avait besoin de ce qu'elle aimait faire. C'est le genre de révélation qui peut apaiser le cœur le plus aventureux.

Toute ma vie, j'avais éprouvé l'envie d'aller au-delà des limites qui m'étaient imposées. Les murs de Bridewell, la vallée des Épines, le royaume des Cinq Piliers, la mer Solitaire... autant d'endroits qui semblaient à la fois m'appeler et me prendre au piège. Une longue bataille s'était engagée entre mon esprit audacieux et ma peur de devenir une âme errante, incapable de trouver ma place dans un endroit que je pourrais appeler mon chez-moi.

Cependant, ces dix-sept jours passés au-dessus de la mer m'avaient changée pour toujours. Mon âme avait enfin trouvé la paix. J'avais découvert une cause que je pouvais embrasser. Et j'avais découvert tout cela grâce à mon propre désir de parcourir librement le vaste monde.

Marco et moi discutâmes pendant des heures, souvent après

nous être posés sur la mer Solitaire pour y voguer pendant la nuit, alors que tous les autres dormaient. Nous devînmes plus proches tous les deux, tandis que Yipes prenait Phylo sous son aile et lui enseignait tout ce qu'il devait savoir, de l'art de faire des nœuds à celui de pêcher au filet. Sir Alistair s'affaiblissait de jour en jour. Il dormait, ne se réveillant que pour jeter quelques coups d'œil sur les cartes, faire une petite suggestion ou boire une tasse d'eau et grignoter ce que nous avions préparé à manger. Il y eut des jours venteux et des moments d'inquiétude, de longs après-midi à inventer des jeux et à observer l'horizon, et beaucoup de rires.

Le matin du dix-septième jour, la contrée d'Élyon apparut, tel un énorme amas de pierre contre l'étendue sans fin de la mer Solitaire. À midi, nous étions au-dessus de Castalia et de la cité des Chiens, et nous fîmes atterrir *Cassiopée* à côté des décombres de la Tour obscure de Grindall. Lorsque nous nous approchâmes à bord de la machine volante de Sir Alistair, l'expression des visages levés vers nous – surtout ceux que nous connaissions – était impayable. Une fois au sol, Yipes alla tout droit vers notre ami Balmoral et lui apprit la nouvelle de son mariage.

— J'ai en plein ce qu'il te faut, dit Balmoral.

Il retira une chaîne de sous sa chemise. La bague que sa défunte épouse avait portée y pendait et, malgré les protestations de Yipes, Balmoral insista pour qu'il la prenne.

Il fallait voir la mère de Phylo soulever son fils et le serrer dans ses bras. Je savais déjà que j'assisterais à beaucoup d'autres scènes comme celle-là dans les mois et les années à venir, à force de traverser la mer Solitaire. Nous pûmes apprendre à tous la réjouissante nouvelle de notre retour prochain. Nous ramènerions d'autres enfants à la maison très bientôt.

— Nous ne pouvons pas rester, dis-je après une trop brève rencontre avec d'anciens et de nouveaux amis. Mais nous reviendrons. Surveillez l'horizon.

Notre départ imminent produisit une grande tristesse et entraîna de nombreuses questions auxquelles je tentai de répondre de mon mieux. Quand reviendrions-nous? Qui ramènerions-nous? Est-ce que quelqu'un pouvait nous accompagner? Pourquoi ne pouvions-nous pas rester? Et tant d'autres encore. Mais il fallait absolument que nous partions.

Lorsque nous fûmes de nouveau dans les airs, Sir Alistair s'agita, comme s'il rassemblait tout ce qu'il lui restait d'énergie. Il s'assit bien droit pour la première fois depuis des jours et regarda la contrée d'Élyon défiler sous ses yeux. Le grand lac de Castalia, et le mont Laythen qui se dressait à sa gauche. La redoutable vallée des Épines, qui nous rappelait immanquablement une époque sombre. Les Collines interdites, si vastes et désertes. La ville de Bridewell, qui nous ravit tous lorsque nous l'aperçûmes d'en haut. Nous passâmes à basse altitude au-dessus de la bibliothèque de Renny Lodge, et hélâmes Grayson et Pervis Kotcher. Ces derniers furent frappés de stupeur en voyant l'appareil grandiose dans lequel nous flottions. Je leur promis de leur rendre visite bientôt. Tous mes souvenirs de jocastes et d'animaux me revinrent à la mémoire lorsque Marco nous dirigea le long du versant du mont Laythen et au-dessus de la forêt Fenwick.

— Continue, répétais-je sans cesse. Continue jusqu'à ce que tu ne puisses plus aller plus loin.

Et c'est ce qu'il fit, pédalant de toutes ses forces tandis que nous traversions le champ des Chimères et entrions dans le brouillard qui s'étalait devant la Dixième Cité. Je me tournai vers Sir Alistair, qui, malgré sa lassitude, paraissait émerveillé comme un enfant.

— Avance encore un peu, dis-je à Marco.

Le brouillard était si épais que nous pouvions voir à peine à plus d'un mètre.

— Je connais cet endroit, bien que je n'y sois jamais venu, déclara Sir Alistair.

Je distinguais son sourire à travers l'air brumeux. Nous étions venus dans un endroit que même lui n'aurait pas pu imaginer ou créer.

— Amène-nous à terre, dis-je et, aussitôt, Yipes réduisit la quantité d'air chaud provenant du tuyau.

Le brouillard qui nous enveloppait était froid, et *Cassiopée* réagit en descendant rapidement vers le sol. Alors que nous étions sur le point de nous poser, le brouillard commença à se dissiper, et nous aperçûmes la terre qui semblait venir vers nous. Ensuite, notre approche se fit plus en douceur; on aurait dit qu'Élyon lui-même était aux commandes de *Cassiopée*. Nous n'eûmes besoin d'aucune corde ni ancre lorsque nous atterrîmes dans un champ de douce verdure parsemé d'arbres, où serpentaient des sentiers luxuriants bordés de couleurs chatoyantes.

Je plongeai mon regard dans celui de Sir Alistair.

— Vous êtes arrivé chez vous, dis-je.

Le brouillard qui s'effilochait laissa voir de splendides grilles en or finement ouvragées, à l'entrée de la Dixième Cité.

— J'attendais depuis si longtemps, murmura Sir Alistair. Je pensais qu'on m'avait peut-être oublié.

Une silhouette apparut, remontant un sentier sinueux vers la grille tandis que celle-ci s'ouvrait. Je sentais que je n'avais pas beaucoup de temps, mais je souhaitais rendre hommage à Sir Alistair pour tout ce qu'il avait fait durant ses centaines d'années de service.

— Vous avez bien travaillé, bredouillai-je, incapable de trouver les mots pour le remercier comme il le méritait.

Nous le considérâmes tous, les larmes aux yeux, prenant conscience de l'énorme prix qu'il avait payé pour nous. Il avait inauguré l'époque de Thomas et Roland Warvold, et avait orchestré le sauvetage des enfants perdus, à un moment où le monde courait un grand péril. Il nous avait offert *Cassiopée*, et j'étais certaine que, d'une manière ou d'une autre, c'était lui qui avait planifié depuis le début la mort d'Abaddon, le monstre marin. Et pourtant, je n'avais rien trouvé de mieux à dire que ces quatre mots. Il faudrait d'ailleurs que je m'en satisfasse, car une silhouette impressionnante s'approchait de la grille.

— Vous vous êtes fait attendre longtemps, dit Armon le géant, dont l'allure et la voix étaient plus majestueuses que jamais. Nous commencions à nous poser des questions.

Derrière Armon surgirent deux autres hommes, Thomas et Roland Warvold, une étincelle familière dans les yeux. Je ne pus m'empêcher de me demander s'ils manigançaient quelque chose. Plus loin sur le sentier se dessinait la silhouette d'un autre homme – pouvait-il s'agir de John Christopher? – qui nous saluait de la main. Comme j'aurais voulu suivre Sir Alistair et rentrer enfin chez moi! Mais le moment de mon retour n'était pas venu. Il y avait encore beaucoup de gens qui avaient besoin de moi. J'espérais seulement que je n'aurais pas à attendre aussi longtemps que Sir Alistair.

— Venez, Sir Alistair, l'invita Roland avec un grand geste du bras qui m'était familier.

Son souvenir était frais à ma mémoire, et je voulais qu'il revienne, je voulais qu'ils reviennent tous. Mais au lieu de cela, Sir Alistair se leva, l'air plus vivant qu'il ne l'avait paru depuis des semaines. Il fit glisser la porte de la nacelle et en descendit.

— Il avait de grands projets pour vous, dis-je, tandis que les larmes roulaient sur mes joues. C'est pourquoi il a mis autant de temps à se rendre ici.

Sir Alistair s'arrêta et se retourna, nous regardant affectueusement, Marco, Yipes et moi.

— Nous avons tous notre rôle à jouer. Seulement, certains rôles s'éternisent un peu plus que d'autres.

— Dites bonjour à Armon de ma part, et aussi à John Christopher, à Thomas, et surtout à Roland, puisqu'il vient juste d'arriver, intervint Yipes.

Il s'efforçait de ne pas avoir l'air trop bouleversé, et le fait de parler parut l'aider.

— Avec plaisir, dit Sir Alistair qui se retourna pour continuer son chemin.

Le brouillard commença à déferler autour de *Cassiopée* avant même qu'il ait atteint la grille, et nous dûmes nous contenter de l'image trouble de trois hommes et un géant agitant la main au moment où la grille se refermait. Sir Alistair Wakefield était finalement chez lui après toutes ces années, et mon cœur se serra à la pensée d'un monde sans Thomas, Roland, Sir Alistair,

Armon, John Christopher… tant d'êtres chers que j'avais perdus en cours de route.

Juste au moment où je croyais que mon cœur allait se briser, j'entendis une voix lointaine que j'avais cru ne plus jamais entendre.

De nombreuses tâches doivent encore être accomplies. Ton tour ne viendra donc pas avant longtemps.

J'en eus le souffle coupé.

— Qu'est-ce qu'il y a, Alexa? demanda Marco, mais je ne répondis pas.

Le bruit lointain de la voix d'Élyon était porté par une douce brise – ou peut-être que c'était lui qui créait la brise, je n'en étais pas sûre – et *Cassiopée* oscilla doucement.

J'ai quelque chose pour toi.

Je demandai « Qu'est-ce que c'est? » en pensée, car je ne pouvais pas prononcer les mots.

Je crois que ça te plaira.

La voix d'Élyon était le plus beau son d'entre tous. Je n'avais plus peur de ce monde fou à l'extérieur. Je sentais Élyon s'éloigner, je sentais que le vent portait ses tout derniers mots. Mais j'étais en paix maintenant. Je savais que cet endroit m'attendrait lorsque mon tour serait venu.

Tu l'auras jusqu'à ce que nous soyons face à face.

Ce furent les dernières paroles que j'entendis. Je ne comprenais pas ce qu'elles signifiaient. *Jusqu'a ce nous soyons face à face?*

— Tu as entendu sa voix de nouveau, n'est-ce pas? demanda Yipes. Tu as entendu Élyon!

Je fis signe que oui.

— Pourquoi est-ce toujours à toi qu'il parle, et pas à moi?

Yipes me parut un tantinet trop irrévérencieux, si près des portes de la Dixième Cité.

— Je crois qu'il devrait me parler, juste une fois.

Ce fut une erreur de sa part, car dès l'instant où Yipes prononça ces mots, un grondement épouvantable s'éleva dans le brouillard. C'était un son assez puissant pour soulever des montagnes. Je fermai les yeux et le sentis retentir, longtemps et bruyamment, dans l'espace et le temps. Quand il diminua enfin, je rouvris les yeux et trouvai Yipes et Marco tapis sous les bancs de bois.

— C'est donc à ça que ça ressemble, bredouilla Yipes. Je crois que je ne l'oublierai pas de sitôt.

Cassiopée commença à se balancer doucement, comme si une main invisible la relâchait peu à peu. J'eus l'impression qu'il y avait quelque chose de nouveau tout près, quelque chose de vivant que je ne parvenais pas à identifier. Je jetai un coup d'œil à l'extérieur de la nacelle vers le sol brumeux. Au début, je ne vis rien du tout, puis soudain, je l'aperçus. S'approchant, puis disparaissant dans un bruissement de queue touffue.

— C'est toi, Alexa? demanda une voix aiguë par terre. Est-ce vraiment toi?

J'ai quelque chose pour toi. Je crois que ça te plaira.

Les paroles d'Élyon résonnèrent dans mon esprit. Ce n'était pas possible... Élyon n'aurait pas pu...

— Murphy! m'écriai-je.

En moins de deux, mon cher ami l'écureuil gravit le côté de la nacelle et s'assit sur le rebord, souriant.

Je pouvais comprendre ce qu'il disait, et il me comprenait aussi. C'était le plus beau cadeau qu'on puisse me faire et, si Élyon disait vrai, je le garderais toute ma vie. Pour la première fois depuis notre arrivée, j'étais heureuse de ne pas avoir à entrer dans la Dixième Cité avant longtemps.

— C'est bien toi! lança Murphy, transporté de joie en constatant que nous comprenions tous les deux ce que l'autre disait. J'ai vu cet énorme ballon dans les airs et je l'ai su tout de suite! J'ai su que c'était toi!

Yipes sortit de sous le banc et regarda Murphy droit dans les yeux.

— Comment va la famille?

— Très bien, merci, répondit Murphy. Aimerais-tu que je te présente tout le monde?

— Qu'est-ce qu'il a dit? demanda Yipes.

Je traduisis, ajoutant qu'il aurait pu au moins dire bonjour d'abord.

— Fais voir, dit Yipes sans tenir compte de ma suggestion à propos de ses manières.

Un autre écureuil adulte grimpa en bondissant sur le côté de la nacelle, suivi de deux autres écureuils adultes et je dois dire que ceux-là étaient les plus mignonnes petites créatures qui existent – trois minuscules écureuils deux fois plus petits que Murphy. Il nous les présenta tous, d'abord sa femme, puis leurs deux aînés, et les plus jeunes : Maggie, Milton, Muncle, Mary, Marge et MF (pour Murphy fils).

— Je vois que tu as été occupé, se moqua Yipes.

— J'ai eu beaucoup de temps libre sans nos aventures

habituelles, répliqua Murphy. Raconte-moi tout, Alexa.

Mais il n'y avait plus de temps pour quoi que ce soit. Peu importe à quel point j'aurais voulu rester là à bavarder de tout et de rien avec Murphy, Maggie et tous les autres, Élyon semblait vouloir que nous allions de l'avant. Nous étions déjà restés trop longtemps dans cet endroit sacré, et il était temps de partir.

— Il va y avoir un mariage, murmurai-je sur le ton de la conspiration, hochant la tête vers Yipes.

Ce dernier rougit et sortit la bague que Balmoral lui avait donnée à Castalia.

— Elle est très jolie! s'exclama Murphy. Mais vous ne pouvez pas partir déjà... Où allez-vous?

Yipes me tapota l'épaule, ne sachant pas trop s'il nous interrompait.

— J'ai besoin d'un garçon d'honneur... enfin, comment dire... d'un animal d'honneur. Demande-lui pour moi, tu veux bien?

— Tu veux que Murphy soit ton garçon d'honneur?

Yipes hocha énergiquement la tête. Lorsque je me retournai pour transmettre la proposition à Murphy, celui-ci implorait déjà Maggie de le laisser partir.

— Pour combien de temps? demanda Maggie.

De la plus petite voix que j'aie jamais entendue, Marge, Mary et MF suppliaient qu'on les laisse accompagner leur père.

— Au moins un mois, peut-être plus, répondis-je.

Maggie descendit le long de la nacelle, et toute la ribambelle d'enfants la suivit.

— Ne bougez pas d'ici! ordonna Murphy avant de quitter la

nacelle à son tour et de disparaître dans le brouillard.

Je les entendais parler, mais ils étaient trop loin pour que je puisse saisir ce qu'ils disaient. *Cassiopée* fit une embardée et décolla du sol d'une trentaine de centimètres.

— Dépêche-toi, Murphy!

Marco avait regagné son poste aux pédales et observait toute cette agitation avec grand intérêt.

— Tu peux comprendre cet animal? me demanda-t-il.

— Eh oui! répondis-je avec un grand sourire.

Je planifiais déjà de revenir en visite et d'aller me balader dans la forêt Fenwick pour y rencontrer Ander, le roi de la forêt, les loups Darius et Odessa... tout le monde, quoi!

Cassiopée se souleva encore de quelques mètres, et le brouillard s'épaissit autour de nous, de sorte que je ne pouvais plus voir à quelle hauteur nous étions. Le brouillard nous enveloppait de nouveau, épais comme de la purée de pois, et je sentais que le vent grandissant nous entraînait toujours plus haut. Élyon préparait notre départ, et plus rien ne pourrait nous arrêter.

— C'est trop tard, Murphy! criai-je.

C'était vraiment dommage, car je me réjouissais déjà de pouvoir apprécier sa compagnie au cours des longues journées que durerait la traversée de la mer Solitaire.

— Pas si vite, dit Yipes.

Il jeta une liane par-dessus bord tandis que nous gagnions encore de l'altitude. La liane était très longue, mais elle ne toucha pas le sol. Nous ne pouvions en distinguer que les premiers centimètres; le reste disparaissait dans toute cette blancheur.

— Si tu es là, accroche-toi! lançai-je.

Tout à coup, nous émergeâmes du brouillard au-dessus de la Dixième Cité, et je me rendis compte que nous étions déjà très haut dans le ciel. J'avais presque perdu espoir de voir Murphy, quand soudain, en me penchant, je l'aperçus qui grimpait la longue corde en trottinant, le sourire fendu jusqu'aux oreilles.

— Prêt pour l'aventure! glapit-il en plongeant la tête la première dans la nacelle.

Une fois qu'il eut atterri, il exécuta trois sauts périlleux arrière en hurlant de rire.

— J'en conclus qu'elle a dit qu'il pouvait venir, dit Yipes.

Je ris tandis que Murphy trottinait vers Marco. Il s'assit sur ses genoux, se dressa sur ses pattes de derrière et renifla tout autour de lui.

— Celui-là n'a pas pris de bain depuis un bon moment, déclara-t-il.

Marco le regarda faire et demanda avec une grande curiosité :

— Qu'est-ce qu'il a dit? Est-ce que je lui plais?

— Oh! tu lui plais beaucoup! dis-je. Il trouve que tu sens la rose.

Maintenant que Sir Alistair était sain et sauf dans la Dixième Cité, nous avions enfin mérité une petite, mais très importante pause pour nous remettre de notre long voyage. Nous mîmes le cap sur ma ville, Lathbury, où nous nous arrêtâmes pour faire des provisions et voir la famille et les amis. Mais Yipes était impatient de retrouver Matilda et, à vrai dire, je me sentais davantage chez moi dans les airs que sur terre. Après trois jours passés à dormir, manger, faire le récit de nos aventures et convaincre mes parents que nous ne courions aucun danger, nous étions prêts à reprendre la route à bord de *Cassiopée*… avec moi à la barre.

CHAPITRE 25
LE MARIAGE DE NUIT

Les vents étaient forts pour le voyage de retour, et *Cassiopée* ne mit que quatorze jours à faire le voyage, du décollage jusqu'à l'atterrissage final dans les champs du premier pilier. J'aurais bien voulu passer mes journées à faire du rase-mottes sur le troisième pilier, à rencontrer Jonezy pour savoir qui serait du prochain voyage et quels seraient ses besoins, à visiter les jardins du premier pilier pour cueillir des tomates cerises et des framboises, et à veiller à l'entretien de *Cassiopée* maintenant arrimée. Mais tout cela devrait attendre.

Pendant trois jours, le mariage occupa les pensées de tous. Nous nous consacrâmes à la cuisine et à la pâtisserie, aux décorations et aux répétitions, et j'essayai de toutes mes forces d'empêcher Yipes de se faire autant de souci. Il faisait preuve de calme dans certaines situations – quand il se battait contre des ogres ou des monstres marins géants, par exemple –, mais à moins d'un jour de son propre mariage, l'agitation était à son comble!

Nous étions si heureux quand le grand jour arriva enfin. La nuit était tombée sur le troisième pilier. Des lampes brillantes étaient suspendues aux lianes qui s'entrecroisaient. Certaines étaient blanches, d'autres luisaient d'un vert doux. Plus haut encore, de tout petits points scintillaient; c'étaient les étoiles dans une nuit sans nuages. Il y avait de la magie dans l'air autour de nous. Le village de chaumières recouvertes de mousse et de minuscules fleurs écloses avait été transformé en un endroit encore plus éblouissant. Une longue allée était ornée de motifs de cercles et d'étoiles d'un vert émeraude étincelant. Les marguerites étaient en fleur partout le long des sentiers tortueux. Tout au bout se trouvait la place publique, où les villageois attendaient, un ruban à la boutonnière. Ce ne fut pas une mince affaire de faire traverser Grump à bord d'un panier du deuxième au troisième pilier. Même lui portait un ruban qui pendait au bout de son long nez, tournoyant doucement tandis qu'il ronflait. Derrière tout le monde étaient disposées plusieurs rangées de tables où trônaient des plats de toutes sortes : friandises et fruits, boissons pétillantes et pâtisseries, ignames et pommes de terre rôties. Et, au beau milieu de tout ça, un gâteau beaucoup plus haut que Yipes et Matilda.

Tous les habitants du royaume des Cinq Piliers, 200 en tout, formaient quatre rangées de chaque côté de l'allée et attendaient l'arrivée de Matilda. Marco et Yipes se tenaient tout au bout, devant les tables de nourriture.

— La voilà, couina Murphy, qui était assis sur mon épaule, agité de tics.

Il tenait une marguerite dans l'une de ses pattes de devant, la faisant tournoyer sans arrêt comme si c'était un jouet.

— Qu'est-ce qu'il a dit? demanda Yipes anxieusement.

— Il a dit que tu étais magnifique, répondis-je. Arrête de trembler.

— Toi, arrête de trembler.

Je ne m'en étais pas rendu compte, mais, en regardant ma main à la lueur des nombreuses bougies, je vis que je tremblais, moi aussi.

— Il est encore temps, chuchota Yipes en levant de grands yeux ronds vers moi. On pourrait filer.

— Tu devrais le retenir par sa chemise, me prévint Murphy. Il pourrait très bien s'enfuir.

J'indiquai une ouverture dans l'allée moussue, au bout de la longue file de gens, et Yipes se retourna impulsivement. Par la suite, il ne détourna plus le regard, pas même pour une seconde. Matilda avançait vers lui. Elle portait une robe en dentelle blanche, et ses longs cheveux étaient parsemés de fleurs. Ranger marchait à côté d'elle. Jamais je ne l'avais vu aussi calme et obéissant. Entre ses dents, il tenait une boîte en bois contenant les anneaux. Je fus frappée une fois de plus par l'étrange assortiment de créatures qu'Élyon avait choisi de réunir. Deux petites personnes au cœur énorme, un chien portant des anneaux, un écureuil comme garçon d'honneur, un garçon et une fille... Comme c'était bizarre! Et pourtant, je me sentais tout à fait chez moi et parfaitement heureuse.

— Reste calme, Yipes, dit Murphy. Ne fais pas de mouvement brusque pour saisir la bague et ne trébuche pas sur tes propres pieds. Vas-y en douceur.

Personne d'autre ne comprenait ce que Murphy disait, et je chuchotai à mon tour :

— Tais-toi. Laisse-le se concentrer.

Elle était belle à voir, ma Matilda. Il y avait toujours eu un peu de tristesse en elle, une sorte de solitude, je suppose, mais elle avait disparu, et c'est cela, plus que tout autre chose, qui me fit pleurer doucement, car je savais que mon meilleur ami avait trouvé une compagne. Il resterait quand même mon ami le plus cher, mais Yipes et Matilda compteraient désormais l'un sur l'autre. Rien ne serait plus pareil.

La cérémonie commença et ne fut perturbée que par quelques petits incidents sans gravité. Murphy éternua quatre fois d'affilée au moment où Matilda prononçait ses vœux, et Yipes eut beaucoup de mal à convaincre Ranger de lâcher la boîte contenant les anneaux. Mais bientôt, Yipes et Matilda échangeaient un baiser dans la douce lumière, et aussitôt, la nuit, qui n'était pas très avancée, devint plus endiablée. On lança des fleurs et on mangea, puis il y eut de la musique et de la danse et, comble de bonheur, un rase-mottes de nuit.

Yipes avait fabriqué un cadeau pour Murphy : un minuscule glisseur. Il n'y a rien de plus amusant que de voir un écureuil voler dans les airs et descendre à toute vitesse sur une liane, accroché à deux nœuds et riant aux éclats. Je fis plusieurs descentes en rase-mottes avec Marco – aller et retour encore et encore – jusqu'au moment où mes mains et mes épaules commencèrent à faire mal. Nous marchâmes ensemble jusqu'au village, là où se trouvaient les tables de nourriture, et nous discutâmes du prochain long voyage que nous allions bientôt entreprendre.

Au bout d'un certain temps, tout le monde se rassembla autour du gâteau, et Matilda lança son bouquet. Celui-ci se dirigeait droit sur Jonezy, mais Ranger sauta dans les airs et l'attrapa. Après qu'il l'ait rapporté à Matilda, elle le lança plus bas d'un geste vif, et je ne pus l'esquiver. Je l'attrapai, le laissai tomber, puis le ramassai.

— Après tout, peut-être que tu finiras par t'installer quelque part un jour, dit Marco.

— N'y compte pas trop, dis-je.

Mais quelque chose s'était passé en moi qui m'obligea à me demander s'il n'avait pas raison. Nous étions jeunes et libres, et nous avions un travail important à faire, mais pour une raison ou pour une autre, j'arrivais à nous imaginer tous les deux, vieux et grisonnants, posant *Cassiopée* dans le champ des Chimères et entrant ensemble dans la Dixième Cité.

— Viens, Alexa! cria Murphy. Il faut que tu essaies la plateforme d'en haut! Ça descend VITE!

La fourrure sur la queue de Murphy était tout ébouriffée, de sorte qu'elle paraissait deux fois plus grosse que d'habitude, et ses yeux démesurément agrandis semblaient ne jamais vouloir reprendre leur taille normale. Il affichait aussi un large sourire.

— Je croyais que nous devions faire cette descente ensemble! protestai-je. Tu as triché.

Murphy éternua deux fois et s'essuya le museau sur sa patte.

— Du gâteau!

Il se rua sur les tables de nourriture.

— Prête pour la plus haute plateforme? demanda Marco.

Elle était vraiment haute et rapide.

Un oui catégorique s'était élevé derrière moi. C'étaient Yipes et Matilda, brandissant leurs glisseurs et attendant que nous nous joignions à eux. Murphy revint en bondissant, la face couverte de crème fouettée. Ranger n'était pas loin derrière.

Nous rîmes et bavardâmes tous les six en gravissant le versant jusque tout en haut. Quelques instants plus tard, je volais plus vite que je ne l'avais jamais fait. Les lampes dansaient sur mon passage, et Murphy criait : « Plus vite, plus vite! » de son perchoir sur mon épaule.

À quelques reprises dans les années qui suivirent, Murphy allait faire des allers et retours avec moi entre les deux mondes que j'avais appris à connaître. En d'autres occasions, ce serait Yipes qui s'aventurerait au-dessus de la mer en ma compagnie, et même Matilda, une fois. Notre espace allait être encombré de vêtements, de graines, de pots de miel et d'un tas d'autres choses, et des enfants de tous âges allaient voyager entre les piliers et la contrée d'Élyon. Mais toujours, toujours, Marco serait aux pédales, nous guidant au-dessus de la mer Solitaire.

Je ne me suis pas encore aventurée hors du parcours que Sir Alistair Wakefield a tracé pour moi, mais je vois certaines choses sur les vieilles cartes qui piquent ma curiosité. Y a-t-il d'autres endroits à explorer, quelque part dans l'incommensurable étendue de la mer Solitaire? Peut-être que mes propres enfants, ou les enfants de mes enfants, repéreront ces endroits étranges montrés par la carte. Ma voie est tracée comme dans la pierre, et je n'éprouve plus le besoin de changer de direction. Ma quête et mon combat ont été longs, mais au bout du compte, j'ai trouvé ce que je cherchais.

J'ai trouvé le chemin de mon chez-moi.